A BRUXA da FLORESTA

A FLORESTA
Pedra de barragem
Pedra de barragem
Pedra de barragem
Coven
RIO
Taberna The Pickled Imp
Chalé da Tabitha
Saltash & Filho
Residência da Rue
Travessa Nearwood
Whitby's
Loja Marchpane's
Feira
Rua Loft
Bramble's
Loja Widdershin's
Escola do vilarejo
Barraca do Darnwright
VILAREJO
DE

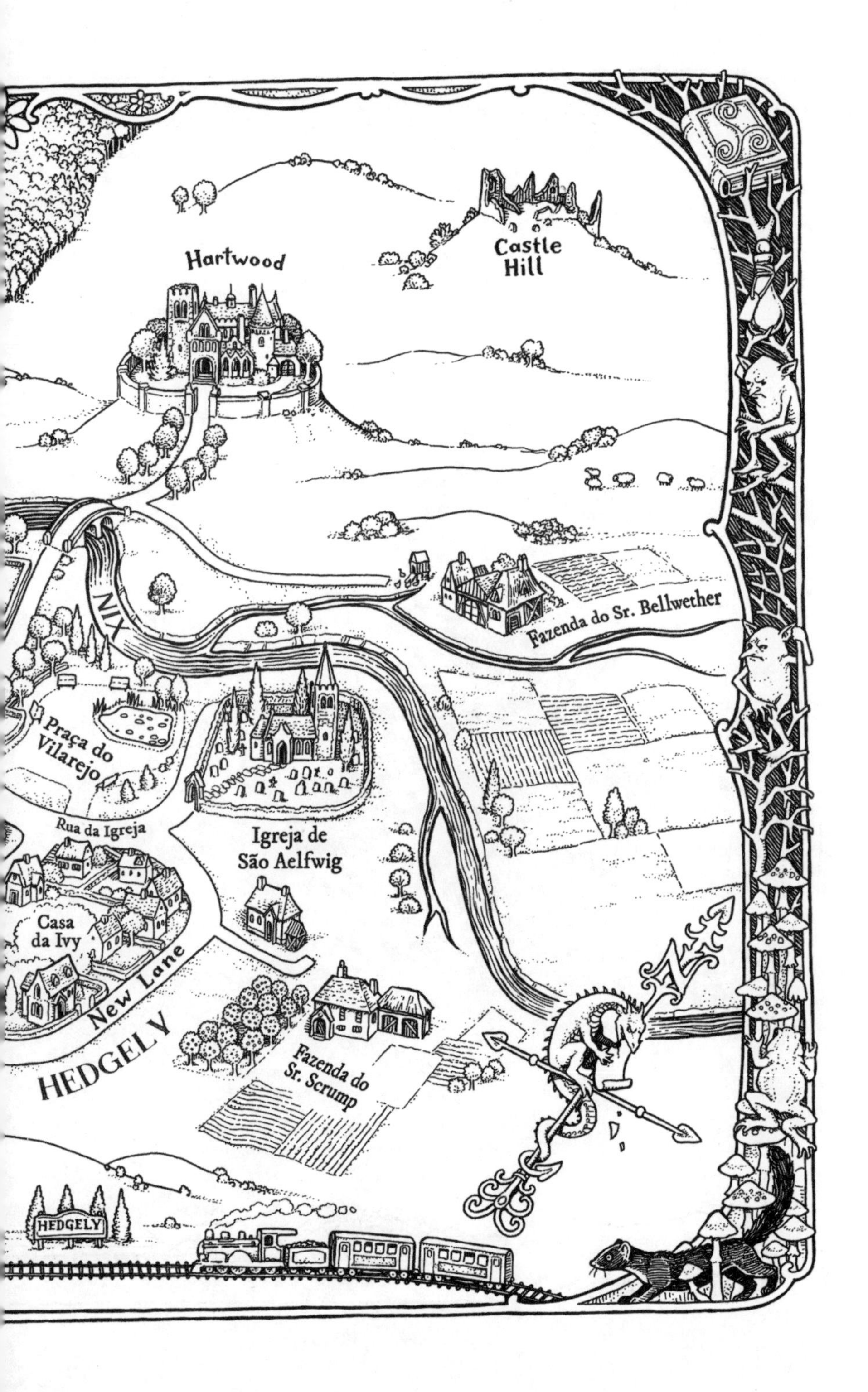

Hartwood
Castle Hill
NIX
Fazenda do Sr. Bellwether
Praça do Vilarejo
Rua da Igreja
Igreja de São Aelfwig
Casa da Ivy
New Lane
HEDGELY
Fazenda do Sr. Scrump
HEDGELY

SKYE MCKENNA

A BRUXA da FLORESTA

TRADUÇÃO
Carlos Szlak

Diretor editorial **PEDRO ALMEIDA**
Coordenação editorial **CARLA SACRATO**
Preparação **DANIELA TOLEDO GABRIELA DE AVILA**
Revisão **BÁRBARA PARENTE e CRIS NEGRÃO**
Adaptação de capa **VANESSA S. MARINE**
Adaptação de projeto gráfico e diagramação **VANESSA S. MARINE**

Dados Internacionais de Catalogação na Publicação (CIP)
Jéssica de Oliveira Molinari CRB-8/9852

McKenna, Skye
A bruxa da floresta / Skye McKenna ; tradução de Carlos Szlak ; ilustrações de Tomislav Tomic. — São Paulo : Faro Editorial, 2022.
256 p.

ISBN 978-65-5957-202-1
Título original: Hedgewitch

1. Literatura infantojuvenil 2. Literatura fantástica I. Título II. Szlak, Carlos III. Tomic, Tomislav

22-2847 CDD 028.5

Índices para catálogo sistemático:
1. Literatura infantojuvenil inglesa

1ª edição brasileira: 2022
Direitos de edição em língua portuguesa, para o Brasil, adquiridos por FARO EDITORIAL
Avenida Andrômeda, 885 - Sala 310
Alphaville — Barueri — SP — Brasil
CEP: 06473-000
www.faroeditorial.com.br

Para minha mãe, que me ensinou que podemos tornar realidade tudo o que imaginamos.

Capítulo 1

A garota invisível

Cassandra Morgan estava escondida no armário de vassouras. Apesar de parecer, não era o pior lugar para isso: uma pequena janela fornecia a iluminação, e um balde virado ao contrário servia como assento. Se o cheiro de mofo e o estranho camundongo curioso fossem ignorados, era quase aconchegante.

Cassie conhecia os melhores esconderijos da escola: o telhado do dormitório, as cercas vivas atrás do ginásio de esportes, a sala de aula que não era utilizada na ala leste. Mas naquele instante, ao ouvir o som que ela mais temia no mundo: a risada equina do time de hóquei voltando do treino — o armário de vassouras era o que estava mais próximo. No momento exato, ela entrou nele, ouvindo o barulho dos gravetos sendo quebrados e dos tênis molhados pisoteando o chão.

Com seus batimentos cardíacos voltando ao normal, Cassie se acomodou em um canto e tirou um livro da sua maleta. A sobrecapa dizia *Álgebra intermediária*, mas, sob o disfarce, o exemplar encadernado em tecido roxo tinha o título *Contos da Terra das Fadas* gravado em prata. O livro lhe custara uma barra de chocolate e meio saco de balas de menta. Os doces eram a moeda de troca não oficial da Fowell House. Cassie havia trabalhado duro por eles, fazendo os deveres das outras garotas durante meses, mas ela teria dado uma centena de barras de chocolate em troca daquele livro se tivesse. Não era nada parecido com os outros "livros de fadas" que ela já tinha lido, cheio de criaturas delicadas saltitando sobre nenúfares. Os contos daquele livro eram extravagantes e estranhos: jovens levados por rainhas e donzelas encantadas que dançavam a noite toda em volta de cogumelos venenosos; violinistas que vagavam por colinas tocando músicas por uma noite e, depois, descobriam que cem anos tinham se passado; crianças que se deparavam com portas secretas que levavam a cidades iluminadas pela luz das estrelas.

Cassie não acreditava em fadas; era muito velha para aquilo. Mas ela quis saber a origem das histórias. Na biblioteca da escola, na seção "398.4 — Sobrenatural. Espíritos bons e maus. Fantasmas", Cassie encontrou um único livro na prateleira: *Terra das Fadas e outras falácias*, de A. B. Iffy. Para o autor, os avistamentos de fadas podiam ser explicados por fenômenos meteorológicos incomuns ou pelo consumo de queijo antes de dormir.

Mas realmente não lhe importava se as histórias eram verdadeiras ou não: por alguns momentos furtivos, todos os dias, entre as aulas ou enfiada sob as cobertas com uma lanterna, Cassie podia escapar do time de hóquei, da matemática e do pudim de tapioca para entrar nas clareiras do bosque sob o luar.

O conto que ela estava lendo naquele momento era a respeito de uma fada que concedeu três desejos a um lenhador. É claro que ele havia desejado coisas inúteis como fama, riqueza e se casar com uma princesa.

Se Cassie tivesse direito a três desejos, sabia exatamente o que iria pedir. Em primeiro lugar, ela desejaria ter mais livros. A Fowell House tinha uma biblioteca, mas cheia de livros didáticos sem graça. Além disso, as meninas não podiam ler nada que não fosse estritamente educativo. O corpo docente dizia que as alunas tinham deveres suficientes para mantê-las ocupadas e que elas deveriam melhorar as suas mentes com conhecimento prático e útil, e não com faz de conta.

Apesar disso, Cassie tinha conseguido montar a sua própria biblioteca secreta. Havia uma tábua solta no assoalho sob a sua cama e debaixo dela havia bastante espaço para esconder alguns livros. O único problema era que ela já os havia lido tantas vezes que sabia as palavras de cor.

O segundo desejo de Cassie seria embarcar em uma aventura, como as garotas e os garotos das suas histórias. Nada de interessante acontecia na Fowell House, e ela não podia ir além dos limites da escola. Na aula, Cassie costumava devanear a respeito de sair voando pela janela e passar por cima da alta cerca de ferro. Uma vez livre, Cassie viajaria pelo mundo, encontrando amigos e inimigos e salvando os inocentes dos ímpios.

O terceiro desejo de Cassie era algo que ela raramente se permitia pensar, era o seu maior desejo. Porém, ao longo dos anos, parecia cada vez mais difícil acreditar que se tornaria realidade. A certeza que sentira um dia havia se reduzido a um fiapo de esperança. Mais do que tudo, Cassie queria voltar a ver a mãe.

O sinal da escola tocou. Cassie fechou o livro e juntou as suas coisas.

A Fowell House era composta por dois prédios independentes: o dos anos iniciais do ensino fundamental, onde Cassie havia morado até os onze anos, e o dos anos finais do ensino fundamental, onde ela estava naquele momento. O segundo prédio era construído com tijolos vermelhos e tinha quatro alas que se estendiam a partir do saguão principal, como se fosse uma grande fera vermelha com as pernas estendidas em ambos os lados. Todas as janelas tinham grades e havia rumores de que a Fowell House havia sido uma prisão, o que Cassie não achou difícil de acreditar.

O refeitório ficava no centro da escola, era o ventre da grande fera. Cassie chegou nele bem a tempo de entrar na fila para o jantar. Serviram-lhe o mesmo prato que era servido todas as segundas-feiras: ensopado de carneiro. Ou seja, alguns pedaços grumosos, que com sorte podiam ser carne, dispersos em um molho aguado e cinzento, acompanhados de batatas amassadas, que tinham a consistência de areia molhada, e ervilhas frias. Era uma perspectiva pouco apetitosa, mas como Cassie tinha trocado a sua última barra de chocolate pelo livro não poderia pular o jantar.

Ela procurou uma cadeira. O time de hóquei ocupava o melhor lugar, ao lado do único aquecedor do refeitório. As outras garotas estavam sentadas em grupos ou duplas, conversando a respeito do dia ou brincando com a comida. Cassie encontrou uma cadeira o mais longe possível do time de hóquei e, infelizmente, do aquecedor. As duas garotas perto dela se afastaram, mas Cassie estava acostumada com isso e não deu atenção. Ela pegou um bocado de batata com o garfo e se preparou para dar a primeira mordida.

Nos primeiros anos do ensino fundamental, Cassie fizera algumas amizades. Todas as meninas começaram naquela escola juntas e sentiam saudades dos pais e de casa. Porém, durante as férias e no Natal, as outras garotas iam para casa, deixando Cassie para trás. Ela não podia convidá-las para ficarem no colégio durante as férias e não podia sair para tomar chá quando as mães delas vinham visitá-las. Assim, Cassie nunca tinha se tornado muito popular e, com o passar dos anos, ficava cada vez mais tempo sozinha. Ela havia administrado isso bem, acompanhada por seus livros e devaneios, até ir para os anos finais do ensino fundamental no ano anterior. Foi então que ela cometeu o seu erro fatal: Cassie enfureceu Lizzie Bleacher.

Lizzie era a garota mais popular da Fowell House. Ela não era bonita, nem brilhante, nem mesmo boa nos Jogos, apesar de ser a capitã do time de hóquei. Porém, por ter biótipo forte, com braços parecendo almofadas e faixa preta em judô, Lizzie reinava na escola por meio do terror. Era prova de sensatez não a desagradar se você quisesse que o formato original do seu nariz fosse mantido.

Ter as suas calcinhas amarradas no mastro da bandeira ou a sua cabeça enfiada na privada por Lizzie e suas amigas era apenas parte da iniciação nesse novo prédio. Você tinha que aguentar firme e chorar mais tarde em seu travesseiro. Você não podia ser respondona e certamente não deveria corrigir Bleacher pelo uso da palavra "dilema".

Esse ato custara a Cassie os últimos momentos de felicidade na Fowell House. Anteriormente, ela tinha sido simplesmente não popular, agora era impura. Ser vista com Cassie significava ser colocada na lista negra de Lizzie Bleacher; Cassie não podia culpar ninguém por querer evitar aquilo. As outras garotas não faziam contato visual com ela nos corredores. Se ela pedia para passarem o sal no jantar, elas fingiam não ouvir. Ninguém compartilhava um livro com ela na sala de aula ou formava dupla com ela nos Jogos.

Se era para ser invisível, Cassie decidiu, *ela faria a transformação completa.* Assim, ela mantinha a cabeça baixa nas aulas, sentava-se sozinha durante as refeições e passava a maior parte do tempo livre escondida. Depois de um tempo, até os professores e professoras pararam de notá-la. Às vezes, ela se perguntava o que aconteceria se desaparecesse. Quanto tempo levaria até que percebessem? Será que notariam?

— Meninas, sua atenção, por favor! — intimou uma voz estridente atrás dela.

Todas as cabeças se voltaram para a porta. A mulher parada ali tinha cabelos grisalhos em um corte de poodle e estava vestida de bege da cabeça aos pés. Era a sra. Pike, a professora que Cassie menos gostava, embora a concorrência fosse acirrada.

Era incomum ver um professor ou professora no refeitório, eles tinham a própria sala comunal no andar de cima, onde, segundo rumores, comiam salsichas e bacon no café da manhã e tomavam chá acompanhado, de vez em quando, de bolo de limão. Junto à porta, a sra. Pike ficou olhando para elas com o seu nariz comprido.

— Vim informá-las de algo que sem dúvida vocês ouvirão de algum colega em breve. Porque queremos evitar rumores exagerados e pânico desnecessário — a sra. Pike disse e pigarreou. — A situação está sob controle e não há motivo para alarme ou histeria. Os seus pais receberão uma carta da diretora explicando as circunstâncias e deixando claro que a escola não é de forma alguma responsável pelo que aconteceu. A polícia vai fazer uma breve visita amanhã e vocês não devem incomodar os policiais. Se falarem com vocês, cooperem ao máximo. Enquanto isso, nenhuma aluna poderá sair da escola sob nenhuma circunstância. Alguma pergunta?

As garotas se entreolharam assustadas. Cassie estava tão curiosa quanto as outras, mas relutante em chamar a atenção para si mesma fazendo perguntas. Finalmente, uma das alunas do último ano levantou a mão.

— Por favor, professora, o que aconteceu?

— Eu não disse para vocês? Uma garota desapareceu.

Capítulo 2

Fadas não existem

A garota desaparecida era uma aluna chamada Jane Wren. Jane não era do mesmo dormitório de Cassie, mas Cassie a conhecia da aula de geografia, onde ela se sentava na primeira fileira. Jane tinha ido às compras com a mãe e fora deixada sozinha no parque, comendo alcaçuz, enquanto a mãe foi a uma costureira. Quando a mãe voltou, Jane havia sumido.

Rapidamente, Cassie tomou conhecimento de todos os detalhes. *Todo mundo* estava falando sobre Jane. As garotas sussurravam nos corredores entre as aulas, comparavam histórias enquanto escovavam os dentes e ainda continuavam falando sobre o desaparecimento depois que as luzes se apagavam. A inspetora teve que vir três vezes pedir silêncio.

Todas queriam saber o que havia acontecido com Jane. Ela tinha fugido? Essa foi a primeira coisa que Cassie pensou, já que ela mesma pensava nisso pelo menos três vezes por semana, mas, segundo os relatos, Jane era feliz na escola. Ela tinha amigas, era boa aluna e se dava bem nos Jogos. Jane não tinha feito nada para atrair a atenção do time de hóquei, a sua família era carinhosa e vinha visitá-la todos os segundos domingos do mês, levando-a para fazer compras e tomar chá na cidade. Ou seja, parecia que, independentemente de onde Jane tivesse ido, havia sido contra a sua vontade.

A escola fervilhava como uma colmeia com rumores e especulações, pois Jane não havia sido a primeira criança a desaparecer naquele ano. Por toda Londres, crianças tinham desaparecido. Apenas uma semana antes, dois irmãos haviam desaparecido na entrada de um cinema enquanto o pai comprava ingressos. Em março, um irmão e uma irmã tinham sumido na estação ferroviária de Charing Cross e, pouco antes do Natal, uma menina havia desaparecido no parque Kensington Gardens. Os pais dela publicaram diversos anúncios, mas a garota nunca foi encontrada. Os desaparecimentos estavam em todos os jornais e a notícia havia chegado até as internas da Fowell House.

Há meses, elas vinham falando sobre as crianças desaparecidas, inventando histórias extravagantes para explicar os sumiços. As teorias iam de cientistas malucos que precisavam de cobaias para as suas experiências a uma alcateia de hienas famintas que escaparam do zoológico de Londres. Porém, naquele momento, as crianças desaparecidas não eram mais uma matéria no jornal ou um jogo com que as meninas dos anos iniciais brincavam no recreio. A ameaça era real e estava próxima demais. O que quer que tivesse acontecido com Jane Wren poderia ter acontecido com qualquer uma delas.

Sem dúvida, o resultado mais empolgante do desaparecimento de Jane foi a investigação. No dia seguinte, a polícia apareceu na Fowell House. Eram dois policiais, um detetive de terno cinza e uma guardiã. A guardiã usava uma longa capa preta, cravejada de insígnias, e carregava uma espada. A sua chegada provocou agitação e novas especulações. As garotas enfiaram as cabeças para fora das janelas para olhar para ela, a seguiram pelos corredores e se amontoaram com os ouvidos colados junto à porta da sala de aula que ela estava usando. As garotas mais novas ficaram com medo dela, e as amigas de Jane saíram do interrogatório pálidas e perplexas.

Era raro ver guardiões em Londres. Pertenciam a um ramo secreto e antigo da polícia — ou das forças armadas —, ninguém sabia ao certo. Nunca apareciam nos jornais ou no rádio, mas sempre havia um guardião presente quando o rei fazia uma aparição pública e o seu uniforme inconfundível impunha respeito. Embora as alunas da Fowell House não fizessem ideia do que os misteriosos guardiões realmente *faziam*, consideraram a presença de uma guardiã na escola tanto assustador quanto fascinante.

Cassie fez o possível para ficar fora do caminho. Ela era tão curiosa quanto qualquer uma das garotas, mas se sentia à vontade em sua invisibilidade e não queria se arriscar a ser interrogada pela polícia. Naquela tarde, Cassie se escondeu em uma árvore atrás da ala norte. Era um plátano, um dos poucos nos jardins da escola, grande o suficiente para trepar e um dos lugares favoritos de Cassie para ler. Ela se sentia segura ali; no verão, as folhas a protegiam da vista e, mesmo no inverno, ela achava que quem passasse por ali dificilmente olharia para cima.

Cassie tinha o seu novo livro e bala de menta, e estava bastante tranquila até ouvir vozes abaixo dela.

— Continuo afirmando que é um caso comum de sequestro. Uma garota rica desapareceu e um bilhete de resgate será enviado em alguns dias, escreva o que estou dizendo — disse uma voz masculina.

— Toda essa quantidade de ferro, é como se a escola tivesse sido construída para manter as meninas afastadas do mundo. É óbvio que a sequestraram no parque, fora da escola. Os seus homens investigaram a área em que ela foi vista pela última vez? — perguntou outra voz, desta vez feminina.

— Claro! Diversas vezes. Nem um fio de cabelo deixado para trás. Nenhuma pegada também, da garota ou de quem a levou. Um pouco estranho isso, admito, mas devem ter sido cuidadosos. Não saíram do cascalho.

Eles estavam falando sobre Jane Wren. Cassie percebeu que, ao se mover um pouco, conseguia vê-los através dos galhos sobrepostos. Ali estava o detetive, que tinha tirado o chapéu e estava passando a mão pelo cabelo esparso. Diante dele, estava uma mulher alta com uma capa preta. A guardiã. Ela estava de costas para a árvore, e Cassie não podia ver o seu rosto, apenas um punhado de cabelo dourado.

— Falei com os professores e as amigas da menina, não sabem de nada. Só posso supor que ela fora levada por acaso, como os outros desaparecidos. A pobre garota estava simplesmente no lugar errado, na hora errada.

— Você acha que os sequestros não têm relação, não é? — o detetive perguntou, erguendo as sobrancelhas espessas, em dúvida.

— Sim, com certeza — a guardiã respondeu. — Afinal, é por isso que estou aqui. Agora, é melhor eu falar com a diretora. Ela tem que tomar precauções extras para a segurança das meninas.

Cassie desejou que a mulher se virasse. Talvez fosse a sua única chance de ter um vislumbre da guardiã sem ser vista. Ela se inclinou ainda mais e o seu movimento agitou o galho em que estava sentada. Uma única folha seca, sobra do outono, flutuou suavemente até o chão e pousou aos pés da mulher. Cassie prendeu a respiração.

— Ela vai querer manter o nome da garota fora dos jornais, imagino. A imprensa vai ficar em cima disso assim que perceberem o envolvimento da escola. Estou surpresa que o lugar ainda não esteja cheio de repórteres. Bem, é melhor eu reunir os rapazes. Vamos dar mais uma olhada no lugar e depois vamos embora, acho.

Cassie observou o detetive recolocar o chapéu, acenar para a guardiã e se afastar. A mulher de preto não se moveu.

— Você pode descer agora — ela disse.

Cassie ficou paralisada.

— Eu juro que não mordo.

Cassie foi pega. Independentemente do que a guardiã pretendesse fazer com ela, era melhor acabar logo com aquilo. Guardando o livro na maleta, Cassie engoliu a última bala de menta e desceu da árvore.

A guardiã ficou esperando. O seu uniforme lhe dava uma silhueta imponente. Em sua cintura, pendia uma espada delgada com um punho em forma de cesta. Ela era mais jovem do que Cassie esperava e estava sorrindo. Um tordo estava empoleirado no galho acima dela, com a cabeça inclinada para um lado. Havia um brilho dourado em seu pequeno olho redondo e algo em seu olhar expressava mais do que a ousadia habitual dos tordos. Quando a guardiã falou, ele não voou para longe:

— O que você estava fazendo nessa árvore? Nada suspeito, espero.

— Não, senhora. Eu só estava…

Cassie parou de falar, tentando pensar em uma desculpa convincente, mas fracassou.

— Eu estava me escondendo — respondeu, finalmente.

Em dúvida, os olhos da mulher enrugaram nos cantos.

— Não de mim, espero?

— Não, senhora.

— Ah, por favor, não me chame de senhora. Fica parecendo que eu tenho cem anos. Eu me chamo Renata Rawlins. Qual é o seu nome?

— Cassie. Quer dizer, Cassandra.

— Você não vai contar para as outras garotas o que acabou de ouvir, vai?

Cassie fez um gesto negativo com a cabeça, sem revelar que não tinha amigas a quem contar.

— Ótimo. Acredito que você manterá a sua palavra — Renata disse e piscou para ela. — Você pode me dizer algo sobre o desaparecimento da sua colega?

— Eu não a conhecia. Sinto muito — Cassie respondeu e reuniu coragem para fazer uma pergunta: — Você disse que estávamos todas em perigo. O que você quis dizer com isso?

— Você sabe o que uma guardiã faz, Cassie?

Cassie fez que não com a cabeça.

— Bem — Renata disse. — Investigamos acontecimentos peculiares. Estamos aqui para ajudar as pessoas, para protegê-las.

— Como a polícia?

— Sim, embora a polícia só proteja você de outras pessoas. E nós aparecemos quando algo... estranho está envolvido.

Cassie gostou da ideia de a guardiã estar ali para protegê-las, mas não tinha entendido do que elas precisavam ser protegidas.

— Imagino que tenha algo estranho no desaparecimento de todas as crianças — Cassie afirmou, esperando que isso estimulasse a guardiã a revelar mais alguma coisa. — Você acha que será capaz de encontrar Jane?

— Espero que sim, mas pode ser tarde demais. Há alguns lugares que nem nós, os guardiões, podemos ir... — Renata parou de falar e franziu a testa, em sinal de incômodo. — Que colar interessante você tem aí.

Então, Cassie percebeu que a chave presa nele, resplandecendo dourada ao sol, havia escapado de sua blusa quando descera da árvore. Rapidamente, ela a escondeu.

— Era da minha mãe — Cassie explicou. — Ela o deu para mim, antes de ir embora.

O sinal tocou, indicando que as aulas vespertinas estavam para começar. Cassie tinha aula de matemática do outro lado da escola e ia se atrasar.

— Sinto muito, mas tenho que ir! — Cassie disse e começou a correr na direção da ala oeste. Sentindo-se grosseira, virou-se e acenou. — Prazer em conhecê-la!

Renata retribuiu o aceno, e Cassie notou que o tordo tinha voado e pousado no ombro da guardiã.

Apesar da excitação compartilhada pelo corpo discente na sequência desses acontecimentos, a vida rapidamente voltou ao normal na Fowell House. Ainda havia deveres para fazer, partidas de hóquei para ganhar e aulas para conseguir se manter acordada. Os professores estavam ainda mais irritadiços e rápidos em punir qualquer aluna que interrompesse a aula para perguntar a respeito de Jane Wren.

As tardes de sexta-feira eram especialmente maçantes para Cassie, que tinha aula dupla de história com o sr. Hastings. Cassie achava que poderia gostar de história: havia reis e rainhas, cavaleiros e batalhas, naufrágios e conspirações. O tipo de coisa que tinha em seus livros favoritos, só que aquelas histórias eram verdadeiras. Mas, infelizmente, o sr. Hastings não estava interessado em contar histórias. O que ele ensinava eram datas. As alunas tinham que memorizar datas de batalhas, nascimentos, coroações, execuções, tratados e casamentos reais. Eram listas intermináveis de números, quase tão chato quanto matemática.

— Muito bem — o sr. Hastings disse, entrando na sala enquanto a última das meninas se sentava em seu lugar. — Novo tópico hoje, jovens, livros abertos na página 624! Depois de tratarmos da Rebelião dos Chapeleiros de 1853 e da coroação da rainha Cordelia no ano seguinte, vamos examinar os acontecimentos significativos do reinado de outra grande rainha inglesa, Elizabeth I, a Gloriana, que nasceu em 1533 e morreu em 1603.

Como sempre, o sr. Hastings estava vestido com meias cáqui até o joelho e carregava uma bengala enfiada debaixo do braço. Ele nunca bateu em ninguém com ela, mas gostava de golpeá-la contra a mesa se alguma menina adormecesse durante a aula.

— O que foi, Johnson? Não, você não vai ser dispensada. Você devia ter usado a latrina antes da aula. Você vai ter que se segurar!

O sr. Hastings havia lecionado em uma escola para meninos antes de vir para a Fowell House. Fazia pouca diferença para ele se agora ele estava lecionando para estudantes que usavam tranças e fitas no cabelo. O sr. Hastings caminhou até a frente da sala e olhou para as alunas com os olhos semicerrados, como se estivesse avaliando os soldados do seu exército pessoal. Provavelmente, ele estava tentando se lembrar dos nomes delas, Cassie pensou.

— Willis, não é? Você com as pintas. A lista de datas mais importantes, começando com a Guerra das Duas Rainhas. Leia com a voz bem alta!

April Wilson começou a ler de modo lento e penoso. Como sempre, Cassie se viu passando à frente.

1565: **A Batalha de Rushwick.** O povo das terras sem sol, liderado pela Rainha das Sombras, invade a Inglaterra através da Grande Floresta Ocidental e devasta Worcester.

1566: **O Cerco de Londres.** Cercada por forças invasoras, a Rainha Elizabeth e o Cavaleiro Negro se refugiam na Torre Branca.

Cassie apoiou o queixo nas mãos. Aquilo estava começando a ficar interessante.

1572: **A Batalha de Morden.** Liderada pela primeira guardiã, Jane Godfrey, o exército inglês defende Londres com sucesso e repele os invasores. O Cavaleiro Negro é ferido mortalmente. **O Tratado de Rosehill**, firmado por ambas as rainhas, põe fim à guerra. O tratado concede a paz sob a condição de que nenhuma das partes tente cruzar a fronteira ou reivindicar o reino da outra parte.

Quem era a Rainha das Sombras? E onde ficavam as "terras sem sol"? Em dúvida, Cassie balançou a cabeça. Havia algo mais a incomodando. Os nomes pareciam familiares, como se ela os tivesse lido em outro lugar recentemente.

April Wilson continuava falando monotonamente. O resto da turma estava arranhando o tampo das suas carteiras ou olhando pela janela para o mau tempo pouco inspirador. O sr. Hastings estava com os pés em cima da mesa e observava uma aranha rastejar lentamente pelo teto.

Com cuidado, Cassie tirou o livro de contos da sua maleta. Levantando os olhos a cada poucos segundos para ter certeza de que não estava sendo observada, ela virou as páginas. Lá estava! O conto a respeito da rainha que levou um cavaleiro com ela para a Terra das Fadas. Havia uma ilustração deles cavalgando por uma floresta escura, com o cavaleiro desacordado em sua armadura negra semelhante a um besouro, que parecia bastante desconfortável, e a rainha, radiante e terrível, segurando uma longa varinha branca. A legenda confirmou as suspeitas de Cassie: "O Cavaleiro Negro é levado para as terras sem sol".

Cassie não era capaz de dizer o que mexeu com ela naquele momento. Com certeza, esqueceu-se de quem era e onde estava, dominada pela necessidade de saber se o conto podia mesmo ser verdadeiro, ela levantou a mão.

A princípio, o sr. Hastings não percebeu, mas, quando April Wilson finalmente terminou a leitura com um suspiro de alívio e se sentou de volta em seu lugar, ele viu a pequena palma rosada acenando como uma bandeira no fundo da sala.

— Morton, o que é? — ele perguntou, olhando com os olhos semicerrados na direção de Cassie.

Cassie ficou de pé. Quando todas as garotas da sala se viraram para olhar para ela, as suas cadeiras rangeram. Mesmo naquela altura, Cassie poderia ter escapado. Ela poderia ter pedido para ir ao banheiro, para ir à enfermaria ou para tomar um copo de água. O seu coração estava aos pulos. Ela engoliu em seco.

— Por favor, senhor, o exército invasor, a Rainha das Sombras, eles estavam... — ela começou a falar. — Isso significa que as fadas são reais?

Por um longo minuto, a sala ficou em silêncio. April Wilson ficou boquiaberta, parecendo um peixe. Todas as meninas encararam Cassie.

— Elas... Eu... — o sr. Hastings gaguejou.

As alunas começaram a rir.

— Essa não é a palavra que usamos! Você está aqui para aprender fatos, e não contos de fadas. Quer dizer, histórias infantis.

As risadas tomaram conta da sala de aula.

— Fadas não existem! — o sr. Hastings gritou, adquirindo um tom intenso de beterraba.

Mas a turma estava gostando da cena, rindo, sussurrando e se virando para encarar Cassie.

Ela se sentou, enrubescida e se chutando sob a carteira. O que ela estava pensando?

— Silêncio! Já chega! — o sr. Hastings voltou a gritar, tentando restabelecer a ordem na classe. — Os fatos são o que vocês precisam lembrar para o exame. Quando foi assinado o Tratado de Rosehill? Quem quer responder?

— Foi em 1572 — respondeu Mabel Burren, com um sorriso malicioso na direção de Cassie.

— Muito bem, Brown! — o sr. Hastings disse. — Você pode ler a próxima página para nós.

Cassie se entrincheirou em seu livro. O que a tinha possuído? Ela tinha desfeito todo o seu trabalho de meses tentando ser invisível.

Quando o sinal finalmente tocou, o sr. Hastings chamou Cassie:

— Morton, permaneça na sala, por favor.

Isso rendeu mais sorrisos maliciosos e sussurros das outras garotas enquanto saíam da sala. Ela guardou os seus livros na maleta e se arrastou para a frente da sala. O sr. Hastings rabiscou o nome de Cassie e a data de segunda-feira em um pedaço de papel cor-de-rosa e entregou a ela.

— Castigo? — Cassie perguntou. — Por quê?

— Por atrapalhar a aula — o sr. Hastings respondeu. — Não quero que o meu assunto seja tratado levianamente. Basta de bobagens a respeito de seres imaginários. Você está me ouvindo?

Cassie ficou emburrada. Não era justo que ela estivesse sendo punida por fazer uma pergunta, por mais boba que fosse.

— Sim, senhor — ela respondeu, suspirando. Afinal, o castigo era agora o menor dos seus problemas.

Capítulo 3

O aniversário horroroso

A história da humilhação de Cassie se espalhou ampla e rapidamente. Pelo menos por um dia, Cassie tinha substituído Jane Wren como a garota mais falada da escola. Todos os seus esforços para se tornar invisível foram em vão. Ela sentiu como se alguém tivesse arrancado a sua armadura, deixando-a exposta e vulnerável mais uma vez.

O time de hóquei ficou empolgado com essa nova oportunidade de provocar Cassie.

— Viu algum duende ultimamente, Morgan?

As meninas do time perguntavam, zombando de Cassie quando ela passava por elas no corredor. Também se esgueiravam atrás dela nas refeições e sussurravam:

— Ei, Morgan, acho que tem um unicórnio debaixo da minha cama. Quer dar uma olhada?

Quando Cassie tentava escapar, Lizzie Bleacher gritava:

— Aonde você está indo, Morgan? Os elfos estão do outro lado!

Obviamente, a notícia também se espalhou entre os professores e eles pareciam estar atentos a Cassie, o que a deixou nervosa acerca de sua leitura clandestina.

À noite, Cassie tinha sonhos confusos e perturbadores envolvendo cavaleiros negros perseguindo-a com tacos de hóquei e o sr. Hastings vestido como a rainha das fadas, empunhando a sua bengala no lugar de uma varinha.

Na segunda-feira, Cassie acordou com uma sensação de mal-estar. Aquele era o efeito habitual dos jantares da Fowell House, mas naquele dia parecia diferente. Ela estava deitada na cama, olhando para o teto acinzentado e para a luz fraca que entrava pela janela do dormitório, listrada pelas barras de ferro.

As outras cinco garotas com quem ela dividia o quarto ainda estavam dormindo. Beatrice Hartree estava roncando. No entanto, não foram os roncos de Beatrice que acordaram Cassie, mas a sensação estranha e repentina de que havia algo errado. Cassie sentia como se tivesse tentado dar um passo, da hora em que foi dormir até acordar, e não tivesse conseguido, deixando-a em um desamparo doentio. Claro, Cassie tinha um castigo a cumprir aquele dia, mas havia outra coisa. Ela ficou deitada e esperou que a sua memória despertasse. Ainda não havia prova, pois o semestre tinha acabado de começar. Ela não tinha deveres atrasados e o Dia dos Jogos era só em junho. Cassie se sentou e olhou para o calendário de parede que mostrava um narciso caído. Era 30 de abril, o aniversário de sua chegada à Fowell House.

Surpresa, Cassie caiu de costas na cama, que rangeu. Ela não se importou se acordaria alguém. Aquele era o pior dia de todo o ano. Pior do que o seu aniversário, do qual ninguém se lembrava, ou do Natal, quando ela se sentava sozinha no refeitório beliscando sem apetite um peru seco, enquanto todo mundo celebrava a data com a família, ganhava presentes e comia pudim doce de frutas secas.

Naquele dia, fazia exatamente sete anos que ela tinha vindo morar na Fowell House e sete anos que tinha visto a mãe pela última vez.

Cassie puxou o barbante que carregava no pescoço e pegou a chave. A corrente havia quebrado anos antes e o barbante era mais discreto. As joias eram outro item da longa lista de coisas proibidas na Fowell House. Então, embora ela sempre usasse a chave, nunca deixava que a vissem. Não era maior do que o seu dedo indicador e tinha cor ouro-verde. A argola da chave tinha a forma de uma espiral de uma folha de samambaia, desenrolando-se em uma haste reta com pequenas folhinhas formando a aba dentada na extremidade.

Cassie tinha muitas teorias sobre o que a chave poderia abrir: um baú de tesouro, um cofre secreto, a porta da casa para a qual ela e a sua mãe voltariam um dia. No entanto, a chave também representava uma promessa e um lembrete do compromisso que a mãe havia assumido, ela lhe dera a chave no dia em que partiu, implorando a Cassie que esperasse pacientemente por ela, e Cassie havia prometido que esperaria.

Na época, Cassie jamais poderia ter imaginado quanto tempo levaria. Sempre que ela segurava a chave, recorria ao pequeno poço de esperança no fundo do seu coração, mas quando a pegou naquele momento, sentiu que o poço estava quase seco. Outro ano tinha se passado e Cassie achava cada vez mais difícil acreditar que a mãe voltaria algum dia.

Cassie passara o dia em transe. Caminhara mecanicamente pelos corredores, ignorando as provocações do time de hóquei. Na sala de aula, ela ficou olhando pela janela e observou três gralhas brigando por um biscoito. Ela passou a sua hora livre atrás do ginásio de esportes, arrancando a grama morta e olhando para os portões da escola, nem sentiu vontade de ler. Na verdade, estava se esforçando muito para não sentir nada, reprimir a sensação arrepiante de desespero e simplesmente chegar até o final daquele dia.

Naquela noite, Cassie preferia não ter que jantar e poder ir para a cama mais cedo. Quanto mais cedo o dia terminasse, melhor seria. No entanto, ela tinha que cumprir o castigo primeiro. Pensou na possibilidade de fingir estar doente, mas mesmo que conseguisse convencer a inspetora, lhe dariam algo pior no dia seguinte. Talvez lavar panelas, arrancar ervas daninhas ou o que quer que tivessem reservado para ela a distrairia dos seus próprios pensamentos.

Cassie foi até o saguão de entrada, onde uma fila de meia dúzia de garotas já estava esperando do lado de fora do escritório da sra. Pike. Quando chegou a vez de Cassie, ela entregou o papel cor-de-rosa e recebeu um balde de água com sabão e uma escova de dentes.

— Banheiro da ala norte, serviço de limpeza — a sra. Pike disse, com uma expressão de escárnio. — Não se esqueça de tirar o limo entre os azulejos e os ladrilhos.

O banheiro estava vazio quando Cassie chegou, ninguém usava a ala norte se pudesse evitar, lá só tinha um vaso sanitário com descarga e que, ao ser usada, fazia um som parecido com o grito sufocado de uma ovelha se afogando.

Ela pôs o balde no chão, deixando transbordar uma parte da água com sabão nos ladrilhos verdes sujos. Não havia mais nada a fazer senão começar a trabalhar. Quanto mais cedo ela terminasse, mais cedo poderia ir para a cama onde o sono apagaria o resto daquele dia horroroso.

Em geral, limpar o chão não é uma tarefa agradável. Você tem que fazer isso de joelhos e usando as mãos, e a água rapidamente fica marrom e imunda. Mas limpar banheiros é ainda pior. Cassie estava nisso há pelo menos uma hora e tinha feito um trabalho inicial razoavelmente bom quando a porta se abriu.

Cassie tirou os olhos dos ladrilhos e viu três pares de botas caminhando em sua direção. As botas estavam presas às pernas de três integrantes do time de hóquei, uma delas era Lizzie Bleacher.

— O que temos aqui? — Lizzie disse. — Algo nojento escapou da privada?

As outras garotas riram.

Lizzie começou a caminhar como se fosse a dona do lugar.

— Ah, você se esqueceu de um lugar — ela disse e chutou o balde, espalhando a água suja pelos ladrilhos e encharcando a saia de Cassie. As três garotas riram quando Cassie se levantou e tentou torcer a saia para eliminar o excesso de água.

Lizzie zombou dela.

— Ninguém disse para você que este território era meu?

— Estou cumprindo o castigo que recebi do senhor Hastings.

Um novo sorriso tomou conta do rosto largo de Lizzie quando ela se lembrou do motivo da punição de Cassie.

— É verdade! Você é a garota das fadas. Encontrou alguma fada de banheiro aqui?

As outras garotas riram, ao mesmo tempo que Lizzie, evidentemente satisfeita com a sua própria sagacidade, continuou:

— Melhor segurá-la com força ou ela pode criar asas e voar para longe.

As duas garotas agarraram Cassie pelos braços e os imobilizaram. Cassie mordeu o lábio. Ela não lhes daria a satisfação de ouvi-la gritar, mesmo sentindo que os seus braços estavam quase sendo arrancados das juntas.

Lizzie se aproximou, o rosto pairando acima do de Cassie. Ela teve uma visão desagradável das narinas da garota mais velha e procurou desviar o olhar, mas a mão enorme de Lizzie a agarrou pelo pescoço.

— Você achou que eu tinha me esquecido de você? — ela rosnou. — Esgueirando-se e se escondendo em buracos como um coelhinho assustado.

Cassie, que *tinha* tido a esperança de que aquele fosse o caso, tentou balançar a cabeça, mas os dedos de Lizzie estavam prendendo a sua garganta e prejudicando a sua respiração.

— Bem, talvez eu estivesse esperando por uma boa oportunidade, como essa — Lizzie disse, sorrindo. — Agradável e tranquila. Sem ninguém para nos incomodar ou ouvir você gritar.

Cassie sabia que Lizzie estava apenas tentando assustá-la, o problema era que estava funcionando. Como um cão, Lizzie conseguia sentir o cheiro de medo em sua presa. Ela soltou a garganta de Cassie e deu um passo para trás com um sorriso satisfeito.

— Acho que ninguém se importaria muito se *outra* garota sumisse — Lizzie disse e tentou parecer pensativa, algo que ela não estava acostumada a fazer. — Apenas diriam que foram sequestradores ou quem quer que tenha levado a pobre Jane.

Cassie tinha certeza de que Lizzie não tivera nada a ver com o desaparecimento de Jane Wren, por mais que ela quisesse insinuar isso. No entanto, ela não gostou do rumo que a conversa estava tomando.

— Ninguém sentiria a sua falta, não é mesmo, Morgan? Você não tem nenhuma amiga, tem? Ninguém se importaria se você não aparecesse no café de amanhã.

Com raiva, Cassie cerrou os dentes. O fato de ela não ter amigas era culpa de Lizzie, e Lizzie sabia disso.

— Você também não tem mãe nem pai, tem? Pobre órfã.

— Não sou órfã — Cassie disse baixinho. — Eu tenho mãe.

— O que foi que você disse? Eu não ouvi.

Uma das garotas deu um empurrão em Cassie, fazendo-a cambalear para frente.

Todos os sentimentos que Cassie tinha tentado reprimir naquele dia, toda a mágoa, a raiva e a frustração estavam emergindo, como uma maré furiosa, pronta para transbordar.

— Eu disse que tenho mãe!

Lizzie se inclinou tanto na direção de Cassie que ela conseguiu sentir o seu hálito.

— Onde ela está então? Junto com as fadas?

As duas garotas que estavam segurando Cassie caíram na gargalhada, e ela aproveitou o momento para se soltar. Passando por Lizzie, Cassie foi até a porta. Ela era pequena e ágil, poderia ter deixado para trás as jogadoras de hóquei maiores e mais lentas se não estivesse com os olhos cheios de lágrimas e com a visão embaçada demais para ver a poça de água suja.

Cassie perdeu o equilíbrio e caiu sobre os ladrilhos, deslizando pelo chão ensaboado até bater com a cabeça na porta de uma cabine. Ela ficou ali, deitada no chão, sentindo os cotovelos e joelhos doerem e a cabeça zumbir.

— Você não vai a lugar nenhum, não até eu terminar — Lizzie disse e se agachou na frente de Cassie. — Você já era, Morgan — Lizzie prosseguiu e ergueu um punho. — E não há nenhuma fada madrinha vindo salvá-la.

A porta do banheiro voltou a se abrir, e as garotas se viraram para ver a figura pálida da sra. Pike parada junto à porta.

A professora examinou a cena, observando as três garotas mais velhas pairando sobre a forma pequena e amarrotada de Cassandra Morgan.

— Senhorita Bleacher, garotas, o sinal do jantar tocou há cinco minutos. Sugiro que vocês se dirijam até o refeitório se quiserem comer esta noite.

— Sim, senhora Pike — elas responderam em coro e se encaminharam para a porta, com Lizzie olhando para Cassie por cima do ombro.

Depois que as garotas mais velhas saíram, a sra. Pike entrou no banheiro, batendo os saltos do sapato nos ladrilhos à medida que se aproximava da poça.

— Senhorita Morgan, quando eu mandei você limpar o banheiro, não era isso que eu tinha em mente.

Cassie se levantou do chão com a cabeça doendo.

— E o que fez com o seu uniforme? Parece que você foi arrastada por metade das sarjetas de Londres. Mas não dá tempo para você se trocar, não podemos deixá-la esperando. Vamos, venha comigo.

Só quando elas já estavam no meio do corredor é que Cassie teve a chance de perguntar para onde estavam indo.

— Eu já não te disse? A diretora quer vê-la.

Capítulo 4

Garm[1]

A diretora da Fowell House tinha um escritório no terceiro andar. Dali, como uma aranha no centro da sua teia, ela supervisionava o funcionamento de toda a escola. Pouquíssimas alunas já tinham visto a diretora. As histórias contadas a seu respeito assustavam as garotas que eram chamadas à sua sala. Algumas diziam que ela trancava as alunas em gaiolas suspensas no teto e as deixavam ali para morrer de fome. Outras diziam que ela mantinha cães pretos que soltava à noite para vagar pelos corredores à procura de alunas que estivessem fazendo coisa errada. Um boato pavoroso dizia que ela comia os corações das garotas que iam mal nas provas no café da manhã, embora ninguém acreditasse nisso, exceto as meninas dos anos iniciais do ensino fundamental.

O nome dela era Griselda Garman, mas as alunas a chamavam de Garm.

Cassie seguiu a sra. Pike por longos corredores e subiu três andares de escada. Ficou agitada pensando no que ela poderia ter feito. Ela quebrara só quatro regras da escola naquela semana, mas, até onde sabia, ninguém a tinha visto. Mesmo que sua pergunta tola na aula de história tivesse chegado aos ouvidos da diretora, certamente ela não mandaria chamar Cassie só por

1. Na mitologia nórdica, enorme cão ou lobo de gelo com quatro olhos e peito encharcado de sangue que guarda o reino de Hela. (N. T.)

causa disso. Se Cassie soubesse *o motivo* pelo qual havia sido chamada, ela poderia elaborar alguma desculpa, algum álibi para se proteger.

— Espere aí até ser chamada — a sra. Pike disse, indicando um banco de madeira encostado na parede.

Cassie sentou-se e viu a professora desaparecer na escada, quase querendo que ela ficasse. A sra. Pike não era uma presença reconfortante, mas qualquer coisa seria melhor do que entrar naquele escritório sozinha.

O banco ficava diante de uma porta de madeira. Era uma porta bastante comum, e Cassie não sabia como seria o lado de dentro: como a entrada de uma masmorra, com grandes parafusos e tachas de metal? Mesmo assim, ela não estava gostando de ficar olhando para a porta. Então, levantou-se para examinar os arredores. Havia seis fotos emolduradas na parede: uma do rei e uma série de mulheres carrancudas em vestidos sérios, provavelmente ex-diretoras. Não havia nenhum retrato de Garm, mas um gancho vazio e um retângulo mais claro na parede revelavam que uma foto tinha sido removida recentemente.

A porta se abriu e, uma menina saiu. Era uma aluna dos anos iniciais, talvez com oito ou nove anos. A menina tinha grandes olhos castanhos por trás dos óculos redondos e um nariz enterrado em um lenço. Ela estava tremendo dos pés à cabeça.

— Você está bem? — Cassie perguntou.

A menina recuou, deu um olhar aterrorizado para a porta e correu para a escada. Cassie conseguiu ouvir o barulho dos sapatos dela descendo os degraus.

A porta estava entreaberta. Cassie ficou perambulando pelo vestíbulo, sem saber o que fazer.

— Entre — uma voz feminina chamou. Era uma ordem, não um convite.

Cassie respirou fundo, ergueu a cabeça e entrou no escritório de Garm.

A sala estava pouco iluminada pelo brilho avermelhado de uma luminária de mesa e algumas brasas ardentes na grade da lareira. As paredes estavam forradas com papel de parede com figuras de papoulas-vermelhas e adornadas com espelhos emoldurados compridos. Esses refletiam a vista da janela, que dava para o campo de jogos. Cassie percebeu que, da sua janela, Garm podia observar todas as atividades ao ar livre das alunas. Quantas vezes Cassie tinha cruzado as dependências abaixo sem saber que estava sendo observada?

Cassie se aproximou da mesa, com os seus tênis rangendo nas tábuas polidas.

Com uma caneta na mão, a diretora escrevia algo, enquanto Cassie esperava. Com o canto do olho, Cassie percebeu uma sombra se mover. Era um grande cachorro preto, deitado diante da lareira, com as duas patas dianteiras cruzadas. O cachorro ergueu a cabeça para observá-la, ele tinha o perfil de uma estátua egípcia, com as orelhas bem eretas e olhos dourados oblíquos. Cassie se afastou dele.

A diretora largou a caneta e cruzou as mãos sobre a mesa. Ela era mais jovem do que Cassie havia imaginado. Sem dúvida, mais jovem do que a maioria dos professores da Fowell House. O seu cabelo preto curto emoldurava um rosto de traços bem definidos. Era um belo rosto, mas não agradável. Tudo nela era muito transparente, era possível ver as veias azuis sob a sua pele clara.

— Senhorita Morgan, não é? — ela perguntou, olhando para Cassie.

Vendo o próprio reflexo amarrotado e sujo em um dos espelhos, Cassie concordou com a cabeça.

— Sua mãe está morta.

Ela disse isso desse jeito. Sem sentimentos, sem sugerir que Cassie deveria se sentar e se preparar. Uma afirmação simples, como se ela estivesse comunicando que estavam sem leite.

— Não, ela não está — Cassie disse, em voz baixa e tranquila.

— Ela não está o quê? Frases completas, por favor.

— Morta. Minha mãe não está morta — Cassie repetiu, dessa vez em voz alta.

Contrariada, a diretora apertou os lábios com força.

— Você pode escolher não acreditar em mim, mas os fatos são estes: ninguém viu ou ouviu falar de Rose Morgan por sete anos.

Cassie sabia disso e tinha tentado não pensar naquilo o dia todo.

— De acordo com a lei, uma pessoa desaparecida há sete anos é considerada morta. Tenho um documento que diz isso — Garm disse e o mostrou.

— Isso é ridículo! — Cassie exclamou, com os punhos cerrados.

— E o que uma menina de doze anos sabe sobre isso?

Cassie fez cara feia.

— Sei que um pedaço de papel não é capaz de matar a minha mãe. Sei que a senhora não pode dizer que alguém morreu quando não tem certeza. E eu sei que ela não morreu!

— Como você sabe? — Garm perguntou. — Você sabe onde ela está? Você a viu pelo menos uma vez desde que ela deixou você aqui?

— Não.

— Ela se comunicou com você de alguma maneira? Cartas, telefonemas?

Cassie achou bastante injusto a diretora dizer que sua mãe tinha morrido e, no minuto seguinte, esperar que ela dissesse onde sua mãe estava.

— Eu não sei onde ela está, mas isso não significa que ela esteja morta.

— Você sabe muito pouco da vida. Isso está claro. A partir de hoje, você é uma órfã. Resta saber o que vamos fazer com você.

Com certeza, se fosse verdade, Cassie saberia. Ela se sentiria diferente. Cassie tentou acreditar no pior — só por um momento — mas algo dentro dela se recusou a permitir. Não havia como ela aceitar que a mãe estava morta.

— Você está ouvindo, senhorita Morgan? Quero saber se você tem outros parentes.

— Não, não tenho — Cassie respondeu, balançando a cabeça.

Cassie nunca conhecera o pai. Toda vez que perguntava por ele, sua mãe lhe dizia que ele era um bom homem, mas falar dele a deixava tão triste que Cassie parou de perguntar. Ela achava que ele tinha morrido ou ido embora para algum lugar que elas não podiam ir. Porém, não a incomodava não ter um pai, porque Cassie nunca soube o que era ter um. Em relação à sua mãe, era diferente; ela se lembrava muito bem dela.

— Não podemos mantê-la aqui por caridade. As contas da sua mãe foram encerradas e não há dinheiro para pagar os seus estudos. Você não tem nada — Garm disse, se inclinou para a frente e perscrutou o rosto de Cassie. — Ela não deixou nada para você, deixou? Alguma coisa... De valor?

Cassie quase levou a mão ao peito, onde a chave estava escondida sob o uniforme, mas se conteve a tempo. Se ela a mostrasse, estaria admitindo que infringiu as regras da escola e talvez tivesse a chave confiscada. Cassie fez um gesto negativo com a cabeça.

— Alguns arranjos terão que ser feitos. Falei com o senhor Burnhope, do Lar das Crianças Burnhope. Ele foi generoso o suficiente de lhe oferecer um lugar lá.

Um orfanato, ela seria mandada para um orfanato. Cassie tinha lido livros suficientes para saber que o destino que a esperava era ainda pior do que a Fowell House.

A diretora passou a falar a respeito da papelada e das formalidades, mas Cassie não a ouvia mais. Ela estava perdida em uma névoa de espanto e descrença, esforçando-se para encontrar um pouco de esperança a que se agarrar.

— O senhor Burnhope mandará alguém buscá-la pela manhã. Você não precisa mais assistir às aulas. Você vai arrumar as suas coisas e esperar no seu dormitório até ser chamada.

Cassie estava se sentindo como se fosse duas pessoas diferentes: a Cassandra do lado de fora estava calma, ela assentiu com um gesto de cabeça em resposta às palavras da diretora; a outra Cassie, presa do lado de dentro, queria espernear e gritar com a mulher sentada tão placidamente à mesa, enfurecer-se e chorar contra a injustiça que estavam cometendo, mas ela sabia que não faria diferença.

— Isso é tudo. Você está dispensada — a diretora disse.

O cachorro ergueu o focinho do chão para ver Cassie partir.

Como um fantasma, Cassie atravessou os corredores e desceu as escadas. Nada em que ela tocou parecia real. Naquele momento, Lizzie Bleacher, as aulas, as provas, tudo o que a tinha incomodado parecia tão insubstancial quanto fumaça. De algum modo, ela encontrou o caminho para o dormitório. Deitada na cama, com as mãos entrelaçadas sobre o estômago, Cassie olhou para as nuvens carregadas pela janela do dormitório.

Ela agarrou a chave com força em sua mão e pensou nas promessas: a promessa que a mãe tinha feito de que voltaria para buscá-la e a própria promessa de Cassie de que esperaria. Essa foi a única razão pela qual Cassie ficou na Fowell House, mas quando ela a fez, não poderia saber quanto tempo teria de esperar. Ano após ano, ela se agarrara àquela promessa, mas agora ela não podia esperar mais.

Cassie se levantou da cama e foi até a janela. O sol estava se pondo atrás das nuvens, deixando o céu de uma cor cinza-mostarda. Ela envolveu as barras frias com as mãos.

Então, Cassie caiu em si: ela estava livre. Não foram as barras de ferro, os professores ou as regras da escola que a mantiveram ali por todos aqueles anos. Fora a sua promessa. Naquele momento, ela não podia mais mantê-la porque estava sendo forçada a ir embora. Se ela tinha que partir, por que não em seus próprios termos? Quantas noites ela havia passado naquela cama, planejando sua fuga da Fowell House, mas acordando na manhã seguinte e seguindo o seu dia como sempre? Bem, dessa vez ela seguiria o seu plano. Ela iria fugir.

Cassie não precisou de muito tempo para arrumar as suas coisas. Ela tinha muito pouco para chamar de seu: o casaco, o chapéu cinza da escola para cobrir o cabelo ruivo, a escova de dentes e alguns lenços limpos. Conseguiu enfiar tudo na sua maleta escolar. Considerou fazer um saco com sua fronha, mas logo descartou a ideia. Se fosse pega, seria impossível fingir que só estava passeando. Finalmente, ergueu a tábua solta no assoalho sob a sua cama. Cassie não podia levar todos os livros, não havia espaço e o peso iria atrasá-la. Passou os dedos pelas lombadas. Doía pensar em deixá-los. Os livros foram a sua única companhia na Fowell House; seus verdadeiros professores e companheiros. Por fim, escolheu o mais novo da sua coleção, *Contos da Terra das Fadas*, já que ainda não terminara de lê-lo. Enfiou o livro na maleta e a guardou embaixo da cama.

Quando as outras garotas voltaram ao dormitório, encontraram Cassie aparentemente dormindo, com as cobertas ocultando o seu rosto. As garotas conversaram e riram, brigaram a respeito de quem seria a primeira a usar o banheiro e fizeram barulho até que a inspetora aparecesse para apagar as luzes. Ao longo de tudo isso, Cassie não se mexeu. Ela esperou, até que a respiração no quarto escuro ficasse mais lenta e Beatrice Hartree começasse a roncar. Quando teve certeza de que todas as garotas estavam dormindo, livrou-se das cobertas, já completamente vestida. Depois de pegar a maleta e o casaco, saiu de fininho, fechando a porta com cuidado atrás dela.

Em seus devaneios, Cassie havia ignorado alguns dos aspectos mais incômodos da sua fuga. Às nove da noite, todas as portas estavam trancadas, e os professores tinham se retirado para a sala de estar no andar superior. O saguão de entrada era uma causa perdida: as portas estavam fechadas e trancadas. Cassie precisaria encontrar outra saída. Uma janela poderia funcionar, se ela conseguisse achar uma que tivesse sido deixada destrancada. Tentou as primeiras salas de aula que encontrou, mas todas as janelas estavam trancadas. No térreo, não se saiu melhor. Então, lembrou-se do armário de vassouras.

Cassie se arrastou pelos corredores silenciosos, mantendo-se junto às paredes. A única luz era a que entrava pelas janelas iluminadas pela lua, que deixava tudo cinza e preto, mas Cassie conseguiria achar o caminho de olhos vendados. Ao atravessar o corredor da ala oeste, ela ouviu passos e fora forçada a entrar em uma sala de aula vazia, esperando que eles passassem. Parecia que nem todos os professores tinham subido ainda.

Então, Cassie identificou o som de garras arranhando as tábuas do assoalho e os passos pesados do cachorro da diretora. Ela prendeu a respiração por um minuto até que o corredor voltou a ficar em silêncio.

Finalmente, Cassie alcançou o armário, que estava escuro como breu por dentro. Ela ouviu algo sair correndo quando abriu a porta, mas não tinha tempo para melindres. Depois de acender a luz, arrastou o balde que tinha servido como assento tantas vezes até a janela, que estava destrancada. Esforçando-se para passar pela moldura estreita, Cassie rasgou a meia no fecho. Foi apenas um pequeno salto até o chão ali fora.

O ar noturno estava frio e carregado de umidade, a grama estava molhada onde ela pousou. Cassie se viu atrás da ala norte. Ela conseguia ver os portões da escola a distância, mas havia um problema: ela tinha que atravessar o campo de jogos para chegar até lá e Cassie agora sabia que Garm podia ver o campo da janela do seu escritório.

Atravessando o caminho para o ginásio de esportes, Cassie usou a sombra do prédio como cobertura. Ainda havia luzes na sala comunal dos professores. Acima dela, ficava o escritório da diretora. Cassie não tinha certeza, mas achou que havia um brilho avermelhado tênue em seu interior.

Lembrou-se da sua recente visita ao escritório da diretora. A cadeira da Garm junto à mesa ficava de costas para a janela; então, se a diretora estivesse sentada, não seria capaz de ver o campo de jogos. Se, por outro lado, ela, naquele momento, olhasse para baixo, Cassie seria vista imediatamente: uma sombra escura no campo vazio iluminado pela lua.

Do outro lado do ginásio de esportes, Cassie ouviu um som de fungação e, em seguida, o arranhão de garras na calçada. Não havia outra saída. Ela teria que arriscar. Depois de puxar o chapéu para esconder o cabelo e o rosto, ela começou a correr.

Cassie atravessou metade do campo antes de ouvir o uivo, o som lhe provocou arrepios. Ela se virou e viu uma forma escura vindo atrás dela em grandes saltos, com todas as patas negras e um lampejo de dentes muito brancos.

Cassie correu, dando o máximo de si. O cão rosnou, despertando um medo instintivo profundo que a estimulou. Ela se esqueceu da camuflagem e do silêncio. Sentiu a respiração áspera em sua garganta. O seu único pensamento era alcançar os portões da escola. Saltou por sobre uma pequena cerca-viva, e o seu chapéu saiu voando. Ela caiu no caminho, mas logo se levantou, com os sapatos esmagando o cascalho solto. Cassie conseguia ouvir o cachorro ofegante atrás dela, quase a alcançando. Então, um novo e indesejável pensamento lhe ocorreu: os portões estavam logo à frente, mas deviam estar trancados.

Cassie se virou para encarar o seu perseguidor. O cachorro estava com os pelos eriçados, a cabeça abaixada, os olhos fixos nela e os dentes à mostra. Ele rosnou para ela, um som grave como um trovão se aproximando, mas ele não se moveu. Cassie respirou fundo, apoiada contra o portão. Ela observou o cachorro, esperando o seu ataque, mas ele não se mexeu.

Cassie examinou os portões, mantendo um olho no cachorro. Ela tinha que encontrar um caminho por baixo, por cima ou através deles. Os portões eram de ferro forjado, com lanças na parte de cima. Ela poderia escalar, talvez, mas se machucaria no processo e uma queda terminaria em uma perna quebrada ou coisa pior. Passar espremida por baixo seria impossível, as barras alcançavam o cascalho com pontas afiadas.

Os portões estavam fechados com um cadeado enorme e pesado. Cassie estendeu a mão para pegá-lo, e o cachorro começou a latir loucamente. Olhando para a escola, ela viu mais luzes se acendendo.

Quando Cassie agarrou o cadeado, sentiu algo estranho. Era um calor difuso, que começava pouco acima do coração, como se ela tivesse tomado um gole de chocolate quente em uma noite fria. A sensação passou e o cadeado, de maneira inacreditável, abriu-se em sua mão. Por um instante, Cassie olhou para ele, mas não teve tempo para se espantar com a sua sorte. O cachorro estava latindo furiosamente. Ela empurrou um dos portões; era pesado e as dobradiças rangeram, mas ela conseguiu abri-lo o suficiente para passar espremida por ele. Em seguida, arrastou o portão e o fechou atrás de si. O cachorro empinou e rosnou em um frenesi, mas não se aproximou mais. Cassie fechou o cadeado e, depois de um último olhar para a sombra escura da escola, desceu a colina correndo, com o lamento uivante do cachorro desaparecendo atrás dela.

Capítulo 5

Voando

O subúrbio de Trite era parecido com qualquer outro nos arredores de Londres. As ruas sinuosas estavam repletas de fileiras de casinhas de tijolos vermelhos, cada uma com um pequeno jardim bem cuidado delimitado por uma cerca baixa e graciosa. Algumas casas estavam com o interior iluminado. Os seus moradores eram figuras imprecisas se movendo atrás de cortinas fechadas. Cassie se perguntou como seria viver em uma daquelas casas. Voltar da escola todos os dias e ter a sua mãe e o seu pai esperando por você. Dormir em seu próprio quarto, rodeada por brinquedos. Parecia tão estranho e irreal quanto qualquer coisa em seus livros de contos.

As ruas estavam silenciosas. As poucas pessoas por quem ela passava pareciam incomodadas e se viravam para vê-la seguir em frente. Uma garota de uniforme escolar vagando pelas ruas depois do anoitecer era algo suspeito. Ela precisava encontrar algum lugar para se esconder até de manhã.

Se Cassie tivesse sido autorizada a sair para tomar chá ou tirar fotos, como as outras garotas da sua escola, talvez tivesse conhecido os lugares ao redor. Como isso não tinha acontecido, ela achou as ruas sinuosas confusas, os nomes nas placas eram desconhecidos e os becos e recantos escuros, assustadores.

Finalmente, Cassie se deparou com um parque. Não era exatamente um parque, mas um quadrado de grama recém-cortada cercado por fileiras de prímulas. No meio do parque, havia um gazebo: uma pequena construção redonda, decorada como um bolo de aniversário, com degraus que o levavam até ele. Com alívio, Cassie viu que estava completamente deserto.

Cassie se sentou em um dos bancos no interior do gazebo, sentindo-se mais segura com um teto acima da sua cabeça.

Ela estava cansada, mas exultante. Havia escapado da Fowell House, deixado para trás o cachorro da Garm e, de algum modo, atravessado os portões da escola.

Ela estava livre!

Cassie se cobriu com o casaco, improvisando uma cama sobre o banco, usando a sua maleta como travesseiro. Deitada ali, a excitação da fuga começou a passar e pensamentos preocupantes se insinuaram. O cachorro deve ter acordado metade da escola com os seus latidos. Mesmo que, até o amanhecer, os professores não percebessem que Cassie estava desaparecida, começariam a procurá-la assim que o sol nascesse. Poderiam até chamar a polícia. Ela tinha que sair de Trite. Tinha que ir para longe, para onde ninguém da escola pudesse encontrá-la.

Ao pensar em sua fuga, Cassie só tinha um plano até os portões da escola. Naquele momento, sozinha na noite escura, o mundo parecia muito maior e mais ameaçador do que da janela do dormitório. Ela não tinha dinheiro, nenhuma roupa, além do uniforme, e apenas uma lata quase vazia de balas de menta. Não podia pedir ajuda a ninguém, pois a pessoa poderia entregá-la de volta à escola. O único plano que tinha era procurar a mãe. Infelizmente, não sabia por onde começar. Deitada ali na escuridão, a exaustão finalmente se apossou dela e Cassie acabou adormecendo.

Cassie acordou sobressaltada. Ainda estava escuro e ela não fazia ideia de quanto tempo havia dormido. Um silêncio profundo dominava as ruas, suas roupas e o seu cabelo estavam molhados pelo orvalho. Ela percorreu o parque escuro com os olhos. Nem uma única folha se mexia e mesmo assim ela sabia que havia alguém por ali. A sua pele ficou arrepiada.

Quem quer que fosse, estava se escondendo, esperando, observando. Cassie conseguiu sentir o seu coração batendo. Naquele momento, ela estava bem acordada e se esforçando para se manter calma e lúcida. Não queria deixar o abrigo do gazebo e sair pela noite, mas sabia que não conseguiria voltar a dormir com aquela sensação ruim de estar sendo observada.

Cassie recolheu suas coisas lentamente, como se estivesse tudo certo. Saiu para um passeio casual, em busca das luzes da rua e da aparente segurança das casas de tijolos vermelhos. Sem olhar para trás.

Disse a si mesma que não devia correr, mas, ao chegar à calçada, ouviu passos leves atrás de si. Então, Cassie aumentou o seu ritmo, acelerando os passos. Desejou que um carro passasse ou que alguém saísse de uma das casas. Talvez isso afugentasse os passos, mas era de madrugada, a rua estava silenciosa e as janelas estavam às escuras. Ela chegou ao final da rua e parou. O ruído dos passos parou atrás dela. Cassie respirou fundo e se virou.

Emergindo das sombras para a luz artificial, havia meia dúzia de homens. Eles não eram mais altos que o ombro de Cassie, mas portavam facas e redes. Os homens a observavam com olhos redondos e amarelados, que refletiam a luz da iluminação pública, como se fossem olhos de raposa. Um deles deu um sorriso largo, revelando dentes amarelados e pontiagudos.

Pela segunda vez naquela noite, Cassie se viu correndo para salvar a sua vida. Se a sra. Harrow, professora de educação física, pudesse vê-la naquele momento, ela talvez até escalasse Cassie no time de hóquei. O pavor é um motivador poderoso: atrás dela, vinha uma risada perversa e inumana, que ecoava pelas construções.

Cassie virou à esquerda, depois à direita, esperando escapar deles nas curvas das ruas secundárias de Trite, mas foi em vão. Ouviu-se um zumbido e algo arranhou a calçada aos seus pés.

— Você perdeu, Kripper! — gritou um dos homens.

— Ela é uma coisinha escorregadia, não é? — disse outro.

— Eu gosto quando correm! Fica mais divertido.

— Que tal parar de falar e ir pegá-la?

Cassie não aguentaria por muito mais tempo. Ela sentia pontadas pelo corpo e dor nas pernas. No entanto, continuou dando o máximo de si. Seguiu os postes de luz até a rua principal de Trite. Em ambos os lados, havia lojas, todas fechadas e trancadas durante a noite.

Mais à frente, a rua se bifurcava. Cassie pegou o caminho mais estreito; um beco entre lojas vazias, mas foi a escolha errada: o beco terminava em um muro de tijolos muito alto para ela escalar. Um único poste de luz iluminava o caminho, mas não havia nenhuma porta nem saída. Ela estava encurralada. Procurou desesperadamente algo para se defender. Não havia nada no beco além de uma lata de lixo, uma vassoura e um gato de rua. Cassie pegou a vassoura. De costas para a parede, manteve-se firme, segurando o cabo da vassoura com as duas mãos, ao mesmo tempo que os seus perseguidores a alcançavam.

Havia seis deles. Um tinha nariz de anta, outro tinha orelhas peludas de morcego. Alguns tinham escamas e pelos, enquanto outros tinham pele semelhante a couro ou tufos de penas e garras compridas. Todos estavam sorridentes e brandiam facas. O líder deu um passo à frente, empunhando um anzol avantajado amarrado a uma corda.

— Então, querida — ele disse. — Não tenha medo de nós. Só queremos bater um papo.

— Não cheguem perto de mim! — Cassie gritou, agitando a vassoura para eles.

Os homens riram.

— O que você vai fazer? Vai nos varrer para debaixo do tapete?

Eles se aproximaram. Cassie foi capaz de ver os olhos redondos e brilhantes e os dentes pontiagudos dos homens. E o pior de tudo: conseguiu sentir o cheiro deles, que era pior do que um cesto de meias de ginástica sujas. Cassie quase vomitou e, naquele momento, uma rede foi lançada sobre ela. Ela a pescou com o cabo da vassoura e a jogou para o lado. Houve um uivo de raiva e uma faca passou sobre o seu ombro e se chocou contra os tijolos.

— Então, cavalheiros, não queremos danificar a mercadoria, não é?

Os homens estavam fechando o cerco em torno dela, empurrando-a contra a parede. Cassie moveu a vassoura de um lado para o outro loucamente. Eles escaparam dos golpes com surpreendente agilidade. Havia muitos deles, e ela estava encurralada.

— Monte na vassoura — uma voz baixa e serena disse.

Cassie olhou ao redor em busca da origem daquela voz.

— A menos que você tenha um plano melhor, é claro. Só que parece que você está sem ideias.

O gato cinza estava sentado sobre uma lata de lixo, observando-a com olhos redondos cor de âmbar e a expressão desinteressada característica da sua espécie.

— Desculpe? — Cassie perguntou.

— Esses são duendes raptores — o gato disse. — Eles planejam contrabandear você e vender aos nobres como animal de estimação. Confie em mim quando digo que esse não é um destino desejável. Eu montaria na vassoura se fosse você.

Cassie olhou para a vassoura velha em suas mãos.

— Você quer que eu monte nisso?

— Sim, essa é a ideia.

Hesitante, Cassie balançou a cabeça. Nada daquilo fazia sentido, mas ela não tinha tempo para pensar. O líder dos duendes estava girando a corda com o anzol em um amplo arco acima da sua cabeça.

Cassie pôs uma perna sobre a vassoura e agarrou o cabo. O gato saltou da lata de lixo e aterrissou na extremidade com cerdas.

— Salte! — o gato pediu.

Cassie saltou o mais alto que conseguiu, segurando a vassoura e se sentindo meio ridícula. Para sua surpresa, ela não caiu. A vassoura flutuou alguns metros acima do chão, com as pernas de Cassie penduradas em ambos os lados.

— Aponte o cabo para cima — o gato instruiu.

Cassie obedeceu, abraçando a vassoura com força e começando uma ascensão sem pressa.

— Para cima, para cima! — ela implorou, mas a vassoura ignorou a sua urgência.

— Ei, ela está escapando! — gritou um dos duendes.

Eles correram para o lugar onde Cassie tinha estado pouco antes, mas ela estava acima da suas cabeças e fora de alcance. Naquele momento, a vassoura já estava quase na vertical e Cassie estava enrolada nela como um macaco, com os pés assentados nas cerdas para não escorregar.

O líder dos duendes arremessou a sua corda e o anzol voou em direção a Cassie, pegando o cabo da vassoura em um lugar acima da mão dela e a puxando violentamente para baixo.

— Você a pegou, chefe! — os duendes gritaram de contentamento.

— Ajudem-me a puxar, seus idiotas!

Eles puxaram a corda com força, e a vassoura sacudiu debaixo de Cassie. Ainda se segurando com uma mão trêmula, ela pegou o anzol, que tinha penetrado na madeira. Os esforços dos duendes endireitaram a vassoura, fazendo com que ela voltasse a ficar na horizontal. Cassie empurrou o anzol, tentando soltá-lo.

— Você pode tentar reverter — o gato sugeriu, agarrado à vassoura com as garras.

— Como? — Cassie perguntou, puxando desesperadamente o anzol.

— Pense para trás.

Contudo, naquele momento, a velha vassoura não aguentou. O anzol, que tinha penetrado profundamente na madeira, quebrou a parte superior do cabo, lançando Cassie e o gato para trás na direção do muro. Houve um barulho desagradável, mas Cassie manteve a posse da vassoura quebrada e a direcionou para a frente e para cima.

Naquele momento, Cassie e o gato estavam ganhando velocidade, deixando os duendes furiosos para trás. Ela e o gato subiram cada vez mais alto, até voarem acima dos telhados. Cassie pediu para que a vassoura parasse de subir, mas ela não obedeceu. Cassie cometeu o erro de olhar para baixo e sentiu o estômago embrulhar. Abaixo, estavam as fileiras de casas e lojas que compunham Trite e os subúrbios vizinhos. Os duendes eram figuras minúsculas, saltando como grilos. Eles estavam bem longe.

Uma névoa fria envolveu Cassie. Ela e o gato estavam passando por um nevoeiro espesso e úmido. A vassoura os elevou cada vez mais, até que os dois saíram das nuvens e sentiram o ar frio da noite. A névoa cinzenta ondulante formou um cobertor abaixo deles, impedindo Cassie de continuar vendo as luzes de Trite. Ela levantou os olhos, havia estrelas, milhares de estrelas, mais do que ela já tinha visto da janela do seu dormitório. Era como se alguém tivesse jogado um balde de diamantes no ar e eles ficassem suspensos ali, no veludo azul-escuro do céu.

Cassie olhou para o gato por cima do seu ombro. Ele tinha recuperado a compostura e, naquele momento, estava empoleirado confortavelmente na vassoura, lambendo uma pata.

— Sempre entram farpas.

A vassoura estremeceu debaixo deles. Cassie a agarrou com força. Ela não queria pensar no que aconteceria se caíssem.

— É melhor pousar logo. Não acho que essa velha vassoura vai aguentar muito mais — o gato disse.

A vassoura voltou a estremecer.

— Como vamos descer? — Cassie perguntou.

— Sugiro que você encontre uma plataforma elevada. A chance de chegarmos ao chão inteiros não é muito grande.

Cassie inclinou a vassoura para baixo. Ela tinha descoberto que, movendo o cabo da vassoura para os lados com as mãos, conseguia mudar a direção em que estava voando. Empurrar para baixo a fazia descer e puxar para cima a fazia subir. No entanto, a vassoura parecia resistir a qualquer mudança abrupta de direção em favor de uma curva suave.

Enquanto desciam atravessando a nuvem, Cassie viu um prédio residencial recém-construído. O topo plano ofereceu-lhe a plataforma de que ela precisava. Preparando-se para o pouso, Cassie inclinou a vassoura para baixo, colocando os pés para fora para impedi-los de bater contra o prédio. Não ajudou muito, pois eles atingiram o cimento com força.

Capítulo 6

O gato, a capetinha e os sanduíches de ovo e agrião

Cassie rolou para fora da vassoura, enquanto o gato deu um salto para o chão. Com dor, Cassie se sentou para inspecionar os danos. Nada quebrado, mas ela esfolou os braços e tinha certeza de que veria hematomas impressionantes pela manhã.

A vassoura estava destruída, o cabo virara um emaranhado de farpas. Cassie pegou o que restava dele em suas mãos e se perguntou como aquilo suportara o seu peso. Naquele momento, era pouco mais do que um pedaço de pau quebrado, mas a salvara dos duendes.

— Vergonhoso usar uma vassoura de bruxa, mesmo uma tão velha quanto essa, para limpar a rua — o gato disse.

— Uma vassoura de bruxa? — Cassie perguntou. Parecia muito com a usada pelo zelador da Fowell House, embora muito mais desgastada.

— Essa não é uma madeira nativa da Grã-Bretanha. Essa vassoura era uma coisa viva. Ela já teve um nome e um propósito.

Cassie olhou para a vassoura quebrada com uma pontada de pena.

— Estava perto do fim da sua vida quando a encontramos. Esse foi o seu último voo e ela cumpriu bem a sua missão — o gato explicou.

Cassie largou a vassoura com delicadeza no telhado e puxou os joelhos até o queixo.

A garota podia ver os subúrbios espalhados abaixo dela. Pontinhos de luz marcavam fileiras de casas. Alguns carros se arrastavam como besouros, com os faróis serpenteando pelas ruas. Em uma colina escura ao longe, ela podia apenas distinguir a forma da Fowell House. Parecia plana, como se tivesse sido feita de papelão. O céu tinha assumido um tom mais claro de cinza ao longo do horizonte leste, anunciando que o amanhecer estava a caminho.

Outro dia comum estava prestes a começar para os moradores de Trite. Logo eles acordariam, preparariam o chá, fariam torradas e partiriam para a escola ou para o trabalho. Enquanto isso, Cassie mal tinha pousado uma vassoura voadora, escapado de uma gangue de duendes e estava sentada ao lado de um gato falante. Enquanto recuperava o fôlego, ela se perguntou se tinha mesmo acordado, talvez ainda estivesse repousando no banco do gazebo e tudo não passasse de um sonho estranho e perturbador. Contudo, os arranhões dolorosos em seus braços pareciam bastante reais.

Cassie tinha muitas perguntas e todas batalharam para sair de uma vez. Como o gato parecia saber mais sobre a situação do que ela, Cassie se dirigiu a ele:

— Por que os duendes estavam atrás de mim? O que eles queriam?

— Aqueles duendes em particular eram duendes raptores. Eles roubam bebês para vender para os nobres da Terra das Fadas. Às vezes, eles deixam um duende no lugar do bebê, um duende velho e feio enfeitado com babador e gorro. Você ficaria surpresa com o tempo que a maioria dos pais leva para notar a diferença. Os raptos eram bastante comuns antigamente, quando os humanos deixavam os seus filhos sozinhos. As bruxas costumavam ser capazes de recuperar o bebê se fossem chamadas a tempo. Recentemente, porém, os duendes começaram a levar crianças mais velhas.

— As crianças desaparecidas nos jornais! — Cassie exclamou.

Ela teve uma nova e terrível compreensão do que tinha acontecido com Jane Wren e se arrepiou. Se os moradores da Terra das Fadas *eram* de verdade, não eram como ela havia imaginado.

— Eu achava que as fadas concediam desejos e ajudavam as pessoas. Na maioria dos contos, elas são bonitas e boas.

O gato bufou.

— Todos os humanos são bons? Ou todos os gatos? Não é assim tão simples. Ora, podem existir duendes de boa índole, embora eu ainda não tenha conhecido nenhum. Os moradores da Terra das Fadas são muitos e diversos por natureza, alguns são amáveis com os humanos, mas a maioria não é.

— Você é...

— Um deles? Sim, embora eu tenha nascido em seu mundo, sou da família. Na Terra das Fadas, todos os animais podem falar as línguas mortais, embora na Grã-Bretanha sejamos considerados excepcionais — o gato disse e alisou os bigodes. — Você pode me chamar de Montéquio.

— Se você é uma fada, isso significa que você consegue fazer mágicas? — Cassie perguntou.

— As bruxas *fazem* mágicas. O povo da Terra das Fadas *é* mágico. Isso é tão natural para nós quanto respirar.

— Por favor, você pode me mostrar alguma?

— Não sou um animal performático. Se você quer provas do que eu posso fazer, será que os acontecimentos da última hora não são suficientes?

Cassie teve que admitir que o gato tinha razão, e um gato falante *era* uma espécie de mágica que falava por si só. Com certeza, nenhum dos pombos ou camundongos da escola jamais havia respondido a ela. De qualquer forma, a chance de encontrá-lo exatamente quando ela precisava escapar dos duendes parecia improvável.

— Se você não se importa que eu pergunte, o que você estava fazendo naquele beco?

— Eu estava à sua procura, Cassandra Morgan.

Incrédula, ela o encarou.

— No lixo?

O gato se contraiu.

— Geralmente, minhas habilidades de navegação são impecáveis. No entanto, nessa ocasião em particular, devo admitir um pequeno erro de cálculo, que eu já estava corrigindo.

— Você estava perdido?

— Temporariamente — o gato admitiu, mudando de posição. — No entanto, no final das contas, foi o mais apropriado. Você pode dizer que eu estava no lugar certo, simplesmente antes do tempo. Essas coisas costumam funcionar dessa maneira.

— Que coisas? Por que você estava me procurando? Como você sabe o meu nome?

— Acho que você não recebeu a mensagem, não é? — Montéquio perguntou.

Cassie fez que não com a cabeça.

— Ah, isso explica sua expressão de perplexidade — o gato disse e se acomodou, envolvendo as patas com o rabo. — Fui enviado por sua tia para encontrá-la.

Surpresa, Cassie franziu a testa.

— Então você encontrou a garota errada. Não tenho tia, nem família, só a minha mãe.

— Muito pelo contrário, você tem uma tia, um tio, um primo e muitos outros parentes.

— Isso é impossível. Eu nunca ouvi falar de nenhum deles!

— Improvável, mas não impossível. Até recentemente, eles também não sabiam da sua existência.

— Mas por quê?

— Essa é uma pergunta excelente e que imagino que a sua mãe poderia responder se estivesse aqui.

— Você sabe onde ela está? — Cassie perguntou, juntando as mãos com força em uma esperança selvagem repentina.

O gato não se moveu, mas desviou o olhar de Cassie e o dirigiu para a cidade, onde o amanhecer estava tingindo as construções de rosa.

— Infelizmente, não. Ninguém tem notícias de Rose Morgan há mais de treze anos.

— Desde antes de eu nascer — Cassie disse e suspirou, com a sua esperança esvaziada.

— Exatamente. Sua tia Miranda recebeu ontem uma carta de um advogado informando-a do suposto falecimento da sua mãe e da sua existência. Ela telegrafou para a escola e me encarregou de buscá-la e retornar com você em segurança para Hedgely.

— Hedgely — Cassie repetiu, curtindo o sabor da palavra. Despertou algo dentro dela, como uma lembrança ou um sonho, embora ela não se lembrasse de tê-la ouvido antes.

— Fui até a escola, mas você já tinha fugido. Felizmente, sou de uma longa linhagem de gatos Morgan. Consigo rastrear minha ascendência até Grimalkin, o Terceiro, e isso traz consigo certas habilidades. Sempre serei capaz de encontrar um Morgan, onde quer que esteja.

— Meio que um pombo-correio?

— Claro que não! É uma habilidade que nenhum pássaro imbecil poderia dominar.

— Mas você não consegue encontrar a minha mãe?

— Não por falta de tentativa. Não consigo sentir nenhum vestígio de Rose Morgan. Talvez ela realmente tenha deixado este mundo, ou ela não quer ser encontrada — o gato respondeu.

Eles ficaram sentados por um minuto em silêncio, observando os primeiros sinais de vida nas ruas abaixo.

— Como são as pessoas da minha família?

— Os Morgan são uma antiga família de bruxas. A sua tia é a atual Bruxa da Floresta, como a sua bisavó era antes dela. O seu tio trabalha na polícia. Na Wayland Yard. Rose também era muito talentosa antes de...

— Você está dizendo que a minha mãe é uma bruxa?

— Por formação, sim, embora nunca tenha recebido a licença.

Com desconfianças, Cassie franziu a testa. Por que ela havia sido deixada na Fowell House quando tinha uma família com quem poderia ter ficado? Pelo menos, ela poderia ter ido visitar a sua família nas férias. Por que a sua mãe nunca a tinha levado para conhecê-la, ou dito que os Morgan eram uma família de bruxas, ou mesmo que existiam bruxas?

— Isso também faz de mim uma bruxa? — Cassie perguntou, sem saber se era algo que você herdava, como cabelo ruivo ou dentes tortos.

— Ninguém nasce bruxa, este é um ofício especializado. Há muitos anos de formação teórica e exames práticos envolvidos. No entanto, você pode se tornar uma bruxa, se assim o desejar.

Cassie balançou a cabeça, confusa. Nenhum dos seus livros a tinha preparado para aquilo. Era muita coisa para assimilar de uma só vez e ela estava em grande desvantagem, tendo passado os últimos sete anos atrás das grades da Fowell House, onde até mencionar a palavra "magia" a tinha deixado de castigo.

— Não sei muita coisa sobre bruxas, duendes ou fadas — ela disse.

Montéquio se levantou e se espreguiçou.

— Você vai aprender e não há lugar melhor para isso do que Hedgely.

Cassie hesitou. Ela tinha fugido da escola com um objetivo em mente: encontrar a mãe. Agora que ela sabia sobre a sua família, as coisas tinham ficado um pouco mais complicadas, mas ela ainda não tinha a intenção de desistir da sua busca. Por outro lado, havia muita coisa sobre Rose Morgan que ela não sabia. Talvez a sua tia pudesse ajudá-la. Elas podiam até procurar a sua mãe juntas. E, também, não era como se ela tivesse outro lugar para onde ir.

— Mas como chegamos lá?

Não havia como usar a vassoura novamente. Então, ela e Montéquio usaram a escada. Cassie ficou secretamente aliviada pelo fato de não estar mais voando. Tinha sido emocionante, mas também assustador, e os seus membros esfolados ainda doíam da aterrissagem.

— É melhor mandarmos uma mensagem para a sua tia primeiro, para informá-la de que você foi localizada — Montéquio disse, quando eles chegaram ao pequeno jardim que cercava o prédio residencial.

— Devo telefonar para ela? — Cassie perguntou, querendo saber se poderia encontrar uma cabine telefônica por perto.

— A Bruxa da Floresta não tem telefone — Montéquio disse, desaparecendo nas moitas.

Cassie ouviu uma escaramuça e um gritinho irritado. O gato voltou com algo na boca. Quando ele se aproximou, ela viu braços e pernas se debatendo, em agitação frenética, e socando o gato no nariz. O bicho estava gritando em alguma língua incompreensível, entremeada com palavras grosseiras em inglês. Cassie se agachou e arrancou a pequena criatura das mandíbulas de Montéquio. A pele era de uma cor de cereja marrasquino e parecia ser toda ossuda, com membros pontiagudos e dentes afiados. A criatura cravou os dentes no dedo de Cassie.

— Aiii! Fui mordida! — Cassie gritou e largou a criatura.

Montéquio saltou atrás dela, prendendo-a sob uma pata.

— Claro que ela a mordeu. Ela é uma capetinha. As capetinhas são pragas malvadas e gatunas. Vivem nas latas de lixo e roubam tudo o que não está amarrado. Londres está cheia dessas pragas. Mas elas podem ser úteis.

Apesar de seu dedo dolorido, Cassie ficou fascinada. A capetinha não era mais alta do que um lápis e tinha um cabelo espetado como a crista de um papagaio. Os seus olhinhos brilhavam furiosos e o seu rostinho estava contorcido de raiva. Ela era muito diferente das criaturas bonitas e delicadas ilustradas nas margens dos livros de contos de Cassie, bebericando néctar de campânulas e usando vestidos de miosótis.

— Achei que tinham asas — ela disse.

— Algumas delas têm. Elas as arrancam de mariposas, morcegos e passarinhos e as usam como troféus de caça. Na realidade, elas não precisam delas para voar — Montéquio explicou, torcendo o nariz para a criatura se contorcendo. — As capetinhas não são as mensageiras mais confiáveis, mas são rápidas. Você tem algo brilhante? Um botão, um brinco ou alguma dessas bugigangas?

Cassie tirou o broche da escola do seu *blazer*.

— Isso serve?

— Muito bom. Dê para a ferinha.

O broche foi arrancado dos dedos de Cassie pela impaciente capetinha, que o agarrou com força e o esfregou com as suas mãozinhas, polindo a superfície. Ela gritou algo para Montéquio.

— Ela concordou em levar a nossa mensagem — o gato disse. Em seguida, ele se dirigiu para a capetinha, falando lentamente: — Diga à Bruxa da Floresta que Montéquio encontrou a garota e voltará com ela esta noite.

Montéquio repetiu duas vezes, para ter certeza de que ela entendera a mensagem. A capetinha assentiu e desapareceu, levando o broche da escola com ela.

— As capetinhas viajam mais rápido do que o pensamento — o gato explicou. — É por isso que a maioria dos humanos não consegue vê-las. Sua tia ficará sabendo de sua chegada iminente quando ela se sentar para tomar o café da manhã. Agora, precisamos chegar à estação de Euston.

Montéquio a levou, fazendo apenas uma escolha errada, até o terminal de transporte ferroviário suburbano mais próximo. O gato parou de falar assim que eles se viram cercados por estranhos, para não chamar uma atenção indesejada. Mesmo assim, foram fonte de curiosidade: a garota de uniforme escolar desmazelada seguindo o gato cinza com o rabo no ar não eram o tipo de passageiros que os moradores de Trite estavam acostumados a ver em uma manhã de terça-feira.

Cassie não tinha dinheiro e estava preocupada com as passagens, mas Montéquio a instruiu:

— Arranque algumas folhas daquela cerca de azevinho.

Cassie apanhou algumas folhas do arbusto espinhoso, ciente de que uma velhinha com um cachorro branco a observava.

— Se alguém pedir a sua passagem, mostre essas folhas — Montéquio instruiu. — Não se preocupe. É o truque mais antigo do livro.

Para surpresa de Cassie, as folhas funcionaram. O cobrador de passagens do trem expresso das sete e meia da manhã para a estação de Euston mal olhou para elas. Cassie as revirou em suas mãos, mas ainda eram apenas folhas aos seus olhos. Parecia que Montéquio tinha mostrado a ela um pouco da mágica da Terra das Fadas.

Embora a noite anterior tivesse envolvido mais correria do que sono, Cassie passou a viagem de olhos arregalados, observando o mundo pela janela do vagão. Fazia sete anos que ela não tinha visto nada além dos portões da Fowell House. Diante dos seus olhos, passaram construções de pedra, canais com barcos vermelhos e azuis, fileiras de elegantes casas brancas e parques cercados por grades pretas, cheios de plátanos muito altos. No entanto, nem tudo era pitoresco. Havia muitas fileiras de casas sem graça, tingidas de preto pelo pó de carvão, e esqueletos escuros de prédios bombardeados, cercados por escombros em que crianças sujas brincavam. Londres era uma cidade de contrastes: as mulheres ricas com os seus chapéus com penas e casacos de pele evitando o olhar faminto de homens agachados junto a vitrines de lojas vazias. Meninos sem sapatos engraxavam os sapatos de homens de negócios com ternos risca de giz e os mercados de rua apinhados de pessoas de todas as classes sociais.

Por fim, chegaram à estação de Euston. Cassie se maravilhou com o grande arco e as colunas se elevando acima dele.

Ali, os passageiros apressados não prestavam atenção à garota com o gato cinza. Para evidente desagrado de Montéquio, Cassie o carregou, para que eles não se separassem na multidão.

Depois de perguntar a um carregador de malas, ela e o gato encontraram a plataforma bem a tempo e embarcaram em um vagão. Era do tipo com portas de cada lado e sem passagem para os outros vagões. Já havia outros passageiros em seu interior.

— Você gostaria de ficar no assento da janela, Patinha? — perguntou uma mulher grande em um vestido vermelho com bolinhas brancas. Ela tinha uma gaiola no assento ao lado dela, que abrigava um galo gordo. A ave os observou com olhos pequenos e brilhantes e cacarejou alarmada quando viu Montéquio.

Cassie agradeceu a mulher e se sentou. Havia uma prateleira acima para a bagagem, mas ela manteve sua maleta consigo. Defronte a ela, um homem estava concentrado na leitura do seu jornal. Na primeira página, havia outra reportagem sobre uma criança desaparecida, um menino de

Brighton. Tudo o que Cassie conseguia ver do homem atrás do jornal era um par de pernas em calça listrada e sapatos pretos lustrados.

Cassie se acomodou no assento com Montéquio em seu colo e sentiu um sobressalto de excitação quando o apito soou e uma grande lufada de vapor os envolveu em uma névoa branca. O fiscal da plataforma anunciou a partida do trem e outra voz, suave e agradável, gritou através do vapor:

— Vamos, mamãe! Vamos perder o trem.

A cabeça de uma garota apareceu pela porta do vagão. Ela estava segurando o seu chapéu em uma mão e uma grande coelha branca na outra.

— Tenho certeza de que este não é o nosso vagão, querida. Esse é da *terceira classe* — a mulher atrás dela disse em um tom contrariado. — Se você esperasse um pouco, poderíamos encontrar os nossos assentos.

A garota ignorou a mãe, contornou o jornal e se sentou no assento da janela em frente a Cassie. A mulher embarcou atrás dela e se esforçou para arrumar as malas no bagageiro acima.

A garota era muito bonita. Tinha cachos pretos sedosos e grandes olhos escuros com cílios longos, como os da coelha. Ela usava um vestido azul e luvas brancas. A sua mãe estava elegantemente vestida e maquiada também, com batom escarlate nos lábios.

Cassie olhou para o seu uniforme manchado e amassado e tocou o seu cabelo, que fazia o possível para se assemelhar a um ninho de pássaro.

A garota sorriu para Cassie com uma expressão tão conspiratória que Cassie não pôde deixar de sorrir de volta.

— Esse vagão está terrivelmente cheio — a mãe da menina reclamou. — Por que você não esperou até encontrarmos alguém para nos acompanhar. Eu simplesmente não entendo, Tabitha.

A garota deu um suspiro exasperado.

— O trem estava partindo!

E ela tinha razão. Com um guincho e um tremor das rodas nos trilhos, a locomotiva partiu da estação de Euston e iniciou a sua longa viagem para o norte.

O trem passou por túneis, casas e hortas. Atravessou uma ponte sobre um rio e, em seguida, os jardins deram lugar aos campos, que tinham mais vacas e ovelhas do que pessoas. Diante dos olhos de Cassie, o grande cobertor verde da Inglaterra se desenrolava. As colinas se estendiam em ondulações relvadas, e as cercas-vivas estavam cobertas de flores. Pequenas nuvens brancas projetavam sombras sobre as colinas. O trem foi perseguido por pássaros durante a sua passagem por um vale. Em seguida, atravessou um túnel de folhagem verde, com os ramos arranhando as janelas. A beleza de tudo aquilo deixou Cassie extasiada. Até aquele momento, as cores da sua vida tinham sido o cinza e o marrom, que eram as cores da Fowell House. De repente, a relva verde, o céu azul e os campos de dentes-de-leão dourados inundaram a sua visão.

Ninguém mais no vagão parecia muito interessado no que estava acontecendo do lado de fora da janela. O jornal farfalhava de vez em quando, e a mulher de vestido vermelho fazia tricô.

— Mamãe vai descansar, querida, procure não incomodar os outros — a mãe da garota disse, fechando os olhos com uma expressão triste.

Cassie sentiu o estômago roncar. Ela não tinha comido nada desde o dia anterior.

— Eu tenho alguns sanduíches aqui. Você quer um? — a garota perguntou.

— Sim, por favor.

A garota abriu sua bolsinha e tirou dois pacotes embrulhados em papel-manteiga.

— São de ovo e agrião, mas o cozinheiro temperou com bastante sal e pimenta. Estão realmente muito bons.

Ela entregou a Cassie um dos pacotes, que o abriu e viu retângulos perfeitos de pão de forma sem casca. Cassie devorou o dela antes mesmo de se lembrar de agradecer.

— Você *deve* estar com fome! — a garota disse, rindo. — A propósito, meu nome é Tabitha. Tabitha Blight, e essa é a Wyn — ela prosseguiu, acariciando o pelo macio da coelha.

Cassie disse o seu nome e também o de Montéquio.

— Você está indo para Oswalton? — Tabitha perguntou.

Cassie fez que não com a cabeça.

— Nós estamos indo para Hedgely para encontrar a minha tia.

— Fantástico! — a menina exclamou e bateu palmas. — Eu também vou para Hedgely, para ficar com a minha avó. Não conheço mais ninguém lá. Ah, estou muito feliz que nos conhecemos!

— Você já esteve em Hedgely antes? — Cassie perguntou.

— Uma vez, quando eu era mais nova. É um pouco assustador, você não acha? Estar tão perto da fronteira. Claro, há a Bruxa da Floresta para ficar de olho nas coisas. Estou indo até lá para treinar com *ela*. Mas me diga, por que você foi banida para o interior? Você fez algo terrível? — Tabitha perguntou com seriedade fingida.

— Na verdade, eu fugi — Cassie respondeu, sussurrando.

Ela achou que podia confiar em Tabitha, embora Montéquio lhe lançasse um olhar de desaprovação. Cassie contou a ela a respeito da Garm e do Lar das Crianças Burnhope, mas não mencionou os duendes. Ela não tinha certeza se Tabitha acreditaria nela.

— Ah, eu também teria fugido! — Tabitha afirmou. — Essa escola parece horrível. Você foi bastante corajosa. O que você vai fazer agora?

— Vou encontrar a minha mãe. Tenho certeza de que ela está viva.

— Eu vou ajudar você! Vamos pensar. Você deve começar fazendo perguntas para a Bruxa da Floresta. Dizem que ela é uma das melhores bruxas do país. Tenho certeza de que ela saberá o que fazer.

— Na verdade, a Bruxa da Floresta é... — Cassie começou a falar.

— Tabitha, querida — a mãe dela disse, abrindo um olho e vendo com evidente desagrado o estado do cabelo e do uniforme de Cassie e os arranhões em seu rosto. — O que eu disse a você a respeito de falar com estranhos?

Tabitha ficou vermelha e deu um sorriso de desculpas a Cassie.

Contudo, Cassie não se importou. Havia muita coisa para ver do lado de fora da janela. Ela se recostou no assento e deixou a sua mente vagar enquanto os campos e os vilarejos passavam. Muito em breve ela estaria em Hedgely. Ela encontraria a sua tia e juntas começariam a procurar por sua mãe.

Capítulo 7

A casa da colina

— Estação de Hedgely! Última chamada!

— Cassandra, acorde!

Montéquio pulou do colo de Cassie quando ela começou a acordar. Dominada pela exaustão, Cassie adormeceu durante a viagem e agora o vagão estava vazio. Ela quase tinha perdido a sua estação! Cassie abriu a porta do vagão e desembarcou na plataforma, ainda confusa por causa do sono. Ela procurou por Tabitha, mas a garota e a sua mãe já tinham ido embora.

O trem apitou, soltou vapor e desapareceu em um túnel de folhagem. Cassie e Montéquio estavam sozinhos em uma pequena estação com cestas de flores penduradas e uma placa pintada que dizia "HEDGELY".

— O que fazemos agora?

A pergunta morreu em seus lábios quando Cassie percebeu que não estavam completamente sozinhos.

Havia um homenzinho parado junto à saída da estação, usando uma roupa de *tweed* verde-ervilha, com uma boina na cabeça da qual se projetavam as maiores orelhas que ela já tinha visto em uma pessoa. Ele tinha uma barba ruiva e usava um par de botas roxas ornado com bordas douradas. As botas não combinavam com o resto, mas estavam bastante limpas e eram muito bem-feitas. Ele estava segurando um cartaz de cabeça para baixo, que dizia: “NⱯ⅁ᴚOW”.

— Olá, você está me esperando? Eu sou Cassandra Morgan.

Ele a olhou de cima a baixo e assentiu.

— Brogan. Gillie Brogan — ele se apresentou e estendeu a mão. Cassie a apertou. Ele olhou para a maleta dela. — Você só trouxe isso?

— Sim, eu estava com um pouco de pressa.

— Como queira. O carro está nos fundos.

O carro era uma carroça de fazenda simples e antiquada, mas era puxado pela égua mais bonita do mundo. Ela era cinza, um tipo de cinza prateado, que era quase branco, e a fazia parecer fantasmagórica na luz esmaecida. A égua tinha uma crina que parecia uma cascata, olhos escuros e profundos como poços com estrelas no fundo. Cassie, que nunca tinha sido uma garota louca por equinos, correu até a égua e acariciou a sua nobre cabeça.

— Essa é Peg — Brogan disse, a título de apresentação.

A égua levantou a cabeça e relinchou.

— Ela está querendo jantar.

Ele ajudou Cassie a embarcar na carroça, enquanto Montéquio saltou para a parte de trás e se acomodou entre os restos de um fardo de feno. Ao estalar da língua de Brogan, Peg ergueu os seus cascos emplumados e começou uma caminhada lenta e majestosa.

O caminho não era pavimentado e estava entalhado por sulcos profundos de rodas. Cassie sentia cada sacolejo enquanto a carroça serpenteava através do vale arborizado. As árvores exibiam a folhagem pálida do início da primavera e a luz desvanecida revelava clareiras floridas com campânulas. O ar estava revigorante e fresco, como a primeira mordida de uma maçã.

— Tem uma coberta embaixo do assento se você estiver com frio — Brogan disse.

Cassie puxou a coberta de lã vermelha e a pôs sobre os ombros, agradecendo.

— Desculpe, mas nós somos parentes? — ela perguntou, esperando que isso não o ofendesse.

O homenzinho grunhiu, o que Cassie considerou uma risada.

— Trabalho na casa. Cuido do jardim, faço biscates, esse tipo de coisas.

Quando o bosque deu lugar aos campos, uma coruja alçou voo de um velho carvalho e planou pelo caminho deles. Naquele momento, eles estavam seguindo colina acima. Cassie viu os flancos prateados de Peg ondularem à medida que a égua os puxava pelo caminho. Ao chegarem ao topo da colina, as árvores rarearam, revelando uma cena de cartão-postal.

Abaixo deles, dispostos em pequenos quadrados bem cuidados, cercados por sebes, havia um tapete de campos e pastagens salpicados com as pequenas formas cinzentas de ovelhas. Aninhado no fundo de um vale pouco profundo, havia um vilarejo: uma rua principal, cercada por chalés com luzes cintilantes e fios de fumaça azulada subindo das suas chaminés. Uma torre de igreja despontava atrás das casas. Para além do vilarejo, havia um riacho de água reluzente, serpenteando pelo vale e desaparecendo atrás de outra colina.

Porém, a paisagem que dominava a vista se situava a oeste, onde o sol tinha se posto, deixando uma linha fina de céu azul-claro. Havia uma grande sombra escura que parecia se prolongar indefinidamente, como o mar. Cassie teve que olhar com atenção até perceber que era uma floresta. Não um bosque como o que eles atravessaram, mas uma floresta de verdade, densa com árvores altas e antigas. Ela pairava sobre o vilarejo, ameaçando engoli-lo.

— A Floresta — Montéquio disse, acompanhando o olhar de Cassie.

— Nunca vi tantas árvores.

— E provavelmente não verá outra igual — o gato afirmou. — Essa é a maior e mais antiga floresta da Grã-Bretanha. É tudo o que resta da velha floresta selvagem que antigamente cobria metade da ilha.

— É como se fosse parte de uma história. Sinto como se houvesse ursos ou lobos escondidos lá dentro.

— Há pior do que isso na Floresta — Brogan disse.

Com um movimento das rédeas, eles começaram a descer para o vale.

Cassie não conseguia tirar os olhos da floresta. Ao chegarem ao vilarejo, ela pairava no limite da visão da garota, como se fosse uma nuvem de tempestade formada por sombras de árvores e folhagem verde e densa.

Passaram pelo centro de Hedgely, uma rua calçada com pedras repleta de lojas coladas umas às outras, como pessoas em um ônibus lotado. As suas portas estavam pintadas em cores vivas, com os letreiros balançando na brisa. A maioria das lojas estava fechada por causa do horário adiantado, mas luzes e risadas escapavam de um estabelecimento para a rua: uma grande taberna com uma placa onde se lia "The Pickled Imp" e se via uma imagem de uma fadinha verde em um vidro de conserva. Alguém estava tocando música ali dentro. Era uma melodia saltitante que fazia as pessoas quererem dançar.

— Olá, Brogan! Venha se juntar a nós, homem! — um sujeito de rosto vermelho gritou junto à porta.

— Hoje não, Emley — Brogan respondeu.

Cassie sentiu que Brogan ficara desapontado, embora fosse difícil dizer, pois o seu cicerone não era das pessoas mais expressivas.

Eles saíram do vilarejo, em direção ao rio. Naquele momento, Cassie percebeu que o seu destino estava em algum lugar na Floresta. Depois de atravessarem uma velha ponte de pedra, que ecoou com as batidas dos cascos de Peg, começaram a subir outra colina.

A estrada estava ladeada de faias antigas, com os seus galhos prateados se erguendo acima da cabeça e formando uma arcada emaranhada. No alto da colina, eles passaram entre duas colunas de pedra encimadas por estátuas de lebres, com as suas cabeças erguidas para o céu.

O caminho acidentado levou até um casarão. Parecia que alguém tinha usado pedaços de diversas construções e os remendado. Havia paredes com vigas escuras e reboco branco e outras de tijolos vermelhos e pedras douradas, com ameias e gárgulas empoleiradas acima. Encaixadas nessas paredes, havia janelas com vitrais, vidraças em forma de losango e arcos góticos, como os das antigas igrejas. Elas brilhavam interiormente com uma luz amarelada. A casa tinha duas torres, uma quadrada com seteiras e outra redonda com o telhado pontiagudo. As heras e as glicínias competiam em uma corrida maluca pelas paredes e uma sorveira-brava crescia junto à porta, untuosa e florida. Cada parte da casa dava a impressão de pertencer a um século diferente, mas de alguma forma todas funcionavam em conjunto para dar uma aparência reconfortante, ainda que excêntrica. De imediato, Cassie gostou.

— Cá estamos nós — Brogan disse quando Peg parou, balançando a cabeça.

— Hartwood Hall — Montéquio completou.

— A minha tia é mesmo dona de tudo isso? — Cassie perguntou.

A casa era cercada por jardins de formato irregular que se perdiam na penumbra do crepúsculo.

— A rigor, não — Montéquio respondeu. — Ela é a Bruxa da Floresta, e a casa vem com o cargo. Em Hartwood, há Bruxas da Floresta há mil anos.

Naquele momento, a grande porta de carvalho do casarão se abriu, ejetando uma mulher grande que desceu as escadas saltitando em direção a eles.

— Ah, meus gansos e gansas! Aqui está ela! Aqui está ela finalmente!

Antes mesmo de chegar ao chão, Cassie se viu engolfada em um grande abraço de urso que quase a deixou sem ar. A sua atacante cheirava a pão de mel, o que teria sido ótimo se Cassie conseguisse respirar. Finalmente, a mulher a soltou, colocando as suas mãos macias nos ombros de Cassie.

— Deixe-me olhar para você! Gatos e arenques! Ora, você é a própria imagem de Rose quando ela chegou aqui, não é?

Brogan grunhiu. Ele estava ocupado com os arreios de Peg. Cassie abriu a boca para fazer uma pergunta, mas a mulher continuou falando:

— E pensar que, durante todos esses anos, você ficou presa naquela escola horrível e nós nem sabíamos. A filha de Rose! Ora, não houve nenhuma criança em Hartwood desde que a sua querida mãe tinha a sua idade. Mas você está magrinha demais. O que davam para você comer naquela escola? Pobrezinha. Bem, em seguida, vamos resolver isso. Entre, entre. Acabei de colocar a chaleira no fogo e há um pão fresco no forno. Ainda bem que pensei em assar um segundo pão hoje. *Ela vai estar faminta quando chegar aqui*, eu disse a mim mesma. Ela vai querer chá e o pão amanhecido simplesmente não serve! Agradeça as estrelas. Ah, e você tem o cabelo de Rose, só que sem os cachos...

Cassie se permitiu ser conduzida em direção a casa, com Montéquio trotando à frente delas. Naquele momento, Cassie tinha um monte de perguntas a fazer. No entanto, como ela só tinha comido um sanduíche desde o dia anterior, a perspectiva de uma refeição tomou conta dos seus pensamentos.

A mulher a conduziu pela porta aberta e elas entraram em um salão de teto alto, onde uma escada em caracol envolvia o tronco de uma grande árvore com folhas de cor ouro-verde em forma de coração. Os seus galhos alcançavam o teto, espalhavam-se pelos corredores dos andares superiores e se estendiam em um dossel sob as claraboias que revelavam as estrelas do início da noite.

Cassie ficou parada embaixo dela, com a cabeça inclinada para trás e os olhos arregalados. Não havia brisa dentro do salão, pois a porta de entrada tinha sido fechada. E mesmo assim, as folhas nos galhos mais baixos tremularam quando ela se aproximou. Cassie estendeu a mão para tocar em uma folha, era macia como veludo.

— A árvore de Hartwood — a mulher disse à guisa de explicação. — Venha por aqui.

Elas passaram por uma sucessão de cômodos, desceram um pequeno lance de escada e entraram em uma cozinha. O chão era de lajotas lisas, cada uma tão grande quanto uma cama. Acima delas, havia vigas pesadas e escuras, das quais pendiam ramos de ervas secas, cebolas, potes de cobre e um presunto. Uma parede inteira era ocupada por uma lareira, onde o conteúdo de um caldeirão fervia em fogo brando sobre brasas incandescentes.

Montéquio caminhou direto até ali, posicionando-se diante da lareira.

A mulher levou Cassie para uma mesa que dominava o recinto. Era uma grande placa de madeira cortada de uma única árvore. Cassie se sentou em um banco acolchoado com almofadas. Ela estava na extremidade da mesa, perto da lareira e podia sentir o seu calor. Cheiros deliciosos emanavam até ela vindos do caldeirão.

— Agora, fique sentada aí e eu terminarei o seu jantar mais rápido do que você consegue espirrar!

Cassie observou a mulher se mover rapidamente pela cozinha, pegando xícaras, pires, pratos e facas. Ela estava usando um vestido rosa estampado com prímulas e um avental polvilhado de farinha. O seu cabelo louro prateado estava amontoado no alto da cabeça e preso no lugar com uma colher.

Cassie voltou a encontrar a sua voz.

— Desculpe, mas você é a minha tia?

Surpresa, a mulher se virou para ela, com as sobrancelhas levantadas e uma faca de manteiga em uma mão.

— Deus te abençoe, criança! Sua tia? Você está brincando! Eu sou a governanta. Você pode me chamar de senhora Briggs.

Cassie ficou um pouco decepcionada. Seria muito bom ter a sra. Briggs como tia.

— Agora, então, nada de caras tristes na minha cozinha! Você conhecerá a Bruxa da Floresta em breve e, enquanto isso, o jantar está chegando. Veremos você de bochechas rosadas e recheadas como um ganso de Natal quando terminar de comer.

A sra. Briggs trouxe para Cassie fatias grossas de torradas com manteiga dourada escorrendo, empadão de purê de batatas com carne moída, vagem refogada, maçãs assadas e um bule de chá fumegante de amora com mel. Cassie contemplou a refeição diante dela, sem saber por onde começar. Ela tinha tido sonhos assim na Fowell House.

Brogan entrou na cozinha pela porta dos fundos, limpando as botas no capacho e se servindo de um pedaço de pão e queijo.

— Pegue um prato. Temos visita e eu não vou varrer as suas migalhas de novo! — a sra. Briggs o repreendeu.

Brogan resmungou para si mesmo, mas fez o que lhe fora dito e logo os três estavam sentados à mesa junto à incandescência quente da lareira.

Cassie tomou um gole do chá e tentou imaginar Rose na casa quando a sua mãe era uma menina.

— A minha mãe era feliz aqui? — Cassie perguntou.

— Claro que era, querida — a sra. Briggs respondeu. — Pense, ela era ainda mais nova do que você quando chegou aqui, com a sua tia Miranda e o seu tio Elliot. Isso foi quando a sua bisavó, Sylvia Morgan, era a Bruxa da Floresta. Aqueles três traquinas eram como unha e carne, correndo pela casa com as botas enlameadas, trazendo pestinhas em potes e preparando poções em seus quartos. Sabe, há uma mancha no tapete da sala de estar, de quando a sua mãe derramou um frasco de tinta de sabugueiro, que eu nunca consegui tirar.

— Ela também gostava muito dos jardins. Adorava. A jovem Rose sempre teve muito jeito para as flores — Brogan revelou.

— Então por que ela foi embora? — Cassie perguntou.

A sra. Briggs e Brogan trocaram um olhar silencioso, então a mulher largou a sua xícara de chá e limpou o rosto com a ponta do avental.

— Elas tiveram uma briga, Rose e a sua tia Miranda — ela disse, olhando para a lareira.

Brogan fez um gesto negativo com a cabeça e fuzilou o queijo com os olhos.

— Por que elas brigaram? — Cassie perguntou. — Deve ter sido algo terrível para ela ter ido embora.

Os dois funcionários de Hartwood trocaram outro olhar significativo, e Cassie percebeu que eles sabiam mais do que iam dizer a ela.

— Foi há muito tempo — a sra. Briggs disse lentamente. — Tenho certeza de que as duas se arrependeram desde então. Elas sempre foram meninas orgulhosas, especialmente a sua tia Miranda. Ela nunca admitiria estar errada. E a sua mãe, bem, Rose era um espírito livre, não escondia o que sentia, mas também tinha os seus segredos. É melhor deixar o passado para trás. Não há nada que possa ser feito a respeito disso agora, e a sua tia não vai ficar feliz por você trazer isso à tona.

Cassie não ficou nada satisfeita com isso. Ela tinha vindo para Hedgely para saber mais acerca da sua mãe. Se a sra. Briggs e Brogan não contassem a ela, ela teria que perguntar diretamente à Bruxa da Floresta.

— Onde está a minha tia?

— Ela deve estar na casa dos Pickerin — Brogan respondeu. — O velho Pete disse que eles perderam o bezerro premiado ontem à noite.

A sra. Briggs suspirou e começou a limpar as coisas do jantar.

— Então, ela só vai voltar tarde da noite. Você, Cassandra, terá que esperar até amanhã de manhã para conhecê-la.

— O que a Bruxa da Floresta faz exatamente? — Cassie perguntou.

Os dois olharam para ela como se ela tivesse perguntado o que o carteiro fazia para ganhar a vida.

— Deus te abençoe, querida! Realmente, não ensinaram nada a nosso respeito naquela escola, não é? Imagina, uma criança Morgan que não sabe nada sobre a Bruxa da Floresta.

— Ela protege o vilarejo — Brogan respondeu, sem rodeios.

— E, com isso, o resto da Inglaterra. É um dos cargos mais importantes do país. É uma grande honra e um grande fardo — a sra. Briggs afirmou.

— Sim, mas do que ela protege as pessoas? — Cassie perguntou.

— Ora, da Floresta, é claro — a sra. Briggs respondeu, como se isso fosse óbvio.

A sua tia protegia a Inglaterra de uma floresta? Não fazia sentido, mas Cassie estava cansada demais e sentindo muita dificuldade para formular a sua próxima pergunta.

— Vamos lá para cima. Vou levar você para o seu quarto — a sra. Briggs disse. — Você parece uma margarida murcha. Você vai ver a sua tia pela manhã e poderá perguntar tudo a ela, então.

Cassie se deixou ser conduzida escada acima pela sra. Briggs, com Montéquio atrás delas. A governanta carregava um candelabro para iluminar o caminho.

— A casa nunca foi ligada à eletricidade — ela explicou. — Tentaram uma vez, no tempo da sua bisavó, mas o duende amigo não gostou e mastigou a fiação.

O grande salão estava repleto de retratos de mulheres, todas vestidas de preto. Muitas usavam chapéus altos e pontiagudos. Bruxas da Floresta do passado, Cassie supôs. Ela parou defronte a uma pintura de corpo inteiro. Era uma mulher em trajes medievais, com cabelo negro longo envolto em laços. Havia um corvo empoleirado em seu ombro. A mulher estava segurando um livro em uma mão e uma xícara na outra, mas Cassie foi atraída por seu rosto, que era belo, inteligente e impetuoso. A pintura a lembrou das ilustrações do livro *Contos da Terra das Fadas*.

— Essa é a sua ancestral, Morgana da Terra das Fadas, a primeira Bruxa da Floresta. Claro, o quadro foi pintado centenas de anos depois da sua morte. O pintor não acertou o formato do nariz — a governanta disse, fazendo um som de desaprovação.

Em seguida, ela levou Cassie até a escada que serpenteava ao redor da grande árvore. Enquanto subiam, Cassie estendeu a mão para tocar na casca áspera da árvore. Chegaram à altura da sua copa e, então, a sra. Briggs conduziu Cassie e o gato por um corredor escuro.

— Lembre-se de seguir Montéquio ou a mim até que a casa se acostume a sua presença. Ela tem uma mente própria e às vezes decide que você deve estar em algum lugar diferente de onde você quer estar. Veja, na terça-feira passada, levantei-me à noite para usar o banheiro e me vi na segunda despensa. Ainda bem que isso aconteceu, pois havia um ratinho comendo minha geleia de ameixa!

Seguiram por um longo corredor, passando por portas fechadas e passagens vazias, chegando finalmente a uma pequena porta em arco no final do corredor.

— Aqui estamos. Achei que você gostaria de ficar no antigo quarto de Rose — a sra. Briggs disse e abriu a porta para Cassie entrar.

O quarto era circular, e Cassie se deu conta de que devia estar em uma das torres que tinha visto do lado de fora. Havia duas janelas salientes em lados opostos, uma com um assento à janela que ela viu imediatamente que seria perfeita para leitura. Perto da outra, havia uma cama de latão com uma colcha de retalhos. Um antigo guarda-roupas com espelho na porta estava junto a uma pequena escrivaninha e, o melhor de tudo, havia uma estante recheada de livros. O piso estava coberto com um tapete de pano verde-musgo e, em frente à porta, uma lareira proporcionava calor por meio de algumas brasas alaranjadas. Cassie foi se aquecer e descobriu que havia fotos sobre o consolo da lareira: uma foto de um homem e uma mulher sorridentes, vestidos com roupas à moda antiga, e outra de três crianças trepando em uma macieira.

— Os seus avós — a sra. Briggs explicou. — Olive e Edward Morgan. Eles morreram em um acidente de carro. É por isso que a sua mãe veio para cá. As crianças são Rose, Miranda e Elliot. A foto foi tirada não muito tempo depois de eles chegarem.

Cassie tocou a moldura prateada e sorriu. A sua mãe devia ser a garota de cabelo ruivo encaracolado.

— Agora, isso deve servir em você — a sra. Briggs disse, segurando uma longa camisola branca. — Também há alguns vestidos e blusas na cômoda. Eram da sua mãe quando ela era menina. Um pouco fora de moda, mas vão servir até que eu faça algo novo para você. Com certeza, você não pode continuar usando essas coisas desmazeladas. Vamos, dê elas para mim e eu vou lavá-las.

Com satisfação, Cassie entregou o seu uniforme, sem se importar se voltaria a vê-lo. Logo, ela estaria usando uma camisola limpa e com aroma de lavanda, que ia até os seus tornozelos. Ela queria explorar a estante de livros, mas a sra. Briggs insistiu que era tarde demais e Cassie foi para a cama com uma bolsa de água quente. Montéquio se acomodou sobre uma almofada perto da lareira.

— Boa noite, durma bem e que nada perturbe você — a sra. Briggs desejou, apagando o candelabro ao sair.

Deitada na cama, Cassie adaptou-se às sombras do quarto desconhecido. Ela imaginou a sua mãe percorrendo os corredores de Hartwood, comendo a comida da sra. Briggs, dormindo naquela mesma cama. Ela pensou no vilarejo de Hedgely, no rio de águas prateadas e na grande floresta escura. Cassie decidiu que iria explorá-la no dia seguinte, depois que ela conhecesse a sua tia e elas elaborassem um plano para encontrar Rose.

Capítulo 8

A Bruxa da Floresta

Cassie acordou coberta pela luz do sol. Um abelhão zumbia, voando em círculos preguiçosos pelo seu quarto. A janela estava aberta, deixando entrar o canto do melro e o cheiro fresco do orvalho da manhã. Ela ficou ali deitada por um tempo, olhando para as vigas de madeira do teto, que se encontravam no centro e formavam um padrão de floco de neve.

Cassie afastou as cobertas, levantou-se e atravessou o tapete descalça até a janela leste. O sol já estava acima das colinas, embora a luz ainda tivesse o jeito aquoso do amanhecer. Pela janela, ela conseguia ver os jardins de Hartwood, cercados por um muro de pedra coberto com musgo e, para além deles, campos e colinas ondulantes. Porém, a janela oeste, que ainda estava na sombra, dava para a margem escura da Floresta.

Cassie deu um bom-dia para a foto dos seus avós e voltou a olhar para a foto da mãe quando menina. A tia devia ser a outra menina da foto. Ela tinha cabelo escuro comprido e um olhar sério. Como era estranho ganhar de repente toda uma família.

— Acorde, dorminhoco! — ela gritou para Montéquio, que estava enrolado em uma bola perto da lareira fria.

O gato resmungou alguma coisa e enfiou a cabeça debaixo de uma pata.

Cassie lavou o rosto e as mãos na bacia e colocou um vestido e um cardigã que tirou do guarda-roupas. O vestido era um pouco grande, mas Cassie ficou tão feliz por estar sem o uniforme escolar que rodopiou, fazendo a saia flutuar.

— Miauuu! — o gato gemeu quando Cassie pisou em seu rabo. — Veja onde você põe esses pés enormes!

Montéquio olhou zangado para ela.

— Por que você acordou a essa hora horrível está além da minha compreensão. Todos esses pássaros chiando, o ar frio desagradável, a grama úmida. Totalmente desagradável. Suponho que você também vai querer tomar o café da manhã agora.

Em resposta, o estômago de Cassie roncou.

— Muito bem, vamos então. Talvez quando você estiver alimentada eu possa ter um pouco de paz — o gato disse.

Sem Montéquio como guia, Cassie logo teria se perdido tentando encontrar o caminho até a cozinha. A casa era um labirinto de portas e corredores com curvas e contracurvas, forrados de estantes de livros, quadros e espelhos. Finalmente, Cassie e o gato chegaram ao grande salão e à árvore de Hartwood. Da direção da cozinha, um cheiro delicioso chegou até eles.

— Salsichas! — Cassie gritou.

O café da manhã na Fowell House era composto de uma lama cinzenta e grumosa que se fazia passar por mingau. Há anos, ela não comia salsichas, mas nunca esqueceria aquele cheiro. Cassie entrou na cozinha e perdeu o fôlego em deleite com o que viu.

A grande mesa estava cheia de pratos: montes de bacon, ovos cozidos com cascas marrons salpicadas, cogumelos fritos, tomates e feijões, fatias grossas de torradas, potes de geleia de laranja e de groselha, e um bule de chá azul com o vapor subindo do seu bico.

— Sirva-se, ovelhinha — a sra. Briggs disse. — Não fazemos cerimônia de manhã.

Cassie encheu o seu prato com mais comida do que ela poderia comer e rapidamente começou a esvaziá-lo.

— Minha nossa, você vai superar Brogan se comer tudo isso — a sra. Briggs disse e riu. — Ele vai chegar em breve, imagino. Ele está acordado desde o amanhecer, trabalhando no jardim — a governanta continuou, mexendo algo no caldeirão. — Eu mesma gosto de dormir até tarde quando consigo. Vou terminar isso e então me juntarei a você.

— O que é isso que você está fazendo? — Cassie perguntou, imaginando o que poderia estar faltando naquela mesa abundante.

— Mingau para a sua tia. Ela não come esse tipo de coisa — a sra. Briggs disse, indicando os ovos e o bacon com um aceno de mão. — Ela gosta de comida simples. Um pouco simples demais se quer minha opinião, mas precisamos respeitar o gosto do outro.

Cassie voltou a encher o seu garfo. Que pessoa estranha a sua tia deve ser para preferir mingau em vez de salsichas.

A porta dos fundos se abriu. Cassie levantou os olhos, esperando ver Brogan se juntar a ela no banquete. Junto à porta, estava uma mulher vestida inteiramente de preto, da gola às botas. Ela usava uma saia manchada de lama e segurava um chapéu pontiagudo na mão. A mulher tinha um rosto de traços bem definidos com maçãs do rosto salientes e sobrancelhas retas. Um grande gato preto com uma mancha branca no peito passou por ela. Ela olhou para Cassie como se a garota fosse um fantasma.

— Bom dia, Miranda — a sra. Briggs disse. — Encontrou o bezerro, espero. Você deve estar cansada. Aqui está o seu mingau, com uma pitada de sal, do jeito que você gosta.

Cassie voltou a olhar para ela. Miranda não se parecia nada com a sua mãe. Rose tinha cabelo ruivo e bochechas rosadas, enquanto a mulher à porta tinha rugas na testa e cabelo curto e escuro. A única coisa que elas tinham em comum eram os olhos, que eram do mesmo cinza de tempestade que os de Cassie. Porém, enquanto os olhos da sua mãe eram cheios de alegria, o olhar intenso de Miranda fez Cassie querer derreter em seu assento.

— Obrigada, minha querida — disse a Bruxa da Floresta, colocando o seu chapéu na mesa. — O bezerro foi recuperado. Havia uma cerca quebrada e ele entrou na Floresta. Não foi roubado, acho, mas provavelmente se assustou com alguma coisa.

Miranda sentou-se à cabeceira da mesa, e o gato preto ocupou o melhor lugar perto da lareira. A sra. Briggs colocou uma tigela de mingau fumegante defronte à Bruxa da Floresta, mas ela não a tocou.

— Então, você é a Cassandra.

— Sim, senhora...

— Você pode me chamar de "tia Miranda" quando estivermos em casa.

— Sim, tia Miranda.

— Muito bem, como você vai morar aqui no futuro próximo, vamos estabelecer algumas regras da casa.

— Regras?

— Sim. Eu sou uma bruxa muito ocupada, tenho muitas responsabilidades e não vou conseguir supervisionar você o tempo todo, tampouco a sra. Briggs ou o Brogan.

A governanta sorriu para Cassie e se voltou para o fogão.

— Portanto, espero que você seja independente, responsável e se comporte de forma condizente com uma Morgan. Temos uma reputação nesse vilarejo, entende? As pessoas nos procuram em busca de ajuda. Então, devemos ser impecáveis em nossa conduta.

Cassie sentiu como se estivesse sendo acusada de algum crime que ainda não havia cometido. Ela tinha acabado de chegar a Hedgely; mal tivera tempo para se meter em confusão.

— Há três regras que espero que você siga. A primeira, e mais importante para a sua própria segurança, é esta: você não deve entrar sozinha na Floresta.

— Mas por que não?

— A Floresta está cheia de perigos. Poucas pessoas que entram conseguem encontrar a saída e há coisas dentro dela que não devem ser perturbadas. Você não deve entrar na Floresta a menos que eu a acompanhe, entendeu?

Desde que Cassie havia visto a floresta na noite anterior, teve o desejo de explorar as suas profundezas. Talvez pudesse convencer a tia a levá-la até lá, embora isso estragasse um pouco a diversão.

— Entendo — Cassie concordou com relutância.

— Ótimo. A segunda regra é: tenha bom senso. Você não deve deixar Hartwood depois do anoitecer.

Cassie assentiu. Ela estava acostumada com o toque de recolher da escola e, com o verão se aproximando, ela ainda teria mais algumas horas de luz do dia para passar do lado de fora.

— Finalmente, você pode ir para onde quiser no interior da Hartwood Hall, com exceção do meu escritório na torre norte. Quando estou fora, ele fica trancado. E quando estou trabalhando, não devo ser perturbada.

Aquela devia ser a outra torre que Cassie tinha visto ao chegar à casa da tia. Ela não tinha nenhum interesse no escritório dela e provavelmente se perderia tentando encontrá-lo. Pelo menos essa regra seria bastante fácil de seguir.

Miranda pareceu satisfeita e voltou a sua atenção ao mingau. Mas, naquele momento, era a vez de Cassie falar. Ela levou algum tempo para ter coragem para começar.

— Por favor, você tem alguma ideia do que aconteceu com a minha mãe?

A Bruxa da Floresta olhou para a sobrinha, com a colher a meio caminho da boca.

— Eu não acredito que ela esteja morta — Cassie continuou rapidamente. — Sei que foi isso que os advogados disseram, mas não deve ser verdade. Eu saberia se fosse.

Miranda largou a colher e juntou as mãos.

— Eu aconselharia você a esquecê-la. Onde quer que Rose tenha ido, ela não vai voltar.

Cassie não podia acreditar no que tinha acabado de ouvir.

— Esquecer a minha mãe?

— Rose abandona as pessoas, é o que ela faz. Rose nunca pensa naqueles que deixa para trás. Sem dúvida, ela se esqueceu de nós. Devemos seguir com as nossas vidas.

— Não! — Cassie exclamou, ficou de pé e bateu as palmas das mãos na mesa. — Isso não é verdade! Como você pode dizer uma coisa dessas? Ela me prometeu que voltaria. Se não voltou é porque não conseguiu. Ela está perdida ou machucada ou, não sei, mas pode estar precisando da nossa ajuda.

Miranda cruzou os braços.

— Acredite no que quiser, mas pergunte a si mesma: por que ela ficou longe todos esses anos? Por que ela a deixou naquela escola e não com a sua família, na sua casa, aqui em Hedgely? É o lugar ao qual você pertence, Cassandra, e ela nunca disse a você nem que existíamos. Rose guarda segredos e foge quando as coisas ficam difíceis. Ela fez o mesmo há treze anos quando foi embora de Hedgely.

— Talvez ela simplesmente não suportasse viver com você!

Cassie empurrou o banco para trás e correu para fora da cozinha, atravessando a porta dos fundos que dava para o jardim. Ela cruzou fileiras de alho-poró e couve, parando apenas para olhar furiosamente na direção da casa.

Como Miranda se atrevia a dizer tais coisas? Rose não a tinha abandonado. Ela pensou na segurança da filha. Embora Cassie tivesse que admitir que era estranho o fato de ela não ter sido informada sobre Hedgely e a tia, tinha que haver uma boa razão para isso.

Cassie pegou um dos caminhos do jardim, sem se importar para onde ele a levava. Abraçou a si mesma. A tia era uma pessoa horrível, ela nunca deveria ter vindo para cá. Tinha fugido da Fowell House para ficar presa nesse lugar com aquelas regras estúpidas e uma mulher tão ruim quanto a Garm para mandar nela.

No entanto, Cassie não era capaz de odiar Hartwood. Ao seguir o caminho para longe da cozinha, ela passou por canteiros de violetas e prímulas douradas. Atravessou um pequeno pomar, em que as árvores exibiam nuvens de flores perfumadas e abelhas zumbindo. Para onde quer que ela olhasse, folhas verdes viçosas irrompiam da terra ou brotavam nos galhos. Era difícil continuar zangada andando pela relva fresca e úmida.

Por fim, Cassie se deparou com um roseiral. Havia cercas-vivas e estacas de rosas, como se fossem pirulitos em palitos. As rosas vermelhas e as rosas brancas atapetavam a relva com as suas pétalas. As sarças escalavam os muros altos do jardim, e as minirrosas se embaralhavam aos seus pés. Cada rosa estava em plena floração como se estivéssemos no auge de junho. Cassie caminhou até o banco com entalhes de rosas no centro do jardim, respirando fundo o perfume inconfundível. Ela tinha saltado da primavera para o meio do verão.

— Impossível — ela disse a si mesma.

— Basta um pouco de trabalho e um toque de magia — afirmou uma voz rouca atrás de um arbusto.

Cassie contornou o arbusto e encontrou Brogan do outro lado, com uma podadeira na mão e uma pilha de galhos descartados embaixo dele. Ele estava usando galochas amarelo-canário.

— É muito bonito... E o cheiro! — Cassie disse.

— Esse era o jardim da sua mãe — ele revelou. — Ela plantou a maioria dessas flores. Fico de olho nelas quando tenho tempo.

Cassie olhou em volta com outros olhos. Ela tentou imaginar a mãe ali, cuidando das rosas, mas era difícil. Cassie nunca tinha visto Rose tocar em uma espátula.

— São rosas-de-fada. Não sei como ela conseguiu as sementes. Florescem o ano todo, mesmo em pleno inverno. Mas dá um monte de flores murchas — Brogan explicou e podou outra flor murcha do arbusto.

Cassie sentou-se no banco, passando a mão sobre os entalhes lisos.

— Você acha que ela ainda está viva?

— Não estou certo disso, mas espero que você não desista dela.

Cassie suspirou.

— Todo mundo parece achar que eu deveria. Tia Miranda me disse para esquecê-la.

Brogan permaneceu em silêncio. Só se ouvia o som da podadeira em ação.

— Acho que não gosto muito da tia Miranda — Cassie admitiu. — E acho que ela não gosta de mim.

Em dúvida, o jardineiro encolheu os ombros.

— Foi um choque para ela descobrir que você existe.

— Para mim também foi um choque! Isso não é desculpa para que você seja uma pessoa horrível.

— Talvez não, mas quanto mais velho você é, mais tempo você demora para mudar de ideia, você me entende?

Cassie achou aquilo ridículo. Os adultos devem ser capazes de lidar melhor com as mudanças do que os jovens. Não era aquele o objetivo de crescer?

— Você está me dizendo que eu deveria dar um tempo para ela se acostumar a me ter por aqui?

Em dúvida, Brogan encolheu os ombros novamente e voltou para a sua poda.

— Essas rosas ainda estão florescendo, mesmo que a sua mãe tenha ido embora. Elas não murcharam nem morreram sem ela. Na verdade, ficaram maiores e mais fortes.

Cassie pôs os pés no banco e abraçou os joelhos. Ela pegou a sua chave e a girou entre os dedos.

— Ela prometeu que voltaria, ainda não posso desistir dela.

Brogan assentiu.

— Vou dizer uma coisa a respeito da senhora Rose: ela nunca foi de quebrar uma promessa.

Cassie pegou a flor mais próxima e a trouxe para perto do nariz, assustando a abelha que estava escondida sob as pétalas, com seu corpo peludo polvilhado com pólen. Ela não iria desistir tão facilmente. Se a Bruxa da Floresta não a ajudasse, Cassie teria que encontrar a mãe sozinha.

Capítulo 9

Lanche das onze horas

— Não consigo entender por que devo acompanhá-la nessa missão inútil — Montéquio disse, abrindo caminho cautelosamente entre poças de lama pelo caminho ladeira abaixo.

Cassie se perguntou se o gato sempre ficava tão mal-humorado pela manhã.

Sentindo-se melhor depois de sua conversa com Brogan, ela tinha voltado para a cozinha, mas a Bruxa da Floresta já havia desaparecido. A sra. Briggs informou que a sua tia tinha subido para dormir, depois de passar toda a noite fora. A governanta deu a Cassie um punhado de moedas, uma lista de compras e ela foi enviada para explorar o vilarejo com o gato irritado, desalojado do seu lugar perto da lareira.

— Está um dia lindo — Cassie comentou, curtindo o sol no rosto. — E não é uma missão totalmente inútil. Há arenques defumados nessa lista.

Montéquio ficou em silêncio, mas acelerou o seu passo, com o rabo erguido como um mastro de bandeira.

Quando alcançaram a velha ponte de pedra que atravessava o rio, Cassie parou. O rio descia da Floresta, passava por baixo da ponte e desaguava nos campos. Ela se debruçou sobre o muro e olhou para a água cristalina abaixo. As nenúfares estavam começando a desabrochar e longos fios de algas fluviais ondulavam na corrente como cabelo verde. Havia cardumes de peixinhos, e percas amarelas com o dorso listrado tomavam sol perto da superfície. Cassie conseguia ver o seu reflexo indistinto na água e, enquanto observava, outro rosto apareceu sob o seu, ascendendo pálido e iluminado para a superfície. Era o rosto de uma mulher, com os olhos arregalados e a boca escancarada como se em busca de ar.

— Por que estamos parando? — Montéquio perguntou.

— Há alguém lá embaixo, na água — Cassie respondeu. Ela atravessou a ponte correndo e começou a deslizar pela ribanceira, com a relva molhada manchando o seu vestido. — Ela está se afogando!

Na verdade, Cassie não sabia nadar e isso a deixou ainda mais preocupada com a mulher no rio. Talvez ela pudesse encontrar um galho comprido ou uma corda para arrastá-la até a margem.

— Olá! — Cassie gritou. — Você está bem? Estou chegando!

A margem estava repleta de juncos, mas Cassie encontrou uma brecha e abriu caminho. Ela não conseguia mais ver a mulher. Apenas o rio profundo e escuro, fluindo lentamente.

— Cassandra, fique longe da água! — o gato gritou.

Ignorando-o, Cassie alcançou a beira do rio. Algo frio e molhado agarrou o seu tornozelo e o puxou.

Antes que Cassie pudesse respirar ou gritar, ela estava debaixo d'água. Mãos vigorosas e ossudas a agarraram, puxando-a para baixo. Ela se debateu e chutou, mas não conseguiu escapar. As algas verdes giravam ao redor dela, obscurecendo a sua visão. O rosto da mulher reapareceu: tinha olhos sem pálpebras, como um peixe, e um sorriso com dentes de tubarão.

Cassie tentou gritar, mas os seus pulmões se encheram de água. Ela agarrou as algas, mas elas eram viscosas e escorregaram das suas mãos. As mãos em forma de garra a seguraram com força, puxando-a ainda mais para o fundo do rio. A visão de Cassie ficou turva e o seu peito começou a doer. A água estava tão fria que a gelou até os ossos.

Com o resto de suas forças, Cassie deu um chute e o peito do seu pé atingiu a carne fria da mulher, que retrocedeu. Lutando contra a água, com os braços se debatendo loucamente, ela se lançou para a superfície. Cassie emergiu, ofegante e, naquele instante, alguém agarrou a sua mão. Mas a mulher do rio a capturou novamente, com os seus braços ossudos abraçando a cintura de Cassie e a puxando mais uma vez para debaixo d'água. Ela ficou no meio de um doloroso cabo de guerra entre quem estava tentando salvá-la e a criatura que a prendia. Então, algo redondo e branco pousou na superfície da água e afundou. A mulher do rio a soltou e mergulhou atrás daquilo. Lentamente, Cassie foi arrastada até a margem.

Deitada na lama, Cassie tossiu e cuspiu água barrenta e, em seguida, afastou o cabelo dos olhos. Pairando sobre ela em uma vassoura voadora, estava a sua salvadora: uma garota da idade de Cassie ou um pouco mais velha. Ela tinha um rosto moreno e sardento rodeado por cabelo curto e encaracolado. A garota estava sorrindo.

— Você está bem?

— Sim — Cassie respondeu, ofegante. — Obrigada.

— Um pouco rápido para nadar — a garota disse, pousando a vassoura e dando a mão para Cassie.

— O que era aquela coisa? Ele tentou me afogar!

— A velha Wendy Weedskin? Ah, ela é uma megera fluvial, bem inofensiva para as pessoas. Só que este não é o melhor lugar para dar um mergulho. Ela mora debaixo da ponte. Se você quer pescar, precisa alimentá-la primeiro.

— Alimentá-la?

— Sim, por falar nisso, você me deve o lanche das onze. Tive que jogar o meu pão doce para distraí-la. Era recheado com creme.

— Ela é... — Cassie começou a falar, mas fez uma pausa, esperando que a garota não risse dela. — Ela é uma fada?

— Claro! Há muitas por aqui por causa da proximidade com a Floresta. As ninfas desembocam das matas. Você encontra todos os tipos de coisas estranhas no rio. Ora, você ficou com uma cor engraçada. Você nunca viu uma fada antes?

— Já vi — Cassie respondeu. — Só que de onde eu sou a maioria das pessoas não acredita que elas existam.

— Não vejo o que acreditar tem a ver com isso. Pode-se também não acreditar em banhos ou irmãos, mas você tem que aturar os dois do mesmo jeito. A propósito, meu nome é Rue. Rue Whitby. E ele se chama Papo.

Ela apontou para o sapo empoleirado em seu ombro. Ele era marrom e rechonchudo, com garras curtas e grossas que se agarravam à blusa de Rue.

— Ela deve ser a nova garota Morgan — o sapo disse com sua voz rouca.

Os olhos de Rue se iluminaram.

— Todo mundo está falando de você. Espere até eu falar para os garotos que eu vi você primeiro!

— Todo mundo? — Cassie perguntou.

— Sim, todo mundo do vilarejo. Emley Moor viu você passar ontem à noite. As notícias se espalham bem rápido por aqui.

— Principalmente com a sua mãe ajudando — Papo disse para Rue e piscou para Cassie.

— Ele é seu familiar? — Rue perguntou, apontando para o gato cinza que estava caminhando cautelosamente pela relva molhada em direção a eles.

— Certamente que não — Montéquio disse. — Se eu *fosse* familiar dela, ela aceitaria o meu conselho. Sério, Cassandra, qual é o sentido de eu acompanhá-la nessa desventura se você ignora cada palavra que eu digo? Você está parecendo um rato afogado. Vamos ter que voltar pra casa agora e você não causará boa impressão em sua tia.

— Não precisa. Você pode se secar na minha casa — Rue ofereceu.

— E conhecer o resto do clã — Papo acrescentou.

— Não é longe.

Cassie torceu a água do cabelo e aceitou o empréstimo do pulôver de Rue. A outra garota enfiou a sua vassoura debaixo do braço e indicou o caminho.

— Então você vai se juntar ao *coven*? — Rue perguntou a Cassie.

— O *coven*? Não sei.

— Mas você é uma bruxa, não é? Você é a sobrinha da velhota. Quer dizer, a sobrinha da Bruxa da Floresta. Você deve conhecer bruxaria como ninguém.

— Já voei com uma vassoura uma vez, mas nunca lancei um feitiço ou algo assim. Você acha que me deixariam ingressar no *coven*?

— Claro! Qualquer garota pode aprender bruxaria, mesmo que não seja de uma família de bruxas. Sem dúvida, algumas têm um talento especial para isso, não que isso importe, a menos que você seja uma caçadora de distintivos. Nós nos reunimos às sextas-feiras depois da escola no antigo salão — Rue explicou. — Nós vamos à Floresta na próxima semana. Vai ser incrível. Você tem que vir!

De alguma forma, Cassie se viu concordando em comparecer na semana seguinte. Era difícil não se deixar levar pelo entusiasmo de Rue e, além disso, aprender um pouco de bruxaria poderia ajudar a encontrar a sua mãe.

Hedgely se situava à beira do vale. Suas fileiras de lojas e casas, construídas com a mesma pedra amarelada, brilhavam suavemente à luz da manhã. A rua principal estava cheia de pessoas carregando cestas de compras e empurrando carrinhos de bebê. Um policial passou zunindo por elas pedalando uma bicicleta e um músico de rua estava parado ao lado da cruz do mercado, tocando uma melodia animada em sua pequena flauta, com o chapéu repleto de moedas reluzentes.

Cassie sentia os seus sapatos respingarem a água do rio enquanto Rue a levava para o centro do vilarejo. As pessoas se viravam para olhá-las quando as duas passavam, sussurrando pelas costas delas. Cassie conseguiu captar as palavras "Bruxa da Floresta" e "Rose" e se deu conta de que os moradores já sabiam quem ela era. A tia Miranda não teria uma opinião favorável a respeito da sua aparência toda encharcada em sua primeira aparição no vilarejo. *Não condizia com a reputação dos Morgan*, ela diria.

Elas passaram pela The Pickled Imp, por um açougue, por uma loja de tecidos e por uma pequena agência de correio.

— Aqui estamos! — Rue exclamou, abrindo a porta de uma loja com um floreio.

A placa acima dizia "Whtiby's" e tinha uma maçã pintada ao lado do nome. O conteúdo da loja estava espalhado na calçada: cestos e barris de frutas e legumes, alguns ainda cobertos de terra. Buquês de narcisos e tulipas enchiam um balde ao lado da porta e a janela estava coberta de anúncios de sabão em pó, feijão em lata e cacau.

Rue puxou Cassie para dentro. O interior da loja estava repleto de prateleiras forradas de mercadorias embaladas.

— Oi, mãe! — Rue saudou a mulher atrás do balcão enquanto puxava Cassie em direção à escada.

— Calma aí, Ruth Whitby! Quem em nome do rei é essa pobre criatura que você arrastou para a minha loja?

— Quem, essa? — Rue perguntou com um sorriso atrevido. — Ela é simplesmente Cassie Morgan. Ela teve um pequeno desentendimento com Wendy Weedskin. Então, vou levá-la para cima para se trocar.

A sra. Whitby saiu de trás do balcão. Era uma mulher baixa e roliça, com o mesmo cabelo escuro e encaracolado de Rue. Usava um avental verde que a fazia parecer a maçã da placa da loja. Os seus olhos brilharam ao ver Cassie.

— Minha nossa! Então é verdade! Não acreditei quando me contaram. *A filha de Rose Morgan*, disseram. *Impossível*, eu disse! Mas aqui está você, e você não poderia ser filha de mais ninguém.

Cassie estava pingando água do rio no chão, mas a sra. Whitby não pareceu ligar.

— Bem, isso vai deixar Miranda com uma pulga atrás da orelha, com certeza — ela continuou com um sorriso satisfeito. — Suponho que você vai começar a estudar na escola do vilarejo, não é? Rue vai ficar de olho em você, é claro. Mas se você precisar de alguma coisa, é só aparecer aqui à tarde e eu resolvo o assunto. Nós nos dávamos bem, sua mãe e eu. Você não tem notícias dela, tem?

— Mãe! — Rue reclamou.

— Ah, tudo bem, não custa nada perguntar, custa? Todo mundo está se perguntando isso. De qualquer forma, há toalhas limpas no armário e tomem cuidado para não sujar os meus tapetes com lama. Ah, e se você for sair depois, leve Oliver com você. Ele está me seguindo por todos os lados.

— Mas, mãe...

— Fora daqui! Sou uma mulher ocupada.

Rue suspirou e levou Cassie para cima.

— Se você me chamar de Ruth, vai se arrepender — ela disse, alertando Cassie.

Pouco tempo depois, Cassie saiu usando um short de Rue e uma camisa bastante folgada que pertencia a um dos seus irmãos mais velhos. O cabelo úmido da garota estava preso em duas tranças. Ela não parecia muito apresentável, mas pelo menos se sentia aquecida e principalmente seca. A sra. Whitby tinha lhe dado uma cesta cheia dos mantimentos que a sra. Briggs havia pedido, com um buquê de violetas enfiado ao lado.

Rue segurava pela mão um garotinho de camisa branca. Ele tinha cachos castanhos finos emoldurando um rosto angelical.

— Vamos pegar algo na Marchpane's. Estou morrendo de fome — ela disse.

— Pães doces! — Oliver exclamou, puxando o braço da irmã.

— Quantos irmãos você tem? — Cassie perguntou, sentindo um pouco de inveja da família acolhedora de Rue.

— Três. O que é o suficiente. E Oliver é mais problemático do que o resto de nós juntos.

A Marchpane's era uma pequena loja com um toldo com listras cor-de--rosa. O cheiro de canela, caramelo e pão fresco saía pela porta aberta. O interior estava cheio de gente comprando pães, rolinhos e tortas. As crianças pequenas estavam com os seus narizes encostados nas vitrines. Cassie logo percebeu o motivo: bolinhos e pães doces com groselha, biscoitos de gengibre, bolos em forma de ouriço, *muffins* assados, suspiros, pães doces com açafrão, rocamboles e bolos decorados com fadas com cobertura de glacê verde estavam alinhados em pequenas filas.

Cassie manuseou as moedas que a sra. Briggs lhe dera para comprar uma guloseima e se perguntou como é que ela se decidiria.

— Experimente uma tortinha de cogumelo. Pega também uma geleia de framboesa para o recheio — Rue disse, prestativa.

Finalmente, Cassie e Rue chegaram à frente da fila, onde uma mulher sorridente de avental cor-de-rosa as esperava.

— E o que eu posso servir para vocês, queridas? — ela perguntou, com um olho em Oliver, que estava babando junto à vitrine.

— Quero um pão branco e duas bombinhas de alcaçuz — disse uma voz estridente por trás delas. A voz pertencia a uma mulher baixa e idosa usando um chapéu de bruxa. Com ela, carregando uma cesta de compras cheia de nabos e repolhos, estava a garota que Cassie havia conhecido no trem.

— Tabitha!

— Ah, oi — ela disse, com as bochechas coradas.

— Com licença — Rue afirmou, fuzilando a velha com os olhos. — Mas nós éramos as próximas da fila.

— Tabitha, quem são essas garotas insolentes que você parece conhecer? — a mulher perguntou.

— Essa é Cassie Morgan. Nós nos conhecemos no trem e...

— Eu sou Rue. Rue Whitby.

— Bem, eu não esperaria nada melhor da filha de uma lojista, mas você, senhorita Morgan, deveria saber respeitar os mais velhos — a velha disse e empurrou Cassie para o lado com a sua bolsa de couro de crocodilo. — Embrulhe o meu pedido em papel. Não quero farinha no meu vestido.

A velha pegou a sua compra, pagou com dinheiro trocado e se dirigiu para a saída da loja, deixando uma fila de clientes resmungando em seu rastro.

— Desculpe! — Tabitha sussurrou, correndo atrás dela.

Enquanto Rue espumava de raiva, Cassie comprou três tortinhas de cogumelo — vermelhas reluzentes com pintas de *marshmallow* —, um ratinho de açúcar para Montéquio e um biscoito de groselha para Papo. Acharam um lugar ensolarado na praça do vilarejo e comeram os doces. Oliver conseguiu espalhar geleia em sua camisa branca em segundos e, depois de terminar a sua guloseima, saiu correndo para perseguir os patos.

— Como ela se atreve! — Rue disse, permanecia furiosa. — Filha de uma lojista? Todo mundo sabe que a velhota não tem um centavo, apesar da sua arrogância e esnobismo. Gostaria de enfiar a cabeça dela naquela bolsa.

— Duvido que coubesse — Papo disse.

— Ela também é uma bruxa? — Cassie perguntou.

— A senhora Blight? Acho que sim, embora eu nunca a tenha visto fazer qualquer bruxaria. Geralmente, ela só manda nas pessoas e se pavoneia como se fosse dona da cidade. Ela nem é de Hedgely! Os Blight são uma família de bruxas de Somerset.

Cassie percebeu que a sra. Blight devia ser a avó de Tabitha.

— Mas Tabitha é legal. Ela dividiu os seus sanduíches comigo no trem.

— Eu não perderia tempo com ela, Cass. Os Blight são todos iguais. Ah, capetinha! Oliver está tentando acariciar os gansos de novo. Segure isso para mim, está bem?

Cassie observou Rue perseguir o irmão pela praça e se perguntou se ela tinha razão a respeito de Tabitha. A sra. Blight era uma velha ranzinza, mas você não podia escolher a sua família, como Cassie sabia muito bem.

— Só resta uma coisa nessa lista — Cassie disse quando Rue voltou, arrastando o irmão sujo de lama e manchado de geleia. Cassie examinou o pedaço de papel que a sra. Briggs tinha dado para ela. — Diz "pegue o pedido na Widdershin's".

— Ah, fica na rua Loft — Rue disse. — Você está vendo aquela porta verde? É ali. É melhor eu levar o Oliver para casa e limpá-lo. Minha mãe vai me matar quando vir o estado dele. Encontro você aqui amanhã à tarde? Vou deixar você experimentar a minha vassoura!

Cassie se despediu dos Whitby e se virou para seguir Montéquio em direção à porta verde.

Capítulo 10

O rato de livraria

A Widdershin's era a última de uma sequência de lojas ao longo da rua Loft. Parecia que ela tinha chegado atrasada e descoberto que não havia espaço suficiente, mas se espremera mesmo assim no que sobrara. O prédio de três andares estava se inclinando de modo preocupante para a direita. A sua porta verde estava em um ângulo que Cassie teve que inclinar a cabeça para entrar. Um sino tocou em algum lugar no interior escuro.

— Olá? — ela chamou.

Não houve resposta. A loja era muito maior do que parecia do lado de fora e estava cheia de prateleiras altas e tortas que esculpiam o espaço em corredores sinuosos.

A luz vespertina entrava por uma janela no alto, convertendo a poeira flutuante em vaga-lumes dançantes. Cassie piscou; as prateleiras estavam cheias de *livros*! Havia pilhas de livros no chão, pilhas de livros em mesinhas quase desmoronando por causa do peso e livros oscilando precariamente em torres esguias tão altas quanto as próprias prateleiras. Livros de todos os tipos que se pode imaginar estavam ali: tratados antigos encadernados em couro marrom com títulos dourados desbotados, romances de capa mole amarelados, volumes pretos finos com fitas penduradas nas lombadas, livros ilustrados de cores vivas, pilhas de revistas e jornais velhos. Muito mais do que Cassie poderia ler em uma vida!

Ela sentiu o cheiro de poeira e couro e o odor peculiar de baunilha de papel envelhecido. Caminhando cuidadosamente entre as pilhas até a prateleira mais próxima, Cassie passou o dedo pelas lombadas e leu alguns títulos: *A sereia e os seus costumes*; *As profecias incorretas de Tegwen, o eremita*; *O guia do jardineiro para cultivo de beterraba*. Ela estava pegando o livro *Uma história natural da Floresta* quando algo pequeno e branco se esgueirou para perto dos seus pés. Cassie saltou para trás e viu um rabo fino e escamoso desaparecer sob a prateleira.

Ajoelhando-se, Cassie espiou pelo vão, mas a coisa tinha sumido. Da pilha de livros atrás dela veio o som inconfundível de papel sendo rasgado. Cassie se arrastou em direção ao barulho. Ali, em um ninho de dicionários, havia um pequeno lagarto branco com dois chifres curtos e grossos e uma crista de espinhos no dorso. Pedaços de papel impresso jaziam perto dele. O lagarto segurava uma página rasgada e estava mastigando em um canto. Cassie percebeu que estava faltando uma garra na pata dianteira direita. O animal parou de mastigar e olhou para ela com olhos pequenos, redondos e brilhantes, como uma criança pega com a mão dentro de uma lata de biscoitos.

— Essa poeira não está fazendo nada bem para as minhas alergias — Montéquio disse, passando roçando pelas pernas de Cassie.

O gato e o lagarto se avistaram e ficaram paralisados por algum tempo. Então, o lagarto largou o seu jantar e fugiu, e Montéquio saltou atrás da criatura. O lagarto passou por baixo de uma prateleira e saiu correndo por outro corredor, perseguido pelo gato cinza que derrubou uma pilha de livros, provocando uma pequena explosão que lançou uma nuvem de poeira no ar.

— Montéquio! — Cassie gritou, perdendo-o de vista entre as prateleiras, mas capaz de seguir a perseguição pelo som dos livros caindo. Ela correu atrás dele.

Fazendo uma curva, ela deu de cara com um velhinho empunhando uma rede de borboletas.

— Para que lado ele foi?

Cassie apontou para a direção do tumulto. O homem saltou por cima de uma pilha de livros caídos com surpreendente agilidade e se juntou à perseguição. Houve um baque ressonante e um grito de vitória de algum lugar nos fundos da loja.

— Ah, agora peguei você, sua pequena besta!

Preocupada com Montéquio, Cassie correu na direção da voz. Mas quando ela chegou, o gato estava se limpando tranquilamente.

O velhinho estava sorrindo de contentamento. Ele tinha uma barba branca pontiaguda, sobrancelhas que se curvavam como antenas de mariposa e orelhas longas e caídas que terminavam em tufos de pelo. Estava usando quatro pares de óculos: dois na cabeça, um no nariz e outro pendurado em uma corrente em volta do pescoço. Segurava a rede de borboletas no alto; nela, o lagarto branco se debatia de um lado para o outro.

— Você não vai escapar dessa vez! Aprontando com o meu *Archimellius* de novo, não é? Bem, essa foi a sua última refeição!

Ele se dirigiu apressadamente até o que devia ser uma escrivaninha, embora estivesse enterrada sob uma montanha de livros. De uma gaveta em algum lugar, ele tirou um saco de batatas e enfiou o lagarto dentro com uma expressão de satisfação. Atrás dele, carvões queimavam em um fogão em forma de barril.

— O que você vai fazer com ele?

— Jogá-lo no fogo! A única maneira de lidar com os ratos de livraria é queimá-los. Eles queimam muito rápido com todo esse papel dentro deles.

Cassie correu para se interpor no espaço entre o homem e o fogão.

— Você não pode fazer isso! Eu não vou deixar!

Contrariado, o homenzinho franziu a testa.

— O que mais posso fazer com esse verme? Soltá-lo? Deixá-lo ir embora? Ele vai estar de volta antes que você possa piscar e continuará devorando o meu estoque. Isso é uma livraria, não um bufê!

— Então me deixe levá-lo — Cassie propôs.

— Você não pode estar falando sério — Montéquio se intrometeu. — A sua tia...

— Ela não precisa saber, não é? — Cassie sussurrou.

O livreiro suspirou e entregou o saco que estava se contorcendo.

— Muito bem, mas se ele voltar aqui de novo, ele vai direto para o fogo!

— Os lagartos só comem livros? — Cassie perguntou, querendo saber se poderia mantê-lo como um animal de estimação.

— Livros, pergaminhos, folhetos, jornais... Qualquer coisa com palavras. Um comeu uma enciclopédia inteira durante a noite, de A a Z. Agora, presumo que você tenha vindo aqui para tratar de alguma outra coisa além dessa missão de resgate desaconselhável.

— Ah, sim, estou aqui para pegar um pedido da senhora Briggs, algo com o título *A névoa violeta*.

— Ah, outro desses romances com aristocratas que ela aprecia. Sem dúvida, esse vai apresentar um belo lorde com olhos brilhantes e voz de veludo — o velho disse, desdenhando. — Deixe-me dar um conselho, garota, se você já se deparou com um príncipe encantado, jogue uma ferradura nele e corra o mais rápido que puder na direção oposta! Os livros novos estão nos fundos. Espere aqui enquanto eu o pego e segure bem esse saco!

Cassie percorreu com os olhos o recinto e os pousou no balcão da livraria. Estava entulhado de papéis, recibos, canetas e tinteiros, mas em cima de tudo isso havia um grande livro encadernado em couro cor de marfim. Certificando-se de que Widdershin não voltaria imediatamente, Cassie foi dar uma olhada mais de perto.

O livro estava preso ao balcão por uma corrente grossa, como se pudesse escapar quando quisesse. A sua capa desgastada e amarelada estava ornada com um padrão estranho e uma série de símbolos não reconhecidos por Cassie. No centro, havia uma protuberância com uma fenda. Ela acariciou a capa com um dedo, provocando-lhe uma sensação estranha de formigamento no braço. Lentamente, a fenda se abriu e um olho vidrado olhou para ela a partir da capa. Ela afastou a mão. O olho a contemplou, piscou uma vez e depois voltou a se fechar.

Cassie se aproximou do livro mais uma vez. Com cuidado, ela abriu em uma página ao acaso. O livro era escrito com letras ornamentadas, em uma língua que ela não conhecia. Apesar de sua antiguidade evidente, a escrita parecia recente e clara. Embora ela não conseguisse ler o livro, descobriu que tinha ilustrações maravilhosas. Ao redor das margens do texto, videiras se enrolavam e árvores cresciam, animais rastejavam e pássaros voavam, e pessoa minúsculas trabalhavam arando campos e construindo casas.

Cassie virou a página. Havia uma imagem de uma floresta escura e, através dela, passava um grupo de belas pessoas montadas em cavalos. Um jovem de armadura preta seguia a pé de cabeça baixa. A página oposta mostrava uma cidade à beira-mar, com um palácio de prata e torres delicadas, chegando até as nuvens. Cassie voltou a virar a página.

Dois olhos flamejantes olhavam para ela atrás de uma máscara de osso. Era um crânio de um veado com galhadas ramificadas, entrelaçadas com videiras espinhosas e folhas de teixo. A imagem provocou arrepios de medo em Cassie. Era apenas uma ilustração, mas aqueles olhos brilhantes, cravados nas órbitas ósseas, estavam terrivelmente vivos. Ela olhou para a caveira e sentiu que ela a encarava de volta, penetrando em sua mente. Abaixo da imagem, havia três palavras, e ela descobriu que conseguia lê-las: "O Rei Elfo".

— O que você está fazendo? — Widdershin gritou.

Ele correu e fechou o livro, quase esmagando os dedos de Cassie.

— Desculpe, eu só estava olhando — ela disse baixinho.

A imagem do crânio do veado ficou gravada na mente de Cassie. Ela balançou a cabeça, tentando expulsá-la.

— Seres humanos! Nunca vou entender a maldita curiosidade deles, sempre bisbilhotando coisas que não lhe dizem respeito. São piores do que gatos!

Montéquio lançou-lhe um olhar.

— É um livro lindo. É sobre o quê? Não consegui ler.

O livreiro suspirou.

— Bem, considere-se afortunada por isso. É uma história de pouco valor. Tenho certeza de que você a acharia muito chata. Vamos, pegue isso — ele disse e entregou a Cassie um livro embrulhado em papel pardo. — Agora, acho que você também vai precisar do seu manual.

— Meu o quê?

— O *Manual da bruxa*, é claro! Tenho a última edição aqui. Há um novo capítulo sobre flechadas de elfos. Você vai achar útil.

Widdershin subiu uma escadinha, pegou um livro preto fino com um símbolo prateado serpenteante na capa e o entregou a Cassie. Ela abriu o livro no sumário e leu: "Sistema prático para a formação de jovens bruxas; Como rastrear duendes de Norfolk; Proteções simples de utensílios domésticos; Os nove sinais de encantamento".

— Vou colocar na conta da Bruxa da Floresta — Widdershin informou, enxotando Cassie para fora da livraria. — Agora, fora daqui! Tenho que arrumar essa bagunça. Esses ratos de livraria serão a minha ruína um dia desses!

— Widdershin é um duende? — Cassie perguntou a Montéquio assim que eles saíram da loja.

Algo nele era nitidamente semelhante a um duende, mas ele parecia bastante inofensivo, a não ser que você fosse um rato de livraria.

— Ele é um duende do lar.

— Qual é a diferença?

— Higiene dental e bússola moral rudimentar — Montéquio explicou. — São duas faces da mesma moeda, pode-se dizer. Só que os duendes do lar devem a sua lealdade à rainha. Agora, diga, o que você pretende fazer com essa coisa?

Cassie considerou levar o rato de livraria para casa com ela, mas sabia que teria de escondê-lo da sua tia, confinando a criatura em seu quarto. Isso parecia injusto com o lagarto e, além disso, ela preferia não sacrificar os livros da sua mãe ao apetite dele. Em vez disso, ela decidiu soltá-lo, em algum lugar longe o bastante da livraria Widdershin's, para que ele não encontrasse o caminho de volta.

— Vou devolvê-lo à Floresta.

— Mas a sua tia disse...

— Eu sei. Não vou entrar na mata, vou só até a beirada da Floresta. Vai levar apenas um minuto.

Montéquio murmurou algo a respeito dos detalhes técnicos da proibição da tia de Cassie, mas a seguiu mesmo assim. Saíram da rua Loft pouco antes de chegarem à ponte, seguindo o rio a uma distância segura. Cassie não queria nadar pela segunda vez naquele dia.

Ela e o gato escalaram a longa encosta relvada em direção à sombra escura da Floresta. O sol estava se pondo atrás das árvores, projetando-os em silhueta; uma linha de sentinelas altas e escuras contra o céu. As sombras dos dois alcançaram Cassie como dedos.

A mata começava no alto da colina com pilriteiros, sabugueiros retorcidos e alguns freixos novos. Atrás deles, os troncos sólidos de carvalhos e faias se erguiam em uma névoa de crepúsculo. O ar tinha cheiro de húmus e jacintos.

Cassie espreitou as sombras. A Floresta a fascinava e a perturbava. Desde a noite anterior, quando passaram por ela a caminho de Hartwood, ela tinha ficado ciente da sua presença. Quer ela estivesse percorrendo o vilarejo com Rue ou deitada em seu quarto à noite, ela podia sentir a Floresta, persistente no limite da sua mente, esperando. Naquele momento, Cassie teve a estranha sensação de que a mata, ou algo dentro dela, estava olhando para ela.

— Montéquio, quão grande é a Floresta?

— Não dá para ter certeza. A mata prega peças nos exploradores. As trilhas aparecem e desaparecem ou levam as pessoas a andar em círculos. Não há mapas, e as bússolas comuns não funcionam direito em seu interior.

Ora, você pode caminhar durante dias ou semanas e, finalmente, sair no lugar onde começou. Alguns dizem que, à noite, as árvores arrancam as suas raízes e mudam de lugar.

Não havia luz entre os caules das árvores, apenas tons de verde crescentes. Um arrepio percorreu a espinha de Cassie. Algo a estava incomodando, algo que Tabitha havia dito a respeito de Hedgely estar perto da "fronteira"; a descrição prosaica de Brogan sobre o papel da Bruxa da Floresta em proteger o vilarejo; a própria regra de Miranda de Cassie não poder entrar na mata sozinha.

— Mas se você for até o fim, se você sair do outro lado...

O gato olhou para Cassie com o seu olhar âmbar.

— Então você chegaria à Terra das Fadas.

De olhos arregalados, Cassie ficou encarando Montéquio. Fazia um tipo de sentido impossível e explicava por que Hedgely era tão diferente de Londres. Por que um duende do lar podia ser dono de uma livraria, por que Rue tinha dado como certa a existência de fadas, por que o vilarejo estava cheio de bruxas. A Floresta era a fronteira entre a Inglaterra e a Terra das Fadas. A Bruxa da Floresta não os estava protegendo da mata, mas do que estava além dela. A Terra das Fadas era real, era um lugar que poderia ser visitado, se você encontrasse o caminho através da mata.

— Não venha com ideias — Montéquio disse, observando Cassie. — O caminho para a Terra das Fadas é pavimentado com espinhos, ou qualquer coisa assim, dizem. A pessoa só consegue passar durante as Noites de Travessia e, mesmo se conseguisse chegar ao outro lado, nunca mais encontraria o caminho de volta.

Apesar das advertências do gato, Cassie foi tomada pela súbita e extravagante ideia de que ela poderia ingressar em outro mundo algum dia.

— Mas, às vezes, as pessoas certamente voltam?

— Faz séculos que nenhuma pessoa retornou da Terra das Fadas. Mesmo a Bruxa da Floresta não atravessa a fronteira.

O saco se retorceu violentamente. Cassie se ajoelhou e afrouxou a corda que o amarrava. O lagarto se contorceu livre, caiu sobre as mãos de Cassie, escapou e correu para a vegetação rasteira. Ela o viu desaparecer entre as samambaias, esperando que ele não encontrasse o caminho de volta para Widdershin's tão cedo.

Cassie voltou a sentir um arrepio na espinha. A temperatura tinha caído e o seu cabelo ainda estava úmido do banho no rio. Dentro da mata, uma sombra se destacou de um grupo de árvores mais escuras. Era difícil distinguir, mas Cassie achou que era uma pessoa envolta em uma capa. A figura estava se deslocando lentamente e logo parou diante de outra forma indistinta. Talvez um toco de árvore? Cassie não era capaz de dizer naquela distância.

Houve um estampido ensurdecedor, como um tiro, e Cassie se abaixou. Os pombos levantaram voo das árvores em uma confusão de asas cinzentas. Quando ela olhou de volta, a figura tinha desaparecido.

— O que foi isso? — ela perguntou.

— Não sei, mas não devíamos estar aqui — Montéquio respondeu e partiu em direção ao vilarejo.

Cassie se levantou e o seguiu, virando-se de vez em quando para olhar para a mata escura.

Capítulo 11

O 1º *Coven* de Hedgely

Cassie quase não viu a sua tia durante a sua primeira semana em Hedgely. Miranda não parou em casa por causa de assuntos relacionados à Bruxa da Floresta, voltava só muito depois de Cassie ter jantado e ido para a cama. Quando elas se cruzavam, nas escadas ou na cozinha, trocavam poucas palavras e evitavam o contato visual.

Cassie não tinha perdoado completamente a tia por causa da discussão que tiveram e parecia que nenhuma das duas tinha qualquer intenção de pedir desculpas. Assim, elas continuavam mantendo um silêncio desconfortável. Cassie disse a si mesma que não se importava, que poderia encontrar a mãe sem a ajuda da tia e, ao fazer isso, provaria que Miranda estava errada.

Além disso, Cassie estava ocupada assando bolinhos com a sra. Briggs e ajudando Brogan a plantar morangos. Eles formavam um grupo alegre e faminto junto à mesa da cozinha, e Cassie logo começou a sentir como se morasse em Hartwood há anos.

Ela passava as tardes com Rue, sua nova amiga tinha nascido e fora criada em Hedgely. Rue conhecia cada casa, campo e fazenda, e todos os seus moradores. Juntas, elas exploravam o vilarejo e as colinas circundantes. Trepavam nas macieiras do sr. Scrump e procuravam os ninhos de pássaros que tinham uma queda por frutas maduras. Rue a levou em um passeio pelo adro coberto de vegetação da igreja, lendo as lápides e ficando de olho nos fantasmas no bosque de teixos.

Quando a sexta-feira chegou, Cassie estava tão animada quanto nervosa com a perspectiva de ir ao *coven* e conhecer as outras jovens bruxas de Hedgely e dos vilarejos vizinhos. Nunca era fácil ser a novata e Cassie se preocupava com o que pensariam a seu respeito. Apesar de ser a sobrinha da Bruxa da Floresta, ela tinha muito a aprender no que dizia respeito a coisas de bruxaria e fadas.

O salão do *coven* de Hedgely ficava no lado oeste do vilarejo, além das últimas casas e à sombra da Floresta. Tinha um telhado de ardósia pontiagudo como um chapéu de bruxa, manchado de musgo e líquen. Uma nuvem de fumaça roxa escapava da chaminé, e risadas podiam ser ouvidas pela porta aberta. Cassie seguiu duas garotas vestidas com um uniforme preto elegante. Usavam capas que iam até os joelhos e chapéus de abas largas. Cada uma carregava a sua vassoura de bruxa.

As garotas uniformizadas correram pelo caminho, mas Cassie ficou do lado de fora. Ela gostaria de ter combinado um encontro com Rue na ponte para que elas pudessem chegar juntas.

O salão era cercado por um jardim de ervas floridas. Cambaxirras e melros saltitavam, procurando insetos e ignorando o espantalho com chapéu de bruxa desbotado.

— Quem é você?

Uma garota com cabelo preto curto estava parada à porta olhando para Cassie. A capa dela estava coberta de distintivos e um arminho castanho estava empoleirado no ombro dela, com o seu corpo longo enrolado ao redor do pescoço dela como uma estola de pele.

— Vou encontrar a minha amiga aqui — Cassie começou a explicar. A cara feia da garota se converteu em um sorriso doce. — Ah, você é nova! Bem, não se preocupe com o fato de não ter um uniforme. Tenho certeza de que o seu pessoal vai providenciá-lo até o próximo encontro. Quem é o seu pessoal?

— Eu moro em Hartwood com a minha tia.

— É ela! — o arminho sibilou.

A garota arregalou os olhos.

— Você é Cassandra Morgan? Por que você não me disse antes? Eu sou Ivy Harrington. Entre. Você pode se sentar com a gente. Somos da Patrulha dos Espinhos. Somos de longe a melhor patrulha. Todo mundo diz isso.

Cassie se viu conduzida pela porta. No interior, o salão era iluminado e aquecido por uma fogueira circular no centro que apoiava um grande caldeirão preto. As tábuas do assoalho rangiam sob os pés de Cassie e, acima dela, pendiam ervas secas e pequenas formas pretas, como lenços dobrados: eram morcegos! Ao longo da parede, havia um porta-vassouras. O salão estava animado com as risadas e as conversas de uma dúzia de garotas. Duas garotas mais novas brincavam de pega-pega ao redor do caldeirão, enquanto a dupla que Cassie tinha visto do lado de fora dividia uma barra de chocolate. Não havia sinal de Rue.

Ivy agarrou a mão de Cassie e a arrastou para um lado do salão, decorado com galhos de abrunheiro e bandeirinhas roxas. Quatro garotas estavam sentadas ali, em almofadas violetas e um sofá desbotado, conversando entre si. Elas fuzilaram com os olhos as garotas barulhentas que corriam pelo salão.

— Essa é Cassandra Morgan — Ivy disse, empurrando Cassie para a frente. — A sobrinha da Bruxa da Floresta.

— Só Cassie está ótimo.

As garotas a olharam de cima a baixo. Cassie começou a querer ter escovado o cabelo.

— Essa é Anika Kalra, ela se juntou a nós no mês passado — Ivy a apresentou. — Susan e Phyllis Drake e a nossa líder de patrulha, Eliza Pepper.

Elas ofereceram uma almofada a Cassie e deixaram muito claro a grande honra de estarem fazendo aquilo. Ivy começou a mostrar a Cassie cada um dos seus distintivos e explicar como ela os tinha ganhado.

— Este é por usar o uniforme corretamente e este é o meu distintivo de cantora. Tivemos que aprender três canções e apresentá-las em um lar para bruxas aposentadas. Fui a única garota do *coven* a executar um solo.

Cassie ficou de olho na porta e, por fim, ela viu uma figura familiar de cabelo encaracolado entrar, daquela vez com um chapéu preto torto preso na cabeça.

— Desculpem, a minha amiga chegou — Cassie afirmou, interrompendo a fala de Ivy.

Rue estava enrubescida de tanto correr.

— Ufa! Oliver fugiu e levei séculos para encontrá-lo. Ele estava devorando bolos de creme na cozinha do Bramble's! Achei que nunca chegaria a tempo. Você estava conversando com Ivy Harrington? Bem chata, não é? Ela acha que vai ser a próxima Bruxa da Floresta ou qualquer coisa do tipo.

Ela mostrou para você o distintivo de monitora do acampamento? — Rue disse e representou um bocejo dramático. — Venha, vou lhe apresentar o meu grupo.

A patrulha de Rue estava sentada em um círculo, disputando um jogo com seixos lisos e achatados. Cada um estava marcado com um símbolo estranho, que significava claramente algo para elas, enquanto riam e gritavam umas com as outras a respeito de vitórias e derrotas. Era uma atmosfera completamente diferente da Patrulha dos Espinhos.

— Olá! Jogando blinkers sem mim, não é? Vocês devem estar com medo de perder. Ah, a propósito, essa é Cassie!

As garotas deram as boas-vindas a Cassie. Eram seis, incluindo Rue.

— É muito bom ter você aqui. Meu nome é Harriet Webb, líder da Patrulha das Cinzas — disse uma garota alta com cabelo loiro curto. — Esta é Nancy Kemp, a minha assistente. Ali estão Lucy Watercress, Heather Shuttle e Alice Wong, que estão ganhando o jogo no momento.

Cassie tentou memorizar os nomes e os rostos. As garotas pareciam sinceramente interessadas nela e faziam muitas perguntas. Então, Alice estava explicando as regras do blinkers quando um silêncio tomou conta do salão.

E uma sensação de formigamento na nuca atingiu Cassie, que se virou. Ali, no vão da porta, estava a Bruxa da Floresta.

— O que a minha tia está fazendo aqui? — ela sussurrou.

Surpresa, Rue ergueu as sobrancelhas.

— Ela é a Senhora do *Coven*. Achei que você soubesse.

— Formem o círculo. Agora! Depressa! — Miranda ordenou, entrando no recinto e se posicionando diante do caldeirão.

As garotas se apressaram para formar um círculo ao redor dela, dando as mãos. Cassie ficou entre Rue e Lucy, que lhe deu um sorriso acanhado.

— Heather, onde está o seu chapéu? — Miranda perguntou. — Alice, largue essas pedras rúnicas e endireite a sua capa. Assim está melhor. Ivy, você vai liderar o canto hoje.

Ivy pareceu presunçosa demais a respeito disso e começou a cantar com uma voz clara e potente enquanto as outras se esforçavam para acompanhar.

O céu está claro enquanto voamos
Sob as estrelas deslumbrantes.
Sabemos os seus nomes e histórias,
A sabedoria delas é a nossa.

O caldeirão ferve e borbulha,
Uma bebida doce e curativa.
Colhemos ervas e flores
Para que nossas poções se tornem reais.

A noite está calma e pacífica,
O cordeiro bale em seu estábulo.
Nós protegemos o vilarejo e as casas
Dos perigos grandes e pequenos.

Pois somos bruxas, uma e todas,
E não temos medo
De duendes, fantasmas e anões
Nossas proteções e os encantos estão definidos.

Pois somos bruxas, uma e todas,
Um coven *das melhores.*
Amigas fiéis que estão unidas
Contra qualquer ameaça ou prova.

Pois somos bruxas, uma e todas,
Nós sabemos proteger e curar,
Com corações nobres, leais e bondosos,
E uma coragem tão verdadeira quanto o aço.

— Muito bom. Obrigada, Ivy. Agora, tenho algumas notícias importantes.

Cassie prendeu a respiração. A tia a apresentaria ao *coven*?

— Este ano, o nosso acampamento do *coven* será realizado em julho. O senhor Bellwether concordou generosamente em nos deixar armar as barracas em sua fazenda.

O círculo irrompeu em conversas animadas.

— Silêncio! Qualquer garota que deseje participar do acampamento deve ter um bom desempenho em seu ofício e não ganhar marcas pretas antes desse dia. Como vocês têm o verão inteiro a atravessar, imagino que algumas de vocês considerarão isso um verdadeiro desafio. Não quero a repetição das travessuras e idiotices do ano passado no solstício de verão. Espero que o acampamento proporcione algum estímulo.

Rue suspirou.

Miranda olhou diretamente para Cassie.

— Além disso, apenas garotas aprovadas no Teste de Caloura poderão participar do acampamento.

Alguns comentários em voz baixa a respeito desse anúncio circularam entre as garotas.

— Hoje, vamos dar prosseguimento ao nosso trabalho de identificação e usos de vários fungos para os seus distintivos de colhedoras de cogumelos. Apesar de habitualmente colhermos cogumelos no outono, choveu bastante durante a noite e vocês encontrarão diversas espécies que frutificam na primavera. Líderes de patrulha, preparem as cestas. Nós vamos nos encontrar do lado de fora do salão em cinco minutos.

O círculo se dividiu em grupos de garotas excitadas, discutindo avidamente as novidades.

— O acampamento do *Coven*! Temos que ir, Cassie! Mesmo que isso signifique ficar longe de encrencas, embora seja por um período *terrivelmente* longo para ser possível — Rue afirmou, mordendo o lábio.

— O que é o Teste de Caloura?

— Ah, isso! Há diferentes graus de bruxa no *coven*: caloura, muda e genuína. Você só pode se juntar a uma patrulha depois de ser aprovada no Teste de Caloura e conseguir o seu chapéu. Mas é bastante fácil. Nós vamos te ajudar. Não se preocupe. Você irá ao acampamento com a gente. Eu te garanto!

Cassie se tranquilizou um pouco com isso, embora não tivesse gostado do jeito que a tia olhara para ela.

— Vamos, pessoal! — Harriet gritou. — Chega de conversa fiada. Temos que colher cogumelos!

— Não preciso lembrá-las de que a Floresta é um lugar perigoso, mesmo à luz do dia e na companhia de amigas — a Bruxa da Floresta disse, enquanto as garotas se amontoavam na encosta relvada diante da beira da mata. — Não saiam da trilha e fiquem à vista da sua líder de patrulha o tempo todo. Não cheguem tão longe a ponto de não conseguirem ver o céu através das árvores. Se vocês se depararem com alguma coisa, ou com alguém, soprem os seus apitos três vezes. Vamos nos reencontrar aqui em uma hora.

Cassie olhou para além de sua tia, para a sombra fresca proporcionada pela vegetação da mata. Ela sentiu um calafrio ante a ideia de finalmente cruzar aquela fronteira e adentrar a Floresta.

Elas deveriam colher cogumelos com propriedades mágicas, conforme exemplificado no *Manual da bruxa*. Estes, Harriet explicou, seriam secos e pulverizados para uso posterior em poções. Cada garota carregava uma cesta e foram organizadas em duplas, embora a patrulha toda planejasse se manter unida.

Havia duas trilhas que saíam da colina relvada para o interior da mata. Uma era mais larga e limpa, enquanto a outra era mais estreita e coberta de folhagem. A Patrulha dos Espinhos já estava começando a pegar a trilha mais larga, mas Harriet puxou a Patrulha das Cinzas para o outro lado.

— Certo, é um pouco arriscado, mas acho que devemos pegar a outra trilha. Se seguirmos a Patrulha das Cinzas, só encontraremos os restos dela. Eu já peguei esse caminho antes. Ele se junta à trilha principal depois, ou pelo menos costumava se juntar. Se nos mantivermos unidas e de olhos abertos, poderemos ganhar o dia. Estão com as suas cestas e os seus manuais? Ótimo. Gritem se acharem algo interessante.

A mata estava cheia de campânulas, formando um tapete de flores roxas que mergulhava e se curvava, enchendo o ar de perfume. Cassie seguiu Rue pela trilha estreita, com samambaias roçando as suas pernas. Ela ergueu o rosto para a luz verde dourada que se filtrava através do dossel. Em algum lugar nas copas das árvores, um cuco estava piando.

— Abaixe a cabeça, Cassie — Harriet disse. — Você não vai encontrar nenhum cogumelo lá em cima.

A serrapilheira aos seus pés ainda estava úmida da chuva da noite anterior. Cassie e Rue examinaram tocos de árvores em putrefação e espiaram sob a folhagem das samambaias. Seria uma grande vitória se elas conseguissem encontrar um dos fungos mais raros do manual.

— Aqui! — Lucy gritou. — Encontrei algo!

As outras garotas correram para ver o que ela encontrara. Em um tronco caído, havia uma fileira de tigelas e pires de um vermelho vivo, como um jogo de chá infantil.

— Taças escarlates! Muito bem, Lucy, escolha a mais legal e podemos riscar da lista — Harriet disse.

O resto da Patrulha das Cinzas logo fez as suas próprias descobertas: fungo dedo nodoso de homem preto morto, fungo pingos de vela, fungo tinteiro e até um fungo chifre fedorento. Rue descobriu este acidentalmente, pisando nele e liberando um fedor horrível, que fez toda a patrulha tampar os narizes com nojo, enquanto a própria culpada sorria de contentamento.

Por mais que olhasse, Cassie não conseguia encontrar um único cogumelo que já não tivesse sido localizado pelas outras garotas. Naquele momento, elas estavam cada vez mais no interior da Floresta e havia apenas um vislumbre de azul e verde entre as árvores à leste marcando a beira da mata e a segurança do vilarejo.

A trilha que elas tinham percorrido virava à direita para se juntar à trilha mais larga. Paradas em um amontoado à frente delas estava a Patrulha dos Espinhos.

— Olá! — Harriet as cumprimentou. — Encontraram algo interessante?

As garotas da Patrulha dos Espinhos responderam com sorrisos presunçosos.

— Ah, sim — Eliza respondeu. — Ivy encontrou um fungo estrela-da-terra dourado. Venham ver!

Ivy estava agachada perto da trilha, radiante de orgulho. Aos seus pés, florescia um cogumelo amarelo minúsculo. Parecia uma castanha, rodeada de seis pontas como as pétalas de uma flor ou os raios de uma estrela.

— Beleza! — Heather exclamou. — Esse nem está no manual.

— Eu sei — Ivy disse.

Com cuidado, ela arrancou o cogumelo e o colocou em sua cesta, que já estava cheia de fungos de cores vivas.

— Excelente trabalho, garotas — Eliza disse para as integrantes da sua patrulha. — Por hoje é o suficiente. Vamos ser as primeiras a voltar ao salão.

A Patrulha das Cinzas observou a partida delas. Embora ninguém quisesse admitir, a Patrulha dos Espinhos havia triunfado daquela vez.

— Bem — Harriet disse. — É melhor voltarmos também. O sol está se pondo e não vamos conseguir enxergar nem as nossas botas em breve.

Cassie e Rue seguiram atrás do resto da patrulha, a cesta de Cassie ainda estava vazia.

— Não se preocupe, é o seu primeiro dia. Ninguém espera que você encontre um estrela-da-terra dourado ou qualquer outra coisa parecida — Rue afirmou.

Cassie sorriu, mas o consolo da amiga não a ajudou. Mesmo Rue tinha conseguido encontrar um chifre fedorento. Ninguém iria querê-la em alguma patrulha daquele jeito.

Enquanto elas voltavam, Harriet iniciou uma alegre canção de marcha — algo a respeito de um sapo que caiu em um poço, mas Cassie não sentiu vontade de se juntar ao coro. Ela ficou bem atrás das outras garotas, ainda olhando sem muito entusiasmo para ambos os lados da trilha. Então, uma coisa chamou a sua atenção. As sombras das árvores tinham se alongado e a vegetação rasteira estava na escuridão. Assim, ela talvez não tivesse visto nada, mas a coisa brilhava muito fracamente contra o bolor das folhas marrons e estava a apenas alguns metros da trilha.

A patrulha tinha seguido em frente, mas se Cassie fosse rápida, poderia investigar e se juntar às garotas antes que alguma delas sentisse a sua falta. Provavelmente, era apenas um fungo licoperdo comum, mas seria bom ter algo para mostrar e, se por acaso, fosse um exemplar mais raro, até a tia Miranda ficaria impressionada.

Cassie empurrou a samambaia, determinada a alcançar o cogumelo. Estava mais longe da trilha do que parecera à primeira vista. Ela pegou o seu manual e, na luz fraca, tentou identificá-lo. O cogumelo era mais ou menos do tamanho de um pomelo e branco como a neve, com guelras azuis-claras. Havia outro um pouco mais longe e ainda outro. Cassie ficou de pé e percebeu que estava em uma clareira. Ela conseguia ver o céu roxo e laranja acima dela através de um buraco circular no dossel e, aos seus pés, havia um círculo perfeito de cogumelos brancos. Ela tinha que mostrar aquilo para elas.

— Rue! — Cassie chamou. — Harriet! Venham ver!

Ela esperou, mas ninguém apareceu. Elas deviam estar muito longe para ouvi-la. Cassie teria que escolher um cogumelo e correr em direção às outras garotas. Independentemente do tipo de cogumelo, eles eram mais impressionantes do que o minúsculo fungo de Ivy. Mas qual ela deveria escolher? Aquele que estava aos seus pés estava em boas condições, mas havia alguns maiores do outro lado da clareira. Ela passou por cima do cogumelo e entrou no círculo.

Capítulo 12

Glashtyn

Quando Cassie entrou na clareira, o ar mudou. Houve um suspiro suave, como se a terra estivesse soltando uma respiração presa há muito tempo. Um perfume escapou da relva, denso e doce, como flores selvagens afogadas em mel. Os cogumelos começaram a brilhar suavemente em relação ao solo da mata. Cassie sentiu um arrepio. Naquele momento, ela viu que não deveria estar ali, ela nunca deveria ter se afastado da trilha.

Cassie refez os seus passos. Ao alcançar a beira do círculo de cogumelos, os seus pés se viraram por vontade própria, não a deixando sair do interior do círculo. Ela tentou novamente, indo em uma direção diferente daquela vez, mas mais uma vez os seus pés voltaram a se virar. Ela podia andar dentro do círculo, mas assim que tentava sair, perdia o controle sobre suas pernas. Cassie não sentia nada ali, nenhuma parede invisível, nenhuma barreira, mas ainda assim ela não conseguia sair, o seu próprio corpo a segurava ali.

Cassie se sentou na relva, abraçando os joelhos com os braços, estava ficando frio. Com certeza, as garotas logo sentiriam sua falta e voltariam para buscá-la.

— Rue! — ela gritou, a sua voz soando inexpressiva. — Tia Miranda?

Não houve resposta, apenas um farfalhar das folhas na beira do círculo. *Talvez um melro*, ela disse a si mesma, *ou um esquilo. Havia coisas piores na Floresta*, Brogan havia dito. Cassie procurou não imaginar o que poderiam ser.

— Cass-sandra.

Ela se assustou com a voz.

— Não tenha medo, Cass-sandra.

A voz veio de trás e por cima dela. Algo alongado, escuro e ágil se moveu entre os galhos de um velho álamo. Ficou fora de foco, mudou de posição e pousou na relva, na beira do círculo de cogumelos. Entre um furão e um gato em tamanho, a criatura era escura como breu, exceto por sua garganta amarela e os seus olhos âmbar. Tinha uma cabeça rombuda, orelhas redondas e dentes pequenos e afiados. Cassie só tinha visto imagens em livros, mas achou que poderia ser uma marta.

— Se você não quer que eu tenha medo, deixe-me sair.

— Estou aqui para ajudá-la, Cass-sandra. Para ajudá-la a encontrar o que você está procurando.

— Eu só estava procurando um cogumelo, já achei muitos. Obrigada.

— O que você *realmente* quer, o desejo do seu coração — a marta sibilou e andou lentamente ao redor do círculo.

Cassie a manteve em seu campo de visão.

— O que você sabe a respeito do desejo do meu coração?

— Eu sei tudo a seu respeito, Cass-sandra Morgan. Tenho observado você. Eu sei o que você teme e o que você espera, os seus pesadelos e os seus sonhos. Posso torná-los realidade.

— Os sonhos ou os pesadelos?

— Isso depende de você — a marta disse e olhou por cima do ombro para a mata escura. — Não temos muito tempo. Siga-me, Cass-sandra. Vou levá-la até a sua mãe.

— Minha mãe? O que você sabe sobre a minha mãe?

— Eu sei onde ela está. E ela espera por você. Venha comigo e eu te mostrarei.

— Não confio em você.

— Não estou atrás da sua confiança, mas posso provar o que digo se você me seguir. Devemos ir mais fundo na mata.

Houve uma interrupção por causa de um barulho nos arbustos. Era Rue. Ela tentou entrar no círculo, mas não conseguiu. Rue gritou alguma coisa, mas, embora Cassie pudesse ver a sua boca aberta, nenhum som a alcançou.

— Rue! — Cassie gritou de volta.

— Ela não consegue ouvir e ela não consegue me ver — disse a criatura das sombras.

— Deixe-me ir!

— Você deve me ouvir, Cass-sandra, eu sou a única que pode te ajudar. Os outros vão falhar com você. Só eu posso te levar até a sua mãe. Lembre-se disso.

Cassie correu na direção de Rue, mas mais uma vez os seus pés falharam. Rue estava procurando algo em seu bolso.

— Quando você decidir aceitar a minha oferta, me chame pelo meu nome: *Glashtyn* — disse a marta. — Mas não espere muito.

Três apitos agudos irromperam no ar noturno. Um minuto depois, a Bruxa da Floresta chegou ali em sua vassoura. Ela pegou um saco em sua cintura e jogou um punhado de pó sobre os cogumelos, tornando-os marrons e murchos. Cassie saltou para fora do círculo e caiu nos braços estendidos de Rue, o feitiço fora quebrado.

— Você está bem? — Rue perguntou.

— Acho que sim — Cassie disse, ainda tremendo.

Então ela notou a expressão no rosto da tia.

A Bruxa da Floresta ficou em silêncio no caminho de volta para o salão do *coven*, onde as duas patrulhas estavam esperando, ansiosas e agitadas para saber o que acontecera a Cassie. Ela ficou em silêncio na longa e fria caminhada pelo vilarejo e pela colina; ficou em silêncio quando elas voltaram para Hartwood, onde a sra. Briggs mimou Cassie e lhe serviu o jantar; ficou em silêncio até que ficaram sozinhas no grande salão, sob a árvore de Hartwood.

Miranda parou diante do retrato de Morgana. Cassie podia perceber a semelhança, embora a mulher na pintura tivesse um sorriso sábio e acolhedor, o que não estava refletido no rosto da sua tia naquele momento.

— No que você estava *pensando*? Perambulando por aí assim?

— Eu não pretendia... — Cassie começou a falar.

— Você tem alguma noção do perigo que correu? Do que poderia ter acontecido com você, com as suas companheiras do *coven*? A Floresta não é um parque de diversões e você não está imune às suas ameaças.

— Eu sei...

Cassie quis falar a respeito da marta para a tia, mas ela a interrompeu.

— Afastar-se da trilha, perambular sozinha, entrar em círculos encantados, pelo amor das estrelas, Cassandra. Esse é exatamente o tipo de comportamento temerário que colocou a sua mãe em apuros!

Cassie sobressaltou-se.

— Apuros? Em que tipo de apuros a minha mãe está?

A Bruxa da Floresta desviou o olhar, ignorando as perguntas desesperadas de Cassie.

— Eu deveria proibir você de participar do *coven*, mas duvido que isso a impeça de entrar nesse tipo de situação. É melhor que você compreenda os perigos e como evitá-los. Amanhã à tarde você virá comigo enquanto faço as minhas rondas no vilarejo e verá pessoalmente os danos que o povo da Terra das Fadas causa e as responsabilidades da Bruxa da Floresta. Espero que isso a inspire a levar a sério as minhas advertências.

— Mas eu ia praticar voar de vassoura com a Rue. A senhora Briggs disse que prepararia um piquenique para nós.

— Você vai me encontrar na saída à uma da tarde. Boa noite, Cassandra.

Cassie observou a tia subir a escada em direção ao escritório dela. A ideia de passar a tarde de sábado com aquela mulher de gelo estava longe de ser emocionante.

Cassie se movia com dificuldade sob o peso da grande bolsa de tapeçaria da Bruxa da Floresta. Estava abarrotada de potes e garrafas contendo diversas poções, pós e preparações que Miranda poderia precisar no seu trabalho. Cassie tinha certeza de que também havia algumas pedras dentro dela. A bolsa estava pesando uma tonelada. Montéquio tinha decidido ficar em Hartwood e, então, Cassie saiu de casa com Miranda e Malkin, o familiar de sua tia. Como a sua bruxa, o esbelto gato preto era calado e altivo.

Tinham cerca de uma dúzia de visitas pela frente. Cassie descera ao salão ao meio-dia e encontrara um enxame de capetinhas zumbindo perto da árvore de Hartwood. Elas a cercaram, berrando com as suas vozes estridentes, ansiosas para transmitir as suas mensagens. Cassie foi salva pela chegada de Miranda, que ordenou que as capetinhas se calassem e as recebeu uma de cada vez. Cada capetinha estava carregando um pequeno cartão no qual estava escrito um nome e um endereço. Miranda os recolheu e os examinou rapidamente. As criaturas foram recompensadas com bolinhas de gude tiradas de uma tigela sobre a mesa, e desapareceram com as esferas de vidro brilhantes agarradas a seus braços.

A primeira parada foi na fazenda do sr. Bellwether. Cassie estava curiosa para conhecer o terreno onde o acampamento do *coven* seria realizado, embora as suas chances de participar não parecessem muito grandes naquele momento. O sr. Bellwether era um homem grande e parcialmente careca, que usava uma jaqueta encerada e mastigava a ponta de um cachimbo de barro. Após apertar a mão de Miranda, o fazendeiro as levou até o seu galinheiro.

— Sabe, Bruxa da Floresta, as galinhas simplesmente não se deitam. Mudei a alimentação delas, dei-lhes palha fresca para fazer ninhos, fiquei sentado furtivamente por aqui à noite para ver se havia raposas por perto, mas nada funcionou. Em geral, tiramos uma boa dúzia de ovos delas por dia nessa época do ano — o sr. Bellwether disse e prosseguiu, baixando a voz. — Acho que elas foram enfeitiçadas: cuspe de duende ou algo assim!

— Vamos dar uma olhada — a Bruxa da Floresta disse, tranquilizando-o.

Cassie seguiu a sua tia ao redor do galinheiro, cambaleando sob o peso da bolsa enquanto Miranda inspecionava a cerca. Não havia sinal de rompimento e nada havia tentado cavar por baixo. A estrutura estava totalmente sólida.

As galinhas do sr. Bellwether estavam correndo em círculos loucos, evidentemente assustadas com a proximidade de Malkin. O grande gato preto estava sentado do lado de fora da cerca, observando-as.

— Cassandra, traga-me uma das galinhas, por favor.

Cassie olhou para a tia. A única galinha com que ela tinha se deparado até aquele momento havia sido na salada de frango desfiado.

— Como?

— Com as suas mãos. Tenho certeza de que não será muito difícil.

Definitivamente, a Bruxa da Floresta a estava punindo, Cassie concluiu enquanto perseguia as galinhas cacarejando ao redor do galinheiro. As aves estúpidas se espalhavam sempre que ela chegava perto delas, deixando-a esparramada na palha.

Finalmente, ela conseguiu separar uma galinha malhada do grupo e, com um salto voador, derrubou-a no chão. Cassie saiu do galinheiro coberta de palha, penas e o que esperava que fosse lama, com a galinha gorda se debatendo em suas mãos.

Miranda pegou a ave de Cassie com mãos firmes e a examinou. Imediatamente, a galinha se acalmou e pareceu satisfeita em ter as pernas e o bico inspecionados.

— Não há nada de errado com essa galinha, senhor Bellwether, ela está em boa forma.

A ave foi solta para se juntar às suas companheiras.

— Cassandra, preciso que você dê uma olhada nas caixas de nidificação.

Cassie suspirou e se arrastou de volta ao galinheiro.

As caixas estavam secas e cheias de palha esmagada nas laterais. Elas tinham sido usadas recentemente, mas não havia sinal de ovos. Cassie pôs a mão em cada baixa e apalpou. Na terceira, ela encontrou um pequeno gorro vermelho, não maior que um dedal. Cassie o levou para a tia, que, por sua vez, o entregou ao fazendeiro.

— Senhor Bellwether, receio que há anões em seu galinheiro. As suas galinhas estão botando muitos ovos, mas os anões os estão roubando antes de o senhor chegar. Eles gostam especialmente de uma omelete com ervas. Como o senhor sabe, eles também podem encolher até o tamanho de um gafanhoto, permitindo que escalem facilmente a cerca.

— Larápios imundos! Você me diz onde essas pragas estão se aninhando, Bruxa da Floresta, e eu vou soltar minha cachorra, Bess, em cima desses anões. Ela é uma ótima caçadora.

— Isso é totalmente desnecessário. Vamos colocar proteções ao redor do seu galinheiro e os anões não conseguirão entrar. Privados de sua fonte de alimento, irão embora por conta própria. Cassandra, encontre-me quatro pedras de proteção, por favor.

Então, existiam pedras na bolsa de tapeçaria! Cassie enfiou o braço dentro e tateou entre as garrafas e estojos até encontrá-las. As pedras eram frias ao toque e pesadas, embora cada uma coubesse confortavelmente na palma da sua mão. Segurando-as, ela percebeu que elas estavam gravadas com runas.

— São pedras ferríferas e vão deter o povo da Terra das Fadas. Coloque uma em cada canto do galinheiro — Miranda instruiu.

Feito aquilo, Cassie recuou para ver a tia trabalhar. A Bruxa da Floresta caminhou ao redor do perímetro do galinheiro três vezes no sentido horário, murmurando um feitiço. Ao se aproximar de cada pedra, ela se inclinou para tocá-la, traçando uma runa com um dedo.

— A proteção está completa, senhor Bellwether. Não deixe ninguém mover essas pedras. Assim, as suas galinhas estarão seguras. Amanhã, o senhor terá ovos no café da manhã. Também recomendo deixar uma tigelinha de creme em sua porta durante a noite para acalmar os anões. O senhor não quer que eles ataquem seus laticínios.

Da fazenda, elas voltaram ao vilarejo, onde a Bruxa da Floresta fez uma série de entregas. Seguindo as instruções da tia, Cassie distribuiu garrafinhas de xarope para tosse, pomadas relaxantes e amuletos para proteção de crianças e lares. A bolsa de tapeçaria ia ficando mais leve à medida que Cassie era apresentada à metade do vilarejo. Aonde quer que fossem, sua tia era bem-vinda, ofereciam-lhe chá e biscoitos e lhe davam o melhor assento da casa. Enquanto isso, os seus conselhos eram procurados a respeito de como localizar joias perdidas, curar dermatite seborreica e lidar com fantasmas. Às vezes, sua tia dava sugestões práticas como "você já olhou debaixo da cama?" ou "tente passar óleo na cabeça dele". No entanto, outras visitas exigiam uma intervenção mais mágica: uma proteção bem-feita, um feitiço de cura ou uma consulta breve com o duende amigo, o duende doméstico que sabia tudo o que acontecia na casa.

A última visita delas foi a um casarão na área mais nova do vilarejo. Era bem grande, com janelões e um gramado verde que se estendia na frente dele, cercado por arbustos bem aparados.

Cassie estava prestes a levantar a aldrava quando a porta se abriu e revelou Ivy Harrington.

— Ah, Bruxa da Floresta, obrigada por vir — a jovem bruxa começou a falar, antes de notar quem estava parada junto à porta. — Você! — ela exclamou, com o seu sorriso receptivo desaparecendo. — O que você está fazendo aqui?

— Cassandra está me ajudando hoje — Miranda explicou. — Houve alguma mudança?

Segurando a porta para deixá-las entrar, Ivy fuzilou Cassie com os olhos.

— Não, ela está igual.

A Bruxa da Floresta levou-as ao andar de cima, evidentemente familiarizada com a casa.

Elas entraram em um quarto grande, decorado em azul-celeste. A cama com dossel estava ocupada por uma mulher adormecida, com o longo cabelo escuro espalhado pelo travesseiro. Kastor, o arminho familiar de Ivy, estava deitado ao lado dela. A expressão da mulher era serena e vaga, apenas a suave subida e decida do seu peito sugeria vida, e ela não se mexeu quando elas se aproximaram.

Miranda checou o pulso da mulher e sentiu a sua testa com o dorso da mão. Depois de pegar um pequeno pêndulo de latão, ela o segurou suspenso sobre o peito da mulher; o pêndulo não se moveu. Miranda pareceu contrariada e guardou o pêndulo.

— Ivy, me traga um copo d'água — a Bruxa da Floresta pediu.

Ivy assentiu e saiu correndo na direção da sala.

— Cassandra, a bolsa.

Cassie arrastou a bolsa de tapeçaria até a tia.

— O que há de errado com ela?

— A senhora Harrington tem a doença das fadas. A *esana*. Por ofender uma das integrantes da nobreza, os grandes senhores e senhoras da Terra das Fadas, ela foi amaldiçoada. Ela não sente dor, mas tampouco vai acordar. Está além das minhas habilidades curá-la.

Cassie olhou para o rosto adormecido da mulher.

— Uma parte dela está faltando — ela disse.

Miranda assentiu.

— De fato. Algumas bruxas acreditam que a *esana* não pode ser curada porque o espírito é separado do corpo e levado pela fada que lançou uma maldição.

Ivy voltou com um copo de água e o entregou a Miranda.

A Bruxa da Floresta enfiou a mão na bolsa de tapeçaria e retirou um pequeno frasco de vidro no qual tinha um líquido dourado brilhante. Miranda removeu a tampa e pingou três gotas na água, onde rodopiaram em nuvens leitosas. Ela levou o copo à boca da mulher.

— A seiva da árvore de Hartwood mantém o corpo dela vivo, embora ela não coma nem beba. É tudo o que posso fazer por enquanto...

— Bruxa da Floresta, andei lendo a respeito de maldições — Ivy interrompeu. — Se conseguíssemos encontrar a fada que lançou a maldição, tenho certeza de que poderíamos retirá-la!

— O que eu disse para você, Ivy? É perigoso demais. A fada que fez isso com a sua mãe faz parte da nobreza, ela é muito mais poderosa do que qualquer duende ou fantasma que você já tenha encontrado. Como o seu pai se sentiria se também perdesse você?

Ivy torceu o nariz.

— Papai não acredita que ela esteja amaldiçoada, mas os médicos não conseguem explicar o estado dela de jeito nenhum.

— Ela deveria ir para Convall Abbey — Miranda disse. — Há muitos reparadores qualificados que poderiam cuidar melhor dela. Vou falar com o seu pai, mas, enquanto isso, tome conta da sua mãe e a mantenha confortável. Ela é uma mulher forte e não devemos perder a esperança, mas você também não deve se colocar em perigo tentando salvá-la.

Cassie entendeu como Ivy se sentia, pois ela também faria qualquer coisa para ter a sua mãe de volta. Era exasperante saber que não havia nada que pudesse fazer.

Ivy as acompanhou até a porta.

— Bruxa da Floresta, se a senhora precisar de uma assistente, eu posso ajudá-la. Cassandra ainda nem passou pelo Teste de Caloura.

Então, novamente, Cassie achou que não seria assim tão ruim se as fadas levassem Ivy.

— Obrigada. No entanto, isso não será necessário — a Bruxa da Floresta disse. — Essa tarde é uma lição, não uma recompensa. Vamos, Cassandra, temos uma última tarefa hoje.

Capítulo 13

A pedra de barragem e a feiticeira

A Floresta estava banhada pela luz cálida da tarde. Pequenas mariposas cor de esmeralda saíam voando das samambaias e das ervas cicutárias durante a caminhada delas pela trilha estreita. Era pouco mais do que uma trilha de cervos, mas a Bruxa da Floresta levou Cassie e Malkin com ela, cada vez mais para o interior da mata. Miranda se movia como uma fada; os seus passos eram tão leves e silenciosos que ela nunca quebrava um galho fino ou perturbava um pássaro. Com sua capa escura, ela se fundia nas sombras das árvores, como se fizesse parte da mata. Os anos passados patrulhando a Floresta se mostravam na prontidão calma do seu comportamento e na segurança dos seus passos. Em contraste, Cassie tropeçava nas raízes das árvores e assustava os pombos-torcazes enquanto atravessava a vegetação rasteira.

Cassie ficou surpresa que a sua tia a tenha trazido para a Floresta tão pouco tempo depois do incidente com o círculo encantado. Sentiu a pele arrepiar ante a lembrança e se viu procurando uma sombra negra e ágil em cada árvore. Aquela marta estava em algum lugar, esperando por ela.

A Bruxa da Floresta parou de repente, e Cassie se chocou contra ela, deixando cair a bolsa de tapeçaria. O seu conteúdo se espalhou pelo chão. Ela se abaixou para recolhê-lo.

— Deixe isso — Miranda disse. — Olhe aqui.

Era uma pedra tão alta quanto Cassie e que estava sozinha em um círculo de relva morta. A sua superfície de granito estava desgastada pelos anos e ainda assim brilhava com partículas de mica.

— Esta é uma pedra de barragem, uma das muitas dentro da Floresta. Elas constituem uma proteção; uma grande corrente que protege a fronteira.

— Ah, como as pedras que colocamos ao redor do galinheiro do senhor Bellwether? — Cassie perguntou.

— Sim, algo parecido, mas muito mais velha e mais forte — Miranda respondeu. Curiosa, ela ergueu uma sobrancelha. — O que você sabe a respeito do Tratado de Rosehill, Cassandra?

Cassie se lembrou da sua aula de história com o sr. Hastings.

— O tratado implica que o povo da Terra das Fadas não tem direito à Grã-Bretanha, ele não pode cruzar a fronteira.

A sombra de um sorriso cintilou no rosto da sua tia.

— De fato, o tratado foi assinado pela Rainha da Terra da Fadas e rege todo o seu povo. No entanto, os duendes não assinaram e por isso eles entram e saem quando quiserem. E, claro, existem criaturas selvagens na Terra das Fadas que não conhecem leis ou tratados. As pedras de barragem foram criadas para manter afastadas tais criaturas e limitar a passagem dos duendes. Ninguém da Terra das Fadas pode tocar nas pedras; elas formam uma fronteira entre as nossas terras. Uma fronteira que só é transitável nas Noites de Travessia, quando a magia da Terra das Fadas é mais forte e todas as proteções ficam enfraquecidas.

Ao olhar mais de perto, Cassie viu que a pedra estava gravada levemente com runas encantadas. Elas se estendiam em um círculo, de forma que era necessário caminhar ao redor para ler todas elas. Cassie reconheceu algumas das runas por causa das pedras ferríferas, mas havia muitas outras que ela não conhecia.

— Mas essa está quebrada — Cassie afirmou. O alto da coluna de pedra áspera estava destruído. Os restos jaziam em fragmentos mais abaixo. O círculo de runas estava interrompido por uma linha irregular onde tinha se partido. Ela traçou a linha com um dedo. — O dano é novo. Ainda não há musgo crescendo no lado quebrado.

— Sim, sem dúvida. É a terceira pedra de barragem quebrada que encontrei este ano, receio que seja algo deliberado.

— Mas se o povo da Terra das Fadas não pode tocar nas pedras, como elas podem estar quebradas?

— Apenas uma feiticeira poderia fazer isso — Miranda explicou. — Uma bruxa em conluio com a Terra das Fadas, uma traidora da Assembleia das Bruxas. Alguém que use a magia para prejudicar e destruir, em vez de curar e proteger.

— Mas por que alguém iria querer quebrar as pedras?

— A Floresta já é um lugar perigoso. Sem as pedras de barragem fica mais ainda. À medida que as pedras são quebradas, a proteção fica enfraquecida. Se muitas forem destruídas, os duendes serão capazes de contrabandear mercadorias roubadas pela fronteira quando quiserem, e aqueles metidos com eles irão lucrar.

As crianças roubadas, Cassie se deu conta. Alguém estava ajudando os duendes a levar as crianças para a Terra das Fadas.

— No meu primeiro dia em Hedgely, cheguei perto da beira da mata. Eu não entrei — Cassie acrescentou rapidamente –, mas vi alguém sozinho na Floresta.

Miranda fixou Cassie com toda a intensidade do seu olhar.

— Você pode descrever essa pessoa?

Cassie fez que não com a cabeça.

— Estava escuro e ela estava muito longe. Acho que estava usando uma capa.

— Temo que alguém no vilarejo esteja ajudando os duendes. Devemos ficar atentas. Até que a feiticeira seja encontrada, todos corremos perigo.

À medida que maio virava junho, os campos ficavam dourados com botões-de-ouro, e Cassie se juntou a Rue na escola do vilarejo. Para o seu grande alívio, não era nada parecida com a Fowell House. O prédio da escola de Hedgely era uma construção pequena e aconchegante, tinha apenas duas salas de aula, uma para crianças e outra para os alunos mais velhos. Cassie se sentava perto de Rue, Alice Wong e Lucy Watercress. Elas tinham aula com a srta. Featherstone, uma jovem afável e brilhante, que emprestou a Cassie um livro a respeito das bruxas famosas ao longo da história.

Naquele momento, em que Cassie tinha que equilibrar os seus deveres de casa com as atividades do *coven*, a prática de voar na vassoura e a ajuda em Hartwood, ela mal tinha um tempo para si mesma. Quando achava uma ou duas horas, nada lhe agradava mais do que pegar um livro e se sentar no roseiral para ler. Ali, em meio às pétalas e aos espinhos, ela quase podia sentir a presença da mãe e, em pouco tempo, iria encontrar a sua mente vagando das palavras na página para os mistérios que cercavam Rose Morgan. Cassie tinha a sensação de que os duendes, a feiticeira e as crianças desaparecidas estavam envolvidos naquilo de alguma forma, mas ela sabia muito pouco para desvendar o mistério por conta própria. Se ao menos a sua tia ajudasse, mas a Bruxa da Floresta ainda se recusava a falar a respeito da irmã.

Como senhora do *coven*, Miranda tratava Cassie com a mesma consideração fria com que tratava as outras jovens bruxas, não oferecendo à sobrinha nenhum tratamento preferencial. Pelo contrário, ela era ainda mais crítica em relação ao progresso de Cassie. Quando Cassie queimou resina de pinheiro no caldeirão, ela foi repreendida na frente das outras garotas e obrigada a limpar. Quando ela recitou a fórmula encantatória para colher licopódio, não recebeu nenhum elogio, apenas um aceno de cabeça seco, como se isso fosse o esperado de uma Morgan. Nada do que ela fazia impressionava a Bruxa da Floresta, e Ivy dava um sorriso presunçoso toda vez que Miranda elogiava o *seu* trabalho.

No entanto, Cassie persistiu em sua preparação para o Teste de Caloura. Ela fora adotada extraoficialmente pela Patrulha das Cinzas, e suas integrantes começaram a ajudar Cassie a treinar as habilidades de que precisaria para ser aprovada.

Primeiro, ela teve que memorizar o Juramento da Bruxa:

Eu juro pelas sete estrelas,
Agitar o meu caldeirão para curar,
Urdir as minhas proteções para defender,
Voar conforme a luz da sabedoria,
Ficar com as minhas irmãs
A serviço desta terra.

Todas as noites antes de dormir, Cassie repetia o hino para si mesma e logo o sabia de cor.

As bruxas da Patrulha das Cinzas ensinaram as suas próprias habilidades específicas para Cassie: Heather Shuttle apresentou a ela as diversas ervas e flores que cresciam no jardim do *coven*; enquanto Igil, o ouriço familiar de Heather, torcia pelos caracóis aos pés delas.

— Sorva, verbena e erva-de-são-joão são as três ervas de proteção mais poderosas — Heather explicou. — Se você as pendurar em sua porta, nada de ruim pode entrar.

Nancy Kemp, assistente da patrulha, fez desenhos do céu noturno com lápis de cor e os pendurou no canto reservado a elas para ajudar Cassie a estudar as estrelas.

— Essa é Polaris, a Estrela do Norte. É a estrela mais brilhante da Ursa Menor — ela disse a Cassie, mostrando-a no desenho. — Se você encontrar Polaris, nunca se perderá à noite.

Harriet Webb, líder da Patrulha das Cinzas, levou as garotas para fazer um rastreamento e mostrou a Cassie como reconhecer a diferença entre pegadas humanas e de fadas, que eram muito mais leves e ligeiramente pontiagudas.

Cassie aprendeu a dar nós de bruxa para impedir que coisas fossem roubadas por capetinhas e duendes e a fazer os sinais secretos das bruxas; ou seja, sinais de mão para se mover em silêncio por territórios perigosos.

Alice Wong deu a Cassie um conjunto de pedras rúnicas que ela mesma fizera. Eram seixos de rio lisos pintados com runas encantadas, cada um tinha um nome e a sua própria magia secreta, era toda uma nova linguagem a aprender.

O único problema era que Cassie não sabia quais das suas novas habilidades seriam testadas, pois a Bruxa da Floresta mudava o Teste de Caloura para cada nova candidata. Mas ela certamente teria que provar a sua habilidade na vassoura, o que a preocupava. Rue disse que ela estava melhorando no voo, mas ainda caía nas curvas fechadas e não conseguia voar mais alto do que o telhado do viveiro de plantas sem se sentir enjoada. Foi um milagre o fato de ela ter conseguido escapar dos duendes raptores em uma vassoura quebrada. E a sua sorte de principiante tinha claramente a abandonado.

Em uma tarde ensolarada, enquanto abelhas cochilavam nos pináculos das dedaleiras roxas, Cassie e Rue entraram no salão e encontraram o resto do *coven* em um amontoado excitado.

— Cassie! — uma voz animada a chamou. Uma garota com cachos pretos reluzentes irrompeu do grupo e correu para encontrá-la. — Ah, eu esperava que você estivesse aqui.

Era Tabitha Blight. Ela pegou as mãos de Cassie.

— O que *ela* está fazendo aqui? — Rue perguntou, sibilando.

— Vim para me juntar ao *coven*, é claro. Não é maravilhoso?

A expressão de Rue mostrou que ela achava aquilo qualquer coisa, menos maravilhoso. Ela se dirigiu altivamente até o canto da Patrulha das Cinzas.

A capa e o chapéu cor de tinta preta de Tabitha eram perfeitos. Ela usava o broche de Caloura e uma fileira de distintivos bordados com teias de aranha, folhas e caldeirões.

— Como você já tem tantos distintivos? — Cassie perguntou.

— Ah, eu já frequentava um *coven* em Somerset, mas ainda sou apenas uma Caloura. Todo mundo aqui parece muito legal. Ivy disse que posso me juntar à patrulha dela!

Isso não fará com que Tabitha ganhe pontos com Rue, Cassie pensou.

Ivy veio para resgatar Tabitha, puxando-a para o canto da Patrulha dos Espinhos, ela estava obviamente interessada em ter alguém de uma importante família de bruxas como os Blight em sua patrulha.

Naquele dia, elas estavam preparando armadilhas contra fadas: círculos de trepadeiras e salgueiros envolvidos com ervas protetoras e entrelaçados com nós de bruxas em barbantes vermelhos. Elas só capturariam o pessoal menor e mais fraco da Terra das Fadas, a Bruxa da Floresta explicou, mas as armadilhas poderiam ser colocadas nos quartos de crianças para manter os fantasmas afastados.

Miranda as organizou em duplas. Para o evidente aborrecimento de Ivy, Cassie e Tabitha foram colocadas juntas como as integrantes mais novas do *coven*.

Foi a primeira vez que elas tiveram a chance de conversar desde a viagem de trem. Tabitha estava estudando na escola do outro vale, a Clematis Academy, que pareceu quase tão ruim quanto a Fowell House. Depois da escola e nos fins de semana, ela tinha que ajudar a avó. A velha bruxa rabugenta tratava Tabitha como empregada, esperando que ela realizasse todas as tarefas domésticas, cozinhasse e fizesse compras.

— Mas é só porque ela tem problema nas costas e dificuldade com as escadas. Eu não me importo, de verdade — Tabitha disse.

A sra. Blight não gostava muito da Bruxa da Floresta e queria ela mesma instruir Tabitha à moda antiga de mestra e aprendiz. Tabitha escreveu para a mãe, que bateu o pé e insistiu para que ela se juntasse ao *coven*.

— Foi por isso que me mandaram para cá. A menina mais velha da nossa família é sempre enviada para aprender bruxaria com uma das Guardiãs da Fronteira. Mamãe ficou furiosa quando soube que eu não tinha permissão para vir ao *coven*. Você vai ter que me contar tudo o que eu perdi! Você descobriu mais alguma coisa a respeito da sua mãe?

— Meninas — a Bruxa da Floresta disse, dirigindo-se ao *coven*. — Sim, Ivy, os seus nós estão muito bons. Agora, quero a atenção total de vocês. Daqui a três semanas, na Feira do Solstício de Verão, faremos uma demonstração de bruxaria para o vilarejo.

As garotas ficaram excitadas.

— Cada uma de vocês deve selecionar um feitiço, uma arte ou uma habilidade para exibir. Vocês podem trabalhar em duplas. Espero demonstrações sérias do ofício de bruxa, sem tolices. A dupla mais talentosa será recompensada com um prêmio. Essa é uma oportunidade para vocês mostrarem às suas famílias e vizinhos do que é feito o 1º *Coven* de Hedgely. Vocês têm o resto da tarde para elaborar os seus projetos.

Antes mesmo que Cassie piscasse, Ivy estava ali entrelaçando o seu braço no de Tabitha.

— Eu sei exatamente o que devemos fazer. Vamos, não quero que nos ouçam — Ivy disse e levou Tabitha embora puxando-a com bastante força.

Rue se aproximou com dois pães doces com groselha para ajudá-las a pensar.

— Bem, eu ia sugerir voarmos, mas só temos uma vassoura.

— E eu provavelmente iria cair — Cassie disse. — Eu iria entender se você quisesse trabalhar com outra garota, eu nem sequer sou uma Caloura ainda.

— Pode parar com isso, estamos nessa juntas — Rue afirmou.

Elas se sentaram nos degraus do salão à luz vespertina e folhearam os seus manuais com dedos pegajosos.

— Podemos aprender algumas dessas canções? — Cassie sugeriu. — Lambton Wyrm, Skillywidden...

Espantada, Rue contorceu o rosto.

— Cantar? Na frente de todos do vilarejo? Não, obrigada! Além disso, se quisermos ganhar o prêmio, teremos que escolher uma habilidade de proteção. Aqui, que tal isso? Sal de bruxa: o dissuasivo mais poderoso contra praticamente todo o povo da Terra das Fadas.

— Cascas de ovo, carvão e sal. Podemos conseguir grande parte desses ingredientes na cozinha de Hartwood — Cassie disse —, tenho certeza de que a senhora Briggs nos deixará pegá-los.

— Então está resolvido. Pena que não temos nenhum duende para testar! Você acha que conseguimos capturar uma capetinha?

— Não sei se essa é uma boa ideia — Tabitha disse, voltando com pães doces para ela e Ivy.

Rue se levantou de um salto.

— O que você quer? Espionar a gente, não é?

— Não, só quis dizer que você pode machucar a pobre criatura — Tabitha respondeu. — O sal de bruxa é bem forte.

Rue fez cara feia.

— Para começar, você não devia ouvir a conversa dos outros. Se você contar para Ivy o que nós estamos fazendo, eu vou...

— Tenho certeza de que Tabitha não faria isso, ela estava apenas tentando ajudar — Cassie disse, intervindo.

Aborrecida, Rue olhou em volta. Então, Tabitha voltou para a Patrulha dos Espinhos.

— Controle-se — Cassie disse. — Você não tinha que tratá-la desse jeito.

Cassie queria que as duas se dessem bem, mas Rue tinha odiado Tabitha desde o princípio só porque ela era uma Blight.

Ainda aborrecida, Rue torceu o nariz.

— Ela mereceu. Bem feito! Ninguém mandou xeretar. O nosso projeto vai ser muito melhor do que o delas. Onde você acha que podemos conseguir bagas de zimbro?

Capítulo 14

O Rei Elfo

A semana seguinte ficou tão quente que Cassie precisou dormir com as janelas abertas à noite. O cheiro de madressilva e das rosas da sua mãe entrava pela janela leste, e pela oeste, chegavam brisas com um cheiro estranho de prata e especiarias. Esses cheiros provocaram sonhos esquisitos nela, envolvendo morcegos gigantes, árvores douradas e manadas de cervos brancos. Às vezes, sua mãe aparecia, chamando por ela, e Cassie acordava em um emaranhado de lençóis.

Durante o dia, ela tinha pouco tempo para refletir a respeito do significado do que sonhara, havia exames escolares chegando. Além disso, ela tinha que estudar para o seu Teste de Caloura e se exercitar na vassoura com Rue. Aos domingos, ela ajudava Brogan no jardim, capinando e regando. Algum animal tinha gostado dos rabanetes dele e os mordiscava à noite.

— Coelhos, é o mais provável — ele disse. — Mas também podem ser ouriços, eles são irritantes. Não costumam gostar de verduras, mas eu não descartaria a possibilidade.

Cassie exercitou as suas proteções nos rabanetes, desenhando runas encantadas no chão. Brogan dedicou grande parte da sua atenção a um tufo de folhas plumosas crescendo sob um toldo.

— Minha beterraba — ele explicou, com orgulho. — Se Emley Moor acha que vai ganhar a fita vermelha na feira deste ano, ele está muito enganado.

Os dias passaram voando e, antes que Cassie percebesse, 12 de junho tinha chegado. Era o dia do seu aniversário.

Os últimos sete aniversários de Cassie não foram comemorados, ela mantinha a data em segredo das outras garotas da escola, temendo um "presente de aniversário" do time de hóquei. Cassie ainda não o tinha mencionado às suas amigas em Hedgely. Então foi sem qualquer expectativa que ela entrou na cozinha naquela manhã, seguida por um Montéquio sonolento.

— Feliz aniversário, pombinha! — a sra. Briggs disse, envolvendo-a em um abraço farinhento. — Treze anos! E você cresceu dois centímetros desde que chegou, se não me engano.

— Muitas felicidades — Brogan disse, apertando a mão de Cassie.

A sua tia até lhe deu um sorriso leve e voltou à leitura do exemplar do *Hedgely Herald*. O melhor de tudo, Rue estava ali.

— Como você ficou sabendo? — Cassie perguntou.

— Minha mãe descobriu. Ela é boa com esse tipo de coisa — Rue disse, arrastando Cassie até a mesa da cozinha, onde vasos de papoulas e ervilhas-de-cheiro estavam cercados por pratos com panquecas, morangos e creme. Tinha até sorvete e limonada.

— Isso está longe de ser comida para o café da manhã — Miranda comentou.

— Bem, não é um café da manhã comum — a sra. Briggs afirmou. — Você não quer abrir os seus presentes primeiro, patinha?

Na ponta da mesa, havia uma pequena pilha de pacotes embrulhados em papel pardo com fitas brilhantes. Rue entregou um pacote grosseiramente embrulhado para Cassie.

Cassie o abriu, expondo uma pequena lanterna de latão com uma vela dentro e um laço na parte de cima.

— Foi o meu irmão que fez — Rue disse. — É para a sua vassoura, quando você tiver uma. Pra você voar à noite sem bater nas coisas.

— Mal posso voar durante o dia sem bater nas coisas. Mas, obrigada, é muito bonita!

O pacote com fita rosa da sra. Briggs continha uma capa de bruxa, costurada à mão com a mais macia lã preta; agora ela iria combinar com as outras garotas do *coven*.

— Bastante espaço para costurar todos os distintivos que você vem ganhando — a governanta afirmou.

Brogan deu um par de botas novas com cadarços roxos e solas grossas para os pousos com a vassoura. Cassie as calçou de imediato e o velho jardineiro ficou vermelho diante do agradecimento dela.

Finalmente e de modo bastante inesperado, Miranda empurrou um elegante pacote retangular pela mesa. Dentro havia um livro encadernado em couro verde-claro intitulado *Uma história natural da Floresta*.

— Widdershin disse que você ficou lendo esse livro na livraria dele — sua tia explicou. — Ele me pediu para lembrá-la de que ele não administra uma biblioteca.

Cassie agradeceu e abriu o livro para examinar o desenho em detalhes de uma samambaia-de-penacho.

— Espero que alguém tenha me guardado algumas panquecas! — uma nova voz gritou, cheia de alegria.

Com um sorriso largo, um homem entrou pela porta da cozinha, usando um terno cinza elegante. Ele teve que abaixar a cabeça sob o lintel, tirando o seu chapéu-coco e revelando o seu cabelo ruivo. Debaixo do braço, ele carregava um pacote comprido amarrado com barbante vermelho.

— Elliot! — Miranda e a sra. Briggs disseram em uníssono.

O homem riu.

— Não fiquem tão surpresas! Eu não deixaria de ver a minha sobrinha recém-descoberta em seu aniversário, não é?

Miranda ficou de pé.

— Cassandra, este é o seu tio Elliot. Ele trabalha na Wayland Yard. Em geral, está sempre muito ocupado para visitas sociais.

— Mas abro exceções para ocasiões especiais — Elliot afirmou e sorriu para Cassie. — É um imenso prazer conhecê-la, Cassandra. Ou você prefere Cassie? Fiquei feliz ao saber que você estava vindo para ficar em Hartwood, esse lugar precisa de um pouco de agitação. Vou trazer o seu primo Sebastian para uma visita, vocês dois vão aprontar muito. Tenho certeza!

Cassie não sabia o que dizer. Elliot estava em uma foto no consolo da lareira do seu quarto. Era um menino com bochechas rosadas e mãos gordinhas que lhe lembrava o irmão de Rue, Oliver, mas ela não conseguia conciliar aquela imagem com o homem alto e bem-vestido na frente dela. Como a mãe, Elliot tinha um sorriso fácil e olhos risonhos e não podia ser mais diferente do que a sua tia rígida e séria.

— Sente-se ali e vou preparar mais panquecas! Há framboesas e creme de sabugueiro na mesa, os seus favoritos — a sra. Briggs disse, mimando Elliot. — Ora, é como nos velhos tempos!

— Obrigada, senhora Briggs — ele disse. — Eu quase ia me esquecendo! Cassie, isso é para você.

Cassie pegou o pacote e desamarrou o barbante. O presente era uma vassoura esguia com um cabo de madeira polido. O cabo tinha uma empunhadura de couro macio e amuletos para velocidade e segurança presos às cerdas.

— Uau! — Rue exclamou, inclinando-se para examiná-la.

— Era a vassoura da sua mãe, ela a chamava de Galope, eu cuidei dela na sua ausência. Um dos nossos especialistas em vassoura na polícia a poliu para você. O cabo é de madeira de lei, e as cerdas são de urze escocesa e bétula escandinava — Elliot explicou. — Foi fabricada por um dos melhores vassoureiros da Inglaterra.

— Era da minha mãe? — Cassie perguntou, segurando a vassoura e sentindo a sua leveza.

— Sem dúvida! Ela era um gênio na vassoura, a nossa Rose. Costumava derrubar as chaminés dos telhados!

— Ela voava de maneira descuidada, e essa vassoura é voluntariosa demais para uma bruxa principiante — a sua tia disse.

— Absurdo! Tenho certeza de que Cassie é capaz de manejá-la.

Rue estava puxando a manga de Cassie.

— Vamos, você tem que me deixar dar uma volta depois de você!

Elliot riu.

— Vá em frente. O dia está maravilhoso lá fora e eu quero ter uma conversa com a sua tia a respeito de coisas chatas do negócio de bruxas.

Cassie queria fazer perguntas ao tio sobre a sua mãe, mas não na presença da tia Miranda, talvez mais tarde. Ela lhe agradeceu pelo presente e permitiu que Rue a puxasse pela porta.

Havia um estreito caminho relvado entre a horta e o pomar. Brogan empurrava o seu carrinho de mão diariamente por ele e as garotas tinham se apropriado dele como percurso para os voos de vassoura. Foi para lá que elas foram experimentar a nova vassoura de Cassie. Anteriormente, elas se revezavam na de Rue, mas, naquele momento, poderiam voar juntas e disputar corridas como as outras garotas faziam após as reuniões do *coven*. Isto é, se Cassie conseguisse não cair da vassoura.

Aprender a voar com uma vassoura é um pouco como aprender a andar de bicicleta, na medida em que você precisa encontrar o equilíbrio e se inclinar nas curvas. No entanto, ao contrário de uma bicicleta, uma vassoura de bruxa tem opiniões próprias e nem sempre responde a instruções. A velha vassoura de Rue, a Labareda, estava gasta, mas ainda era robusta, com cerdas desordenadas e que soltavam galinhos. Ela era muita rápida em descidas, mas gostava de parar de repente sem aviso prévio. Muitas vezes, Cassie tinha se perguntado se não seria mais fácil aprender a voar com uma vassoura diferente. Naquele momento, ela tinha a chance de descobrir.

Elas montaram nas vassouras no início do percurso, em frente ao viveiro de plantas. A nova vassoura era surpreendentemente confortável e proporcionava excelente equilíbrio. Cassie estava começando a se sentir confiante:

— Vamos! — Rue disse. — A última a chegar ao roseiral é um sapo verrugoso!

— Isso me ofende! — Papo resmungou com a cabeça para fora do bolso de Rue.

Rue disparou. A Galope não precisou de nenhum incentivo para voar atrás dela. O cabo da vassoura cortava o ar, liso como uma faca na manteiga. Cassie passou por fileiras de repolhos e cebolas. Ela fez a primeira curva de modo primoroso, segurando-se firme com as suas pernas, como Rue tinha ensinado. Cassie gostou de saber que a vassoura era capaz de responder ao seu comando mais leve. Era na curva seguinte, atrás do pomar, que Cassie geralmente caía. Mas ela fez a curva de maneira elegante e a Galope acelerou, aproximando-se da vassoura de Rue. Cassie estava voando muito bem e quis que a tia viesse vê-la. Com essa vassoura, ela seria aprovada no Teste de Caloura de maneira triunfante.

À frente estava o roseiral, o percurso terminava em um arco de flores brancas. Cassie ultrapassou Rue, disparou através do ar e soltou um grito de alegria. Ela nunca tinha voado tão rápido antes, aquilo era estimulante e um pouco assustador. Cassie puxou para cima o cabo da vassoura, instando-a a parar. A vassoura a ignorou, continuando pelo jardim.

— Pare! — Cassie implorou, mas a vassoura não estava mais respondendo aos seus pedidos. A Galope deu uma volta ao redor da fonte e a arrastou direto através da cerca-viva mais próxima. Cassie foi arranhada e picada por espinhos, mas a vassoura continuou se deslocando em alta velocidade.

— Rue! Socorro!

Rue mergulhou atrás dela, mas não conseguiu alcançá-la com a sua velha vassoura.

Agarrando-se à vassoura descontrolada, Cassie passou sobre o pomar, os canteiros de flores e o apiário, voando direto na direção da grande janela da cozinha. Cassie fechou os olhos e se preparou para o impacto, mas, no último instante, a vassoura fez uma curva de noventa graus e voou para cima, paralela à parede da casa.

Depois de passar pelo telhado, a vassoura voltou a fazer uma curva, voando de volta para o jardim, mas agora estava de cabeça para baixo! Cassie se agarrou por baixo com ambos os braços e pernas. A Galope empinou, girou e deu voltas no ar, como se estivesse tentando se livrar de Cassie. Ela sentiu o estômago embrulhar e estava ficando zonza. Finalmente, a vassoura conseguiu se desvencilhar de Cassie e ela caiu direto na pilha de compostagem de Brogan.

Fazendo cara feia para a Galope, que pousou tranquilamente e se apoiou contra a parede, Cassie tirou uma folha de repolho murcha da cabeça. Então, ela ouviu a voz da tia.

— Então, a Yard não conseguiu rastrear a rota delas?

Cassie não conseguia ver Miranda, pois a pilha de compostagem estava encostada no muro do jardim e a voz da Bruxa da Floresta vinha do interior daquele jardim murado.

— Ah, tenho certeza de que logo vai conseguir. Uma das nossas melhores guardiãs está encarregada do caso.

Aquela era a voz do seu tio.

— Cassie parece bem, adaptando-se perfeitamente, não é? — ele continuou.

O jardim murado era sempre mantido trancado. Cassie nunca tinha visto o que havia dentro. A tia deve ter levado Eliott até lá para uma conversa particular.

— Não mude de assunto. Uma garota de Oswalton desapareceu no mês passado e ainda não foi encontrada. Não estão só raptando nas cidades, mas também nos povoados e nos vilarejos. Devem estar levando as crianças para a Floresta. Encontrei vestígios de acampamentos em suas profundezas. No passado, roubavam os bebês estranhos, mas nunca crianças mais velhas, e nunca tantas. Além disso, alguém está destruindo deliberadamente as pedras de barragem. Já encontrei três quebradas. A proteção está resistindo, mas por quanto tempo?

— Sempre disse que a Floresta era grande demais para uma bruxa administrar. Por que não envio o meu pessoal para ajudá-la?

— Não preciso de mais bruxas, preciso de mais informações. O que você sabe a respeito dos movimentos recentes Dele?

Rue veio correndo na direção de Cassie, que levou um dedo aos lábios, em um pedido de silêncio, e apontou para o muro. Elas se agacharam ali juntas, ouvindo.

— Não sei a quem você está se referindo, Miranda — Elliot disse.

A Bruxa da Floresta baixou a voz.

— Você com certeza sabe, mas se devo soletrar para você, estou me referindo ao único que já foi capaz de controlar os duendes: o Senhor dos Trapos e Farrapos.

— O Rei Elfo? Você não devia dar ouvidos a essas bobagens, Miranda. Não sei que tipo de histórias estão circulando pela região, mas posso garantir que ninguém na Yard leva a sério a ideia de um rei duende. E eu duvido muito que ele exista.

Houve um silêncio pesado.

— Eu sei que você era jovem na época, Elliot, mas você não pode ter esquecido do que aconteceu com Rose. Não imaginamos algo como aquilo.

— Rose fez as suas próprias escolhas. O que aconteceu então não tem nada a ver com as crianças desaparecidas. Agradeço se você deixar a nossa irmã fora disso. Veja, se eu ouvir mais alguma coisa, você será a primeira a saber.

— O Rei Elfo. Esse é o nome que li no livro de Widdershin — Cassie disse.

Ela sentiu calafrios ante a lembrança daquela imagem terrível: o crânio com galhadas e os olhos flamejantes.

Elas estavam sentadas no quarto de Cassie comendo o bolo de aniversário. Montéquio estava meio adormecido e Papo estava empoleirado no parapeito da janela, observando as moscas zumbirem e se chocarem contra o vidro. Elliot tinha ido embora depois do almoço, prometendo uma nova visita em breve. Infelizmente, Cassie não tivera a chance de questioná-lo mais.

— Quando eu era pequena, minha mãe costumava dizer que o rei dos duendes nos pegaria se não comêssemos todos os brotos, mas achei que fosse invenção dela para nos assustar — Rue disse.

— Tia Miranda parece achar que ele é bastante real e que tem algo a ver com o desaparecimento das crianças... E da minha mãe.

— Não podemos simplesmente perguntar a respeito do Rei Elfo para a Bruxa da Floresta? — Rue sugeriu.

— E admitir que estávamos escutando atrás do muro? Não, sempre que pergunto sobre a minha mãe, a minha tia muda de assunto; se eu insisto, ela fica zangada.

— Você pode encontrar respostas no livro do Widdershin — Montéquio sugeriu.

Cassie fez que não com a cabeça.

— Consegui ler essas três palavras, mas o resto estava em uma língua estranha. Mesmo se eu conseguisse entender, Widdershin não me deixaria chegar perto do livro novamente. Ele ficou furioso comigo por tocar nele — Cassie suspirou. — Espere um pouco. Do que mais tia Miranda chamou o rei?

Rue pensou por um momento.

— O Senhor dos Trapos...

— ... e Farrapos! Eu já vi esse nome antes — Cassie disse; levantou-se de um salto e pegou *Contos da Terra das Fadas* em sua estante.

— Aqui está, "A Torre Solitária". Lembro-me de ter lido esse conto. É a respeito de uma pobre mulher que se perde na floresta. Ela está morrendo de fome e sentindo muito frio. Então, ela se depara com uma torre misteriosa. Em seu interior, há uma mesa posta para dois cheia de comida e um belo vestido de veludo verde. A mulher coloca o vestido e se senta para comer, mas quando ela levanta o copo há uma figura sombria sentada em frente a ela, na outra cadeira. Esse personagem é o Senhor dos Trapos e Farrapos.

— O que acontece com a mulher?

— Como ela bebeu o vinho dele e comeu a comida dele, ele pede um pagamento: o filho primogênito dela.

— O que ele quer com a criança? — Rue perguntou.

— O conto não diz, mas provavelmente é a mesma coisa que o Rei Elfo planejou para as crianças desaparecidas. A tia Miranda acha que ele está por trás disso tudo. É por isso que ela estava perguntando a respeito dele ao tio Elliot. E se ele também estiver com a minha mãe?

— Não sei, Cass — Rue disse, franzindo a testa. — Mesmo que esse Rei Elfo exista, o que podemos fazer a respeito?

— Você ouviu o que a minha tia disse a respeito das pedras de barragem. Alguém está quebrando aquelas pedras, e o povo da Terra das Fadas não pode tocar nas pedras; então, deve ser uma bruxa.

— Uma bruxa está ajudando os raptores? Por que ela faria isso?

— Não sei, talvez o Rei Elfo esteja pagando ou talvez ela não tenha escolha, como a mulher do conto.

— Se conseguíssemos descobrir quem é e impedi-la de fazer isso, isso sim seria bruxaria de verdade — Rue disse, com os olhos brilhando. — Ora, teriam que nos dar a Estrela de Prata!

— Além disso, quem quer que esteja quebrando as pedras de barragem e ajudando os duendes, está trabalhando para o Rei Elfo. Essa bruxa pode saber algo a respeito da minha mãe.

— Vamos começar uma investigação completa imediatamente — Rue afirmou, fazendo a saudação das bruxas. — Vamos chamá-la de "Operação Cobra Verde".

Capítulo 15

Pela lua refletida e a flor luminosa

Naquela sexta-feira choveu. A garoa constante mantinha o 1º *Coven* de Hedgely entre quatro paredes ao redor da fogueira do salão. As vassouras fumegavam apoiadas contra a parede, Cassie não tinha trazido a sua. Ela havia decidido que precisava de um pouco mais de prática para não passar vergonha na frente de todo o *coven*. A Bruxa da Floresta estava ausente, em negócios urgentes e, assim, a sra. Briggs tomava conta das garotas enquanto elas praticavam atividades com as suas patrulhas. A governanta de Hartwood foi muito bem recebida, assim como o rocambole que ela preparou para o chá da tarde.

Na Patrulha dos Espinhos, Ivy, Tabitha e as outras garotas estavam praticando primeiros socorros mágicos. Cercadas por pilhas de bandagens e potes de unguento, elas recitavam feitiços de cura.

Enquanto isso, a Patrulha das Cinzas estava entalhando amuletos em pedaços de madeira de sorveira e zimbro, gravando neles runas protetoras e os enfiando em um cordão trançado.

— O que devemos fazer a seguir? — Alice perguntou, varrendo uma pilha de aparas de madeira.

Nancy pegou o livro de registro da patrulha.

— Não revisamos os nove sinais de encantamento há muito tempo.

Rue resmungou.

— Você precisa conhecê-los se quiser entrar na Wayland Yard — Harriet disse.

— Wayland Yard? — Cassie perguntou. — Não é onde o meu tio trabalha?

— Fica em Londres — Rue disse. — A sede dos guardiões. É para onde eu vou quando conseguir a minha licença!

— Você, uma guardiã? — Ivy interrompeu, a caminho de pegar mais bandagens. — Só pegam as melhores bruxas.

— Ah, enfie a sua cabeça no caldeirão, Ivy! — Rue disse.

Pensativa, Cassie franziu a testa. Então foi por isso que Renata Rawlins tinha aparecido na escola, para investigar o desaparecimento das crianças. As guardiãs eram *bruxas*. E Miranda era uma delas. Tabitha a tinha chamado de Guardiã da Fronteira.

A sra. Briggs escolheu aquele momento para comunicar que o bolo e a laranjada estavam servidos e o *coven* saiu correndo para se servir.

Rue puxou Cassie de lado.

— Tenho pensado a respeito da Operação Cobra Verde. Eu sei quem é a feiticeira!

Cassie olhou por cima do ombro para ter certeza de que ninguém estava ouvindo, mas ambas as patrulhas estavam preocupadas com o bolo.

— Ocorreu-me ontem à noite — Rue disse. — Quem gostaria de ver a Bruxa da Floresta falhar? Quem precisa tanto de dinheiro que aceitaria ouro dos duendes? Quem odeia crianças e não se importaria se algumas desaparecessem? Deve ser a velha senhora Blight.

Em dúvida, Cassie franziu a testa.

— A avó de Tabitha?

— Sim, minha mãe ouviu ela dizendo para a chefe dos correios que Miranda não era uma Bruxa da Floresta tão boa quanto a anterior. Que ela estava deixando as coisas desandarem em Hedgely e logo a cidade seria invadida por hordas de duendes. Aposto que a velha serpente gostaria que isso acontecesse, e é por isso que ela está quebrando as pedras de barragem.

— Não sei, Rue. Tenho que admitir que a senhora Blight é horrível, mas não acho que ela tenha força suficiente para quebrar as pedras. Tabitha disse que ela não consegue nem subir escadas sem ajuda.

Rue zombou.

— Isso deve ser apenas uma encenação, ou talvez ela tome um elixir fortificante, ou quem sabe Tabitha esteja envolvida nisso!

— Para! — Cassie sussurrou urgentemente.

Tabitha estava se aproximando com duas fatias generosas de rocambole, das quais escorriam geleia de morango.

— Achei melhor trazer para vocês antes que não sobrasse nada. A Patrulha dos Espinhos já está toda lá. Vocês não ouviram a senhora Briggs chamando?

Rue suspirou e pegou o bolo como se fosse um grande fardo.

— Desculpe, não queria interromper — Tabitha disse, recuando.

— Estávamos conversando a respeito da minha mãe — Cassie afirmou. Era uma meia verdade: de alguma forma, Rose estava envolvida em tudo aquilo.

— Ah! Eu tive uma ideia a esse respeito. O que você precisa é de um feitiço de busca — Tabitha disse, lambendo a geleia do dedo.

Cassie ficou com um olhar vazio. Rue fungou.

— Um feitiço de busca. Minha avó tem um para encontrar as suas luvas. Ela sempre se esquece de onde as deixou. O feitiço é mais ou menos assim:

"Debaixo do tapete ou sobre a lareira
"Escondidas, perdidas ou pegas
"Guie-me para o lugar secreto
"Onde as minhas luvas desaparecidas estão esperando."

— Acho que não vai funcionar no caso da mãe de Cass — Rue disse.

— Não, provavelmente não, mas tenho certeza de que a Bruxa da Floresta vai conhecer um melhor. Aposto que há muitos feitiços poderosos no grimório dela.

— Grim... O quê? — Cassie perguntou.

— Um grimório é um livro de feitiços pessoal de uma bruxa — Tabitha explicou. — Onde elas escrevem receitas de poções e encantamentos. Algumas das garotas mais velhas do *coven* já começaram a criar os seus.

— Eles são confidenciais. Duvido que a Bruxa da Floresta nos deixe ver o dela — Rue afirmou.

— É bem improvável — Cassie concordou. — Mas aposto que sei onde ela o guarda.

Cassie decidiu procurar o grimório no dia seguinte. Significaria quebrar uma das regras da casa, mas se ela conseguisse encontrar um feitiço para levá-la até a sua mãe, valeria ter corrido o risco de ser pega. Tudo o que ela tinha que fazer era esperar uma saída da Bruxa da Floresta.

Infelizmente, sua tia não estava com pressa de sair de Hartwood naquela manhã. Cassie estava sentada à mesa do café da manhã, observando Miranda comer mingau e bebericar chá de urtiga pelo que pareceram horas.

Mesmo quando a Bruxa da Floresta finalmente raspou o fundo da tigela e tomou o último gole de chá, ela não deixou a cozinha, mas teve uma longa e chata conversa com a sra. Briggs a respeito de utilidades domésticas. Justamente no momento em que Cassie achou que a conversa tinha acabado, Brogan entrou, usando chinelos de veludo bordados. Miranda perguntou-lhe a respeito da artemísia que ele estava cultivando para ela e se estaria disponível para a poção que ela queria ensinar ao *coven* na sexta-feira seguinte. Isso levou a outra longa discussão sobre os méritos de diversos fertilizantes mágicos. Finalmente, a Bruxa da Floresta se levantou da sua cadeira, espanou uma migalha da sua manga e avisou que ficaria em seu escritório durante o resto do dia.

Cassie suspirou e se arrastou de volta para o seu quarto.

— Essa é uma linha de ação imprudente, você sabe — Montéquio disse, observando Cassie andar de um lado para o outro. — Mas se você está decidida a seguir em frente, terá que esperar que a sua tia receba um chamado esta tarde.

— Mas e se ela não sair de casa durante o fim de semana inteiro? — Cassie perguntou, parecendo incomodada. — Não, nós precisamos de uma emergência, algo que a faça sair de casa.

— Nós *estamos* sem arenque em conserva — o gato sugeriu.

— Uma emergência *de verdade*: fogo, inundação, duendes. Espere um pouco, tenho uma ideia. Você lembra do ninho de ouriços que achamos sob o viveiro de plantas na semana passada?

— Claro, mas não gosto da direção que você parece estar seguindo com essa linha de investigação.

— Preciso que você provoque um pouco os ouriços.

— Nem pensar. Os ouriços têm uma mordida desagradável e eles não têm medo de gatos. Meu tio-avô perdeu a ponta do rabo para um ouriço irritado.

— Sempre posso dizer à senhora Briggs quem comeu o último pedaço de queijo Hedgely Blue.

Fazendo cara feia para ela e resmungando baixinho, o gato escapuliu escada abaixo.

Cassie se sentou junto à janela saliente, folheando o seu manual, mas sem ler nenhuma palavra. Pela janela aberta, ela podia ouvir Brogan assobiando enquanto plantava mudas de abóbora. Aquela cena tranquila foi quebrada por um estrondo. Cassie enfiou a cabeça para fora da janela. Ali embaixo, ela conseguiu distinguir Brogan, com o seu boné arrancado e o seu cabelo ruivo espetado como um dente-de-leão. Aos seus pés, havia muitos vasos de terracota quebrados. Ele estava brandindo um ancinho contra um bando de ouriços que saíam correndo de debaixo do viveiro de plantas. Os ouriços tinham espinhos no dorso e narizes longos e bigodudos. Eles sibilaram para ele e se esquivaram do ancinho. Cassie riu.

Ela correu até a escada.

— Tia Miranda! Tia Miranda!

Um momento depois, a Bruxa da Floresta apareceu.

— O que é todo esse escândalo, Cassandra? Eu lhe disse para não me incomodar.

— Mas eu acho que Brogan precisa da sua ajuda no jardim!

Os guinchos dos ouriços e os gritos de Brogan podiam ser ouvidos por toda a casa.

Com um suspiro, Miranda desceu as escadas correndo.

Cassie correu para a janela mais próxima e conseguiu ouvir trechos das conversas deles lá embaixo.

— Construíram um ninho debaixo do meu viveiro de plantas. Arruinaram as minhas sementes. Arrancaram os meus óculos! — Brogan lamentou.

— Eles são inofensivos — Miranda disse.

— A senhora chama esses animais de inofensivos? Eles têm comido todos os meus rabanetes. Vão atrás da minha beterraba em seguida. São uns pequenos vândalos, ladrões! Eles vão ver!

Cassie gostaria de ficar e ver, mas ela não tinha muito tempo se queria encontrar o grimório. Então, ela correu pelo corredor até o escritório de Miranda.

A porta estava trancada, é claro que estaria trancada. Por que ela não tinha pensado nisso? Frustrada, Cassie deu outro puxão na maçaneta. O feitiço de que ela precisava para encontrar a sua mãe podia estar do outro lado daquela porta e ela só tinha alguns minutos antes que a tia Miranda voltasse para pegá-la em flagrante.

Ela empurrou a porta com o ombro, mantendo a mão na maçaneta, e sentiu uma vibração no peito. Ela já tinha sentido isso antes, junto aos portões da Fowell House. Cassie tirou a chave de debaixo da sua blusa, estava quente ao toque. Ela tentou enfiá-la no buraco da fechadura, mas não serviu. Voltando a girar a maçaneta, ela estava prestes a desistir quando a porta se abriu, facilmente, como se nunca tivesse sido trancada.

Será que a porta estava apenas emperrada? Ou a sua chave tinha alguma magia própria? Cassie não tinha tempo para descobrir. Ela precisava encontrar o grimório antes que a tia voltasse.

Isso não ia ser fácil. Apesar de toda a conversa de tia Miranda sobre regras e ordem, o seu escritório era um caos completo. Havia potes e caixas de ingredientes espalhados pela mesa de trabalho, livros abertos com folhas e grampos de cabelo para marcar as páginas. Uma dispersão de cristais roxos caiu da mesa para o chão e todas as superfícies estavam cobertas com poças de cera de vela e pedaços de pergaminho com runas rabiscadas neles. Com certeza, aquele era um recinto que nunca vira o espanador da sra. Briggs.

Cassie contornou uma pilha de caldeirões enferrujados. O escritório era iluminado apenas por um janelão e uma única vela acesa sobre a mesa. Cassie pegou a vela e começou a examinar os livros abertos, mas nenhum deles pareceu promissor.

— Se eu fosse a tia Miranda, onde eu guardaria o meu grimório? — ela murmurou.

— Provavelmente em algum lugar onde bruxas jovens e inexperientes não possam encontrá-lo — Montéquio disse, esgueirando-se pela porta. — Eles ainda estão lá embaixo, mas é melhor você se apressar, a Bruxa da Floresta pode voltar a qualquer minuto.

Havia inúmeros livros empilhados no escritório e o grimório poderia ser qualquer um deles. Ela nem sequer sabia como ele era. Cassie se agachou, inclinando a cabeça para o lado para examinar as lombadas: *Atravessando as noites: Um ano na Floresta; Uma coletânea mágica; Os dialetos da Terra das Fadas.* Era difícil ler naquela escuridão. Havia um livro azul volumoso na parte inferior da pilha. Não tinha nada escrito na capa, mas estava salpicado de estrelas.

Quando Cassie liberou o livro, o resto da pilha caiu com um baque surdo. Ela se encolheu, com o coração aos pulos, mas a casa permaneceu em silêncio.

Cassie levou o livro até a mesa da tia para inspecioná-lo à luz da vela.

Não era o grimório, mas um exemplar antigo de *Efemérides de Earwig*, publicado anos antes de Cassie nascer. As páginas continham diversas tabelas, repletas de números e símbolos que não tinham nenhum significado óbvio. Ao fechar o livro, um pedaço de papel amarelado caiu. Era um recorte do *Hedgely Herald*. Tinha uma foto de um grupo de garotas com uniforme de bruxa. Na primeira fila, havia um rosto que ela reconheceu da foto na sua lareira: uma jovem com um sorriso cheio de dentes e cabelo ruivo encaracolado: era a sua mãe.

— Por que está demorando tanto? — Montéquio perguntou. — Nós dois vamos ser descobertos se você não se apressar!

Cassie enfiou o recorte no bolso para ler mais tarde e recolocou o livro no lugar.

— Ainda estou procurando. Fica de olho.

O grimório era o livro de feitiços da sua tia, a referência constante dela. Tinha que estar em algum lugar onde ela pudesse acessá-lo facilmente. Cassie dirigiu o olhar para o consolo da lareira, que ficava em uma altura considerável. Não havia livros ali, apenas frascos de líquidos coloridos e potes contendo pele de cobra e vagens secas. Entre eles, havia uma grande caixa de madeira plana. Cassie arrastou uma banqueta até a lareira e subiu nela. A tampa da caixa estava entalhada com runas encantadas para proteção e confidencialidade, mas não tinha fechadura. A tampa se abriu silenciosamente, Cassie espiou o seu interior.

Havia um livro!

Ela tirou o livro da caixa e o colocou com cuidado sobre a mesa, precisando das duas mãos para manuseá-lo. O livro estava encadernado em couro verde-teixo, ornamentado com um padrão de folhas e trepadeiras espinhosas. O desenho estava desgastado em certos lugares por causa dos anos de manuseio. Cassie aproximou a vela e abriu a capa.

As primeiras páginas estavam escritas com uma tinta marrom desbotada, em uma língua que parecia inglês, mas com muitas palavras estranhas. Ao contrário do livro branco de Widdershin, não tinha ilustrações, mas rabiscos bagunçados de anotações e diagramas nas margens, alguns dos quais haviam sido rasurados. Ao virar as páginas, a caligrafia mudou e as palavras ficaram mais familiares. Perto do final do livro, ela encontrou anotações com a letra da sua tia. Não era apenas o grimório de Miranda, ele deve ter pertencido a todas as Bruxas da Floresta que vieram antes dela. O conhecimento acumulado de gerações de bruxas estava em suas mãos e Cassie não fazia ideia por onde começar.

— Estou ouvindo passos! — Montéquio gritou do vão da porta.

O livro estava cheio de feitiços, receitas, canções e encantos, mas não havia índice para ajudar Cassie a encontrar o que ela queria. Ela virou uma página e leu:

Revelar o que está escondido pelo glamour da fada

Caminhe no sentido horário ao redor do lugar, pessoa ou objeto com glamour, repetindo o seguinte encanto:

Glamour resplandecendo, glamour desvanecendo
Através do véu da névoa inconstante.
Brilha a luz do poder da bruxaria,
Todos os encantamentos são anulados.

Pela vela da minha arte,
Com a visão da bruxaria, eu vejo o novo.
Sombras e fantasmas devem partir,
Banir o falso, revelar o verdadeiro.

Não, aquilo não ajudaria, a não ser que a sua mãe estivesse disfarçada de caixa de correio ou algo assim. Cassie folheou freneticamente o livro: "Cura para os espirros dos elfos"; "Como pegar uma vaca malhada"; "Presságios a respeito da morte de um monarca". Não havia nada que se parecesse com um feitiço de busca.

— Ela está subindo! — Montéquio sibilou.

Cassie fechou o livro. Colocando ambas as mãos sobre o couro gasto, ela fechou os olhos e pensou bem. *Por favor, preciso encontrar a minha mãe; por favor, ajudem-me, Bruxas da Floresta!*

Podia ser a sua imaginação, mas os seus dedos começaram a formigar um pouco. Cassie agarrou o livro com as duas mãos e o deixou cair aberto sobre a mesa.

Como ver um amigo ou inimigo a distância

Em uma noite clara, de lua cheia, coloque um objeto pertencente à pessoa em uma tigela de prata. Nesta, despeje a água recolhida em um riacho e adicione as flores de lanterna. Mexa nove vezes no sentido horário com uma varinha de bétula e repita o encantamento:

Pela lua refletida e a flor luminosa,
Sobre o mar ou o pico da montanha,
Revela-me o guardador desse item
Pois eu vislumbraria quem eu procuro.

Por cima do assobio frenético de Montéquio, Cassie podia ouvir os passos da tia ecoando pelo corredor. Ela voltou a ler o encantamento e fechou o livro, recolocando-o na caixa de madeira. Com o coração aos pulos, Cassie fechou a porta atrás de si e correu pelo corredor até o quarto vazio mais próximo, com Montéquio seguindo-a de perto. Escondida atrás da porta, Cassie espiou pela abertura estreita. Ela tinha certeza de que a tia ouviria a sua respiração, mas a Bruxa da Floresta passou segurando alguém pequeno e espinhoso em sua mão. Cassie ouviu a porta do escritório abrir e fechar.

— Todo esse subterfúgio deixou os meus nervos em frangalhos — Montéquio disse. — Vou precisar de uma soneca muito longa.

Cassie sussurrou o encantamento para si mesma: *Pela lua refletida e a flor luminosa*... Ela tinha que lembrar palavra por palavra do feitiço que a levaria até a sua mãe.

Capítulo 16

Saltash & Filho

Dois dias depois, Cassie e Rue se reuniram depois da escola para trabalhar em seu sal de bruxa. Elas encontraram grande parte dos ingredientes na despensa da sra. Briggs e o resto no armário do salão do *coven*. Naquele momento, elas tinham tudo de que precisavam, exceto raiz de angélica. A erva crescia no jardim do *coven*, mas só estaria disponível para colheita no outono. Então, elas teriam que fazer uma visita ao boticário.

Cassie falou a respeito do grimório para Rue na caminhada para a cidade.

— Não acredito que você invadiu o escritório da Bruxa da Floresta. Você é mais corajosa do que parece, Cass!

— Ah, e eu encontrei isso — Cassie disse e passou o recorte de jornal para Rue. — Aqui está a minha mãe quando ela tinha a nossa idade. A patrulha dela ganhou algum tipo de prêmio por bravura, a Estrela de Prata, por salvar um garoto que se perdeu na Floresta.

— Ivy até trocaria de nome para conseguir essa medalha!

— Você acha que devemos pedir ajuda a Tabitha a respeito do feitiço de busca? Afinal, foi ideia dela.

— Deixa eu ver — Rue disse.

Cassie passou a ela o seu *Manual da bruxa*. Ela tinha escrito o feitiço na parte de trás assim que voltou para o quarto, com medo de se esquecer de alguma coisa.

— Parece bem simples. A minha mãe tem uma fruteira de prata que podemos usar. Não precisamos de Tabitha. Além disso, e se ela contar para a sua tia? Ou uma das garotas da Patrulha dos Espinhos? Sem falar que a avó dela provavelmente está ligada ao Rei Elfo. Você não pode confiar nos Blight, Cass.

Cassie achava que Tabitha poderia guardar um segredo tão bem quanto qualquer uma delas, mas supôs que seria mais seguro se menos pessoas estivessem envolvidas.

— Quando é a próxima lua cheia? — Rue perguntou.

— Pesquisei no *Almanaque de Astaroth*. Cai na mesma noite da Feira do Solstício de Verão. Podemos pegar a água do Nix, mas não sei nada a respeito da flor de lanterna. Não consegui encontrar isso no manual.

— Nunca ouvi falar disso, mas aposto que o velho Saltash já ouviu!

"Saltash & Filho, Botica — Fundada em 1582", diziam as letras descascadas sobre a loja, ao lado de um desenho de uma cobra enrolada em torno de um cálice. Na vitrine, havia frascos bojudos de líquido azul e vermelho, um ramo de coral laranja brilhante, uma poupa empalhada e um pote grande de pedras amareladas que pareciam dentes.

Elas entraram em um recinto mal iluminado, repleto de prateleiras com inúmeros potes cheios de folhas secas, flores, sementes, raízes e pós. Os armários embaixo tinham centenas de gavetinhas, todas com etiquetas de identificação escritas com caligrafia comprida e fina. No balcão expositor havia fósseis, cristais, conchas e penas. O ar cheirava a especiarias e resinas exóticas. Acima das cabeças delas, havia um esqueleto de crocodilo pendurado nas vigas.

Um homem alto, magro e de cabelos grisalhos ergueu os olhos do balcão e deu uma olhada em Cassie e Rue. Ele estava atendendo a uma cliente idosa: era ninguém menos que a sra. Blight.

— Sinto muito, senhora, mas esse item é restrito há trinta anos.

A velha ainda não tinha notado as garotas.

— Eu sei muito bem, mas ouvi dizer que você tem maneiras de conseguir esses ingredientes mais... Delicados. Contatos do outro lado da fronteira? Certas caixas debaixo do balcão? Eu posso pagar... Em *ouro*.

Cassie e Rue trocaram um olhar significativo.

O boticário pigarreou.

— Desculpe-me, senhora, mas esse é um estabelecimento respeitável. Não sei onde a senhora tomou conhecimento desses boatos, mas posso garantir que são totalmente infundados. Aqui está a tussilagem que a senhora pediu. Se a tosse persistir, posso preparar algumas pastilhas de marroio. Agora, se não precisa de mais nada, parece que tenho outras clientes para atender.

A sra. Blight olhou por cima do ombro e encarou as garotas. Ela agarrou as ervas e se apressou em direção à porta, esbarrando a sua bolsa em Cassie. Um pequeno pedaço de papel caiu, e Cassie o recolheu.

— Espere, a senhora deixou cair isso...! — ela gritou, mas a sra. Blight já tinha se afastado. Então, Cassie guardou o papel no bolso.

Rue estava brincando com uma balança de latão no balcão, que se desequilibrou e lançou uma cascata de bolas de anis no chão.

— Droga! Quantas vezes tenho que dizer para você não tocar em nada? Eu deveria fazer você pagar por isso! — Saltash reclamou e se virou para Cassie. — Quem é ela?

— Cassie Morgan — Rue disse, perseguindo uma bola de anis, que rolava pelo chão.

Saltash fez cara feia para ela.

— Precisamos de 250 gramas de raiz de angélica — Cassie disse.

— Para quê? Isso não é uma das suas brincadeiras, espero...

— Estamos fazendo sal de bruxa — Rue afirmou. — O senhor tem a raiz ou não?

O velho resmungou e foi encher um saco de papel com o conteúdo de um dos potes altos. Em seguida, ele jogou o saco no balcão.

— São seis centavos.

— Ah, e um pouco de lanterna — Rue acrescentou, tentando parecer inocente, o que não era a sua especialidade.

— Um pouco de quê? — Saltash perguntou asperamente, encarando-as com os seus olhos claros.

Cassie queria ter o poder de sumir dali, mas ela precisava daquilo se quisesse encontrar a sua mãe.

— Lanterna. É uma flor — ela disse.

— Eu sei o que é — Saltash afirmou, com a boca torta em desgosto. — A questão é: o que duas garotinhas iriam querer com tal coisa?

— Não somos garotinhas. Somos bruxas. Se o senhor não tem, é só dizer e nós vamos embora — Rue disse.

Saltash zombou.

— Vocês não vão encontrar flor de lanterna em nenhuma botica da Inglaterra, a flor seca não serve, ela perde toda a potência. Vocês precisam da flor fresca. Era possível encontrar flor de lanterna na Floresta quando eu era menino, mas agora é muito rara. Está quase extinta.

Rue suspirou e puxou a manga de Cassie para ir embora, mas ela resistiu. Ela precisava descobrir mais coisas, mas sem levantar as suspeitas do boticário. Cassie sorriu para ele.

— Deve ter sido maravilhoso ver essa flor crescendo na natureza. Ela é bonita?

Saltash desdenhou.

— Bem, há uma ilustração no *Herbaria Magica*, de Grieve, se você estiver realmente interessada — ele disse e puxou um livro pesado de debaixo do balcão e começou a virar as suas páginas manchadas e amareladas. — Aqui: *Lucidus indago*, a flor de lanterna.

Ele mostrou para elas uma velha xilogravura de uma flor em forma de estrela com sete pétalas e folhas plumosas.

Cassie olhou com mais atenção.

— Qual é a cor da flor?

— Branca luminosa, como neve fresca — Saltash respondeu.

A porta da loja se abriu e dois homens em roupas de trabalho entraram. Saltash caiu em si, fechou o livro e acenou com uma mão para as garotas.

— Agora, saiam daqui! E não me deixe pegá-las mexendo no meu estoque de novo!

— Ele é sempre tão grosso? — Cassie perguntou, quando elas estavam em segurança na rua.

— Saltash é um velho rabugento, mas é inofensivo.

— A senhora Blight deixou isso cair quando saiu da loja — Cassie disse, tirando o pedaço de papel do bolso para mostrar a Rue.

Era uma lista de compras: manteiga, pão, repolho. Aqueles itens estavam todos riscados. O último item não estava.

— O que é selumbina? — Cassie perguntou.

Rue encolheu os ombros.

— Não faço a menor ideia.

— Deve ser a erva que Saltash disse que era restrita. Para que você acha que ela quer isso?

— Provavelmente para envenenar a todos nós. O que eu quero saber é como ela pode pagar em ouro se não pode nem consertar o telhado da casa. Meu pai entregou as compras dela na semana passada e disse que o corredor estava cheio de baldes por causa das goteiras. Deve ser ouro dos duendes, dinheiro que ela ganhou vendendo as crianças roubadas.

— Talvez, mas isso não é prova suficiente para levar para a minha tia — Cassie afirmou e suspirou. — E nós nem sequer conseguimos a flor de lanterna, embora agora pelo menos saibamos como ela é.

Rue jogou o saco de angélica para o alto e o pegou.

— Você acha que o feitiço funcionaria sem ela?

— Não, ela está no encanto, lembra? *Lua refletida e flor luminosa* — Cassie respondeu. — Saltash disse que está *quase* extinta, não é? Isso significa que ainda podem existir algumas na Floresta. Se ao menos tia Miranda nos levasse lá de novo, poderíamos dar uma procurada.

Rue sorriu de modo malicioso.

— O que você vai fazer amanhã?

Capítulo 17

Fogo-fátuo

— Essa é uma péssima ideia — Papo resmungou.

— Dessa vez, estou de acordo com a rã — Montéquio disse.

— *Sapo*, ok? — Papo reclamou e prosseguiu. — Mas olhem, vocês não podem ficar perambulando por aí sozinhas.

Era uma tarde maravilhosa e ensolarada. A colina relvada que levava até a Floresta estava coberta com botões-de-ouro e margaridas. Sentindo o sol quente nas costas, as garotas estavam bem abastecidas para a jornada, incluindo sanduíches de presunto, garrafas de refrigerante de gengibre artesanal da sra. Briggs e um pacote de biscoitos digestivos.

— Mas não vamos estar sozinhas. Nós vamos ficar juntas e temos as nossas vassouras se tivermos algum problema — Cassie explicou, esperando que a Galope se comportasse bem em uma emergência.

— E também temos o nosso primeiro lote de sal de bruxa — Rue lembrou. — Espero que encontremos alguns duendes para que possamos testar o sal!

Elas embrulharam o sal de bruxa em pacotes de pano, que cheiravam intensamente a ervas protetoras. Rue chamou esses pacotes de "bombas antiduendes". Cassie tinha algumas em sua bolsa e, apesar de não ter certeza de que funcionariam, isso a fez se sentir um pouco mais confiante para entrar na Floresta.

— Estaremos de volta antes do anoitecer. Caso contrário, vocês podem procurar a Bruxa da Floresta e contar tudo pra ela.

A Floresta era menos ameaçadora à luz vespertina, com raios de cor verde dourada sendo filtrados através do dossel espesso. Inicialmente, elas pegaram a trilha mais larga, talvez fosse a mesma que a Patrulha dos Espinhos pegou em sua expedição de caça aos cogumelos. Porém, podia levá-las a outro lugar. Em relação à floresta, nunca era possível saber.

— Precisamos procurar a flor de lanterna — Cassie disse. — Lembre-se, é pequena, branca e tem sete pétalas.

Não era difícil encontrar flores na Floresta. Por todos os lados, elas viam guarda-chuvas entrelaçados de ervas-cicutárias, gavinhas de madressilva, cascatas de rosas-silvestres, orquídeas manchadas e aquilégias-roxas, mas nenhuma delas correspondia à ilustração que tinham visto no livro de Saltash. Rue ficou bastante animada com um canteiro de pequenas flores brancas debaixo de um salgueiro, mas elas tinham apenas seis pétalas e um cheiro forte de alho.

À medida que adentravam ainda mais o interior da mata, a trilha se estreitava e as árvores ficavam mais grossas e altas, reunindo-se em aglomerados densos. O bolor das folhas abafava os passos delas e o canto dos pássaros, que tinha preenchido os limites externos da mata, estava distante agora, deixando apenas o som do vento nas folhas e o rangido dos galhos. De vez em quando, elas ouviam um farfalhar da vegetação rasteira e ficavam paralisadas, mas era apenas um tordo ou um coelho.

O ar estava mais frio e havia menos flores nos bosques mais escuros da mata. Assim, Cassie se sentiu aliviada quando a trilha as levou até uma clareira. Era aproximadamente circular e, em seu centro, havia uma pedra alta e cinzenta entalhada com runas encantadas.

— É uma pedra de barragem! — Cassie disse. O monólito coberto de musgo estava intacto, proporcionando uma pequena esfera de segurança nas profundezas da mata.

— Vamos parar um pouco aqui. Estou faminta — Rue disse.

Elas se sentaram com as costas apoiadas contra a pedra, absorvendo o calor armazenado do sol, e dividiram os sanduíches e o refrigerante de gengibre.

— Há quanto tempo estamos aqui? — Cassie perguntou.

Rue olhou para o seu relógio de pulso.

— Difícil dizer. Eram quatro horas quando entramos, mas o relógio diz que são quatro e cinco agora, o que não pode estar certo, porque o sol está mais baixo. A Floresta deve ter afetado o funcionamento dessa coisa.

— Parece que estamos andando há horas, mas ainda não está escurecendo — Cassie disse.

— Podemos voar de volta com as nossas vassouras e ganhar tempo dessa forma — Rue propôs.

Porém, aquele lugar estava aquecido e confortável. Sentadas com as costas contra a pedra e mordiscando biscoitos, nenhuma delas estava ansiosa para entrar novamente na sombra fria e escura da mata. Cassie tomou um gole do refrigerante e observou as borboletas azuis pairando sobre um trevo. Havia algo mais esvoaçando na beira da clareira, entre as árvores. Era algo violeta pálido e brilhava suavemente. Algum tipo de mariposa, talvez?

— *Cassie* — uma voz suave chamou.

A primeira coisa que veio à cabeça de Cassie foi a marta; a criatura que a tinha encurralado no círculo encantado. Seria aquela outra armadilha? Ela olhou para Rue. A sua amiga estava deitada na relva, com os braços cruzados atrás da cabeça e os olhos fechados. Elas deveriam estar seguras ali, com a pedra de barragem para protegê-las.

— *Cassie!* — a voz voltou a chamar. — *Onde você está?*

Cassie se sentou. Não era a marta, com o seu tom frio e sibilante. Aquela voz era cálida, feminina e extremamente familiar. Mexia com as suas lembranças, dando-lhe esperança.

— Rue, acorde! Você ouviu isso?

— Ouvi o quê? — Rue perguntou. Ela se sentou e sentiu o cheiro do ar. — Uau! Que cheiro é esse?

Cassie não conseguia sentir o cheiro de nada além de relva aquecida pelo sol e do verde fresco das folhas e do musgo.

— *Cassie!* — a voz ficou mais insistente naquele momento.

Cassie se levantou de um salto.

— Aí está de novo! Você deve ter ouvido? Eu poderia jurar...

— Cheiro de maçã assada — Rue disse. — Não, espere, é de chocolate quente com canela... E frango assado, e peixe com batatas fritas...

— Do que você está falando? Você acabou de comer dois sanduíches e meio pacote de biscoitos. Você não consegue ouvir essa voz?

— Que voz?

Cassie correu até a beira da clareira, ouvindo atentamente. Quando a voz veio novamente, estava mais fraca:

— *Cassie, me ajude!*

Cassie havia desejado ouvir aquela voz por sete longos anos, mas só a ouvira em sonhos. Não havia dúvida, era a voz da sua mãe.

Cassie correu para o interior da mata. Não havia trilha e, assim, ele teve que abrir caminho pelos arbustos, arranhando as pernas nos espinheiros e pisoteando as samambaias. Sempre que parava, ela voltava a ouvir a voz, sempre um pouco mais distante. Naquele momento, a pálida luz violeta estava à sua frente, era uma pequena espiral de fogo que tremeluzia e dançava.

— *Cassie...*

— Estou chegando! — Cassie gritou.

A luz a levou a um pequeno riacho, que deu uma risada quando ela saltou por cima dele. A chama pálida piscou e apagou e ela foi deixada sozinha entre os amieiros.

Cassie esperou, aguçando os ouvidos para ouvir a voz da sua mãe. Ela esperou e esperou, mas a voz não veio. Tudo o que ela conseguiu ouvir foram as marteladas distantes de um pica-pau.

— Mãe! — Cassie gritou.

Não houve resposta.

Cassie sentou-se em um tronco coberto de musgo e descansou a cabeça nas mãos. Ela estava completa e absolutamente perdida.

Cassie decidiu que o mais importante era não entrar em pânico. Se ela voltasse a andar sem nenhum senso de direção, acabaria ainda mais longe de Rue e da clareira. Além disso, alguém da Terra das Fadas poderia sentir o cheiro do medo e ela não queria atrair nenhuma atenção indesejada.

Infelizmente, Cassie tinha deixado a sua vassoura com Rue, mas ela ainda tinha a sua bolsa. Ela a vasculhou em busca do seu *Manual da bruxa* e, depois de encontrá-lo, procurou o capítulo intitulado "46 tipos comuns da Terra das Fadas". Nele, estavam enumeradas as criaturas da Terra das Fadas e quais eram mais comuns de se encontrar na Grã-Bretanha, juntamente com uma classificação de quão perigosas elas eram, desde as criaturas inofensivas até as de que era necessário fugir para salvar a vida.

Fogo-fátuo

Ignis Fatuus

Também conhecido como: Hinky-Punk, Spunky, Jack-o'-the-Lantern
Classificação: Travesso

O fogo-fátuo aparece como uma pequena chama ou orbe incandescente. Atrai os seres humanos projetando a visão, o som ou o cheiro do desejo do coração deles. Em seguida, o fogo-fátuo desaparece, deixando a sua vítima perdida e desorientada. A variedade encontrada em pântanos, às vezes chamada de Fogo-Fátuo do Pântano, é mais perigosa, pois os caminhantes vão se ver afundando em terreno instável. Nenhuma proteção específica é necessária contra os fogos-fátuos, pois a bruxa experiente aprenderá a identificar as ilusões simples deles e ignorar a tentação de segui-los. No entanto, um método comum para evitar ser enganado é usar uma peça de roupa do avesso.

Bem, aquilo explicava o motivo pelo qual Rue não tinha ouvido a voz de Rose. Sem dúvida, o desejo do coração de Rue tinha muito mais a ver com o seu estômago. Cassie virou as suas meias do avesso por precaução.

Após o encontro de Cassie com o círculo encantado, a Bruxa da Floresta tinha falado ao *coven* sobre o que fazer se elas se perdessem na Floresta. Havia duas opções. A primeira era caminhar para o leste, mas aquilo era difícil se não fosse possível ver o sol. A segunda era encontrar um riacho e seguir o curso d'água. Dizia-se que todos os riachos na Floresta desaguavam no Nix e o rio atravessava o vilarejo. Embora algumas criaturas da Terra das Fadas, como Wendy Weedskin, vivessem em água corrente, a maioria a evitava. Então, a água oferecia um pequeno grau de proteção desde que a pessoa fosse cautelosa.

Cassie voltou ao riacho que tinha atravessado antes de o fogo-fátuo desaparecer. Não era mais largo do que a sua bota. Ela partiu na direção em que a água estava fluindo.

O riacho a conduziu pelos amieiros e seguiu morro abaixo até um bosque de salgueiros jovens, onde se alargava, virando um laguinho. Cassie se deu conta da sede que sentia e se agachou na beira da água. A água estava clara como uma vidraça, embora ondulada pela correnteza. Ela conseguia ver seixos no fundo e uma camada de folhas velhas, como moedas manchadas. Era seguro beber aquela água? Afinal, era a Floresta. A água parecia limpa, mas podia haver algum encantamento invisível.

— Beba. Não vai fazer mal a você — uma voz disse.

Cassie levantou os olhos e viu um grande felino olhando para ela do outro lado do riacho. Ele se agachou sobre pernas longas e fortes, com as garras afundadas no musgo macio. Era um lince, mas todo preto, desde os tufos nas orelhas até a extremidade da cauda curta. Os seus olhos eram como lâmpadas amarelas.

— O nome desse riacho é Gnost, a água da lembrança — o lince disse. — A cada gole, você se lembrará de algo que esqueceu. Ele flui da Terra das Fadas para as terras mortais, onde se dilui no Lastor, a água do esquecimento, que corre sob a terra.

Cassie olhou para o lince com cautela. Miranda tinha dito a elas para não confiarem em nenhuma criatura que encontrassem na Floresta. No entanto, ela estava com tanta sede que uma lembrança seria um pequeno preço a pagar por um gole daquela água cristalina.

Cassie pegou um punhado na palma da mão. A água estava gelada, mas tinha um gosto fresco e doce. Ela bebeu fartamente.

Cassie estava sentada em um gramado verde, à sombra de uma árvore frutífera. Ela podia sentir o cheiro de grama cortada e algo salgado; uma brisa do mar. Em sua mão, ela segurava uma bola macia. Não, era uma laranja. Cassie podia sentir as pequenas reentrâncias na superfície. Acima dela, algo balançava com a brisa. Era um varal de roupas penduradas para secar. Uma mulher estava cantando com uma voz suave e melodiosa. Era uma canção triste, mas ela parecia feliz:

Nove anos vieram, nove anos se foram,
E ainda assim eu me lembro de ti,

Pense no trono que você se senta,
Ao lado da Rainha da Terra das Fadas.

O seu verdadeiro eu, o seu rosto tão justo
Eu daria uma bolsa de ouro para ver,
E das sombras te convocam,
Ah, quando você vai voltar para mim?

A mulher se virou, olhou para Cassie e riu. Levantando a mão, ela pegou outra laranja da árvore e a rolou para Cassie pela relva. Cassie estendeu a mão para pegá-la.

— Aquela era a minha mãe — Cassie disse, esfregando os olhos com uma manga da blusa. — Lembrei-me da minha mãe, do seu rosto, da sua voz.

Avidamente, ela pegou um pouco mais de água.

— Era apenas uma lembrança, mas você pode vê-la novamente nesse mundo — o lince afirmou.

— Como?

— Siga-me, Cass-sandra, eu levarei você até ela.

— É você! — Cassie exclamou, levantando-se rapidamente. — O Glashtyn!

— Posso lhe dar o que você deseja, Cass-sandra. Não apenas lembranças ou ilusões, mas carne e osso. Posso levá-la até a sua mãe.

Daquela vez, com a lembrança ainda fresca em sua mente, Cassie ficou bastante tentada. Ela não sabia quem ou o que era aquela criatura que mudava de forma, mas se o Glashtyn pudesse cumprir a promessa, então talvez ela devesse ir com ele. De qualquer forma, ela estava perdida e só tinha o riacho como guia. No entanto, em seu âmago, algo parecia errado. O Glashtyn a tinha encurralado uma vez, e se ele tentasse levá-la a outra armadilha, ou pior, para as mãos do próprio Rei Elfo?

— Não, eu não vou com você. Se você sabe mesmo onde ela está, então me diga.

O gato selvagem saltou por cima do riacho e se aproximou dela. A criatura tinha o tamanho de um labrador, mas se movia com a fluidez de um felino.

— Você vai mudar de ideia. Você vai vir a mim quando toda a esperança estiver perdida. Eu sou o único que pode ajudá-la, Cass-sandra.

— Me deixe em paz!

Cassie enfiou a mão na bolsa, pegou uma das bombas antiduendes de Rue e a atirou no lince. A bomba explodiu em uma nuvem de pó acre. Sem esperar para ver o resultado, Cassie correu para as árvores. Inicialmente, achou que tivesse sido seguida pelo Glashtyn, pois via uma sombra negra no canto da sua visão. Porém, quando ela finalmente parou de correr, ofegante e curvada, se viu sozinha. Ela só ouvia o ranger dos galhos e o sussurro das folhas.

Cassie olhou para trás, na direção de onde tinha vindo, mas não havia sinal da sua passagem. As árvores se fecharam atrás dela, formando uma cerca de troncos esguios. Ela tinha deixado o lince para trás, mas também o riacho, e sem ele para orientá-la, ela estava irremediavelmente perdida mais uma vez.

Capítulo 18

A flor de lanterna

Cassie se viu em um bosque de bétulas com cascas brancas e prateadas descascando dos troncos. Não havia trilhas a escolher. Então, ela perambulou sem rumo entre samambaias e dedaleiras. As bétulas esguias se estendiam a perder de vista, repetindo as suas colunas brancas e cinzentas ao longe.

Parando para recuperar o fôlego, Cassie pegou o seu manual novamente, esperando ter alguma inspiração. Quando ela o abriu, ouvir um farfalhar acima dela.

Inicialmente, Cassie não percebeu o lagarto, que estava tão bem camuflado que suas escamas brancas se misturaram à casca da bétula. Se não tivesse se movido, ela nunca o teria visto. Uma pequena cabeça sinuosa se desprendeu do tronco, farejando o ar e inspecionando Cassie com olhos pequenos, redondos e brilhantes.

Aliviada, Cassie riu.

— Olá, o que você está fazendo aqui? — ela perguntou e deu um passo em direção à criatura. Aquele era o seu *habitat* natural? Do que o lagarto poderia estar vivendo? Da casca semelhante a papel das bétulas?

Ele inclinou a cabeça, e ela viu que estava faltando uma garra na pata dianteira direita dele, era o mesmo lagarto que Cassie tinha resgatado da Widdershin's.

Cassie mostrou o manual, e o rato de livraria correu pelo tronco da árvore em direção a ela.

— É isso que você quer? É um pouco mais gostoso do que casca de bétula, imagino.

Ela virou as páginas até a introdução e rasgou uma ponta da página, estendendo-a para o lagarto. Por um momento, ele olhou para ela. Em seguida, pegou o papel, engoliu-o inteiro e tossiu quando um pedaço ficou preso em sua garganta.

— Um pouco seco, não é? — ela perguntou, e rasgou outro pedaço de papel impresso e deu a ele. — Gostaria que você me ajudasse. Eu me perdi.

Naquele momento, o rato de livraria ficou aos seus pés, implorando por mais papel. Ela lhe deu outro pedaço.

— Essas árvores não têm fim. Suponho que você não conheça a saída.

O lagarto inclinou a cabeça, encarou-a por um momento e saiu correndo. Cassie suspirou. O lagarto parou, sentou-se sobre as patas traseiras e emitiu um bramido curto e agudo.

— O que foi?

O lagarto voltou a bramir. Cassie riu.

— Qualquer um acharia que você quer que eu te siga.

Será mesmo que ele estava tentando ajudá-la? Cassie não achava que o lagarto poderia ser tão inteligente, mas ele tinha comido uma enciclopédia inteira.

A criatura correu de volta para Cassie e olhou para ela. Em seguida, voltou a correr na mesma direção.

— Tudo bem, estou indo — ela disse, levantando-se e o seguindo. Quer a criatura conhecesse ou não o caminho, dificilmente ela poderia ficar mais perdida do que já estava.

O lagarto saltava à frente dela, guiando-a entre troncos pálidos e esguios e através das samambaias verdes que cobriam a vegetação rasteira.

Finalmente, a quantidade de bétulas diminuiu, dando lugar à solidez tranquilizadora dos carvalhos, com a sua casca áspera e rachada como terra seca. Em alguma parte, uma cambaxirra estava cantando.

Cassie se abaixou até o chão para agradecer ao rato de livraria, alimentando-o com a última página da introdução.

— Pega, você merece.

O lagarto esperou para ver se mais alguma coisa estava por vir, mas como não veio, ele emitiu um bramido final e desapareceu no bosque de bétulas.

— Bem — Cassie disse a si mesma —, pelo menos mudou a paisagem.

Os carvalhos eram antigos. Alguns tinham troncos tão grossos que seria necessária toda a Patrulha das Cinzas para circundá-los e com os braços estendidos. Cassie continuou andando, passando por cima de raízes retorcidas e abaixando a cabeça sob galhos baixos. No centro do bosque de carvalhos, havia uma árvore tão velha que a sua copa tinha morrido, deixando apenas os galhos mais baixos, que se arrastavam pelo chão como se fossem pesados demais para a árvore sustentar. No entanto, as suas folhas eram tão viçosas e verdes como as de uma árvore mais jovem e formavam uma cortina que roçava o rosto de Cassie enquanto ela passava por baixo dela. Ela parou defronte a velha árvore e sentiu os perigos da Floresta diminuírem. Ali, Cassie estava segura, invisível para que visse de fora e protegida pela presença sólida do carvalho. Cassie passou os dedos na casca, imaginando a idade da árvore. Centenas de anos? Milhares?

Era curiosa a maneira como a casca se torcia e se avolumava.

Havia um nó de madeira que quase parecia um rosto. O rosto de um velho com nariz bulboso, sobrancelhas espessas e costeletas. As rachaduras na casca formavam linhas de riso ao redor da boca e dos olhos. *É um rosto amável*, ela pensou. Cassie estendeu a mão para tocá-lo e sentiu uma sensação de calor e vibração no peito. A sua chave estava ficando quente novamente.

A árvore espirrou.

Cassie recuou e tropeçou em uma raiz, caindo com um baque na folhagem. Ela se levantou e limpou a saia. A árvore estava imóvel. O rosto de madeira permanecia inerte. Talvez ela já estivesse na Floresta há muito tempo e isso estivesse provocando coisas estranhas em sua mente. Muitas vezes, as árvores pareciam ter rostos, da mesma forma que as nuvens às vezes pareciam peixes ou pássaros. Ela estava deixando a sua imaginação correr solta.

Duas fendas na madeira se abriram e revelaram olhos castanhos profundos, turvos e vidrados de sono.

— Nimue? — a árvore perguntou.

Cassie lutou contra a vontade de correr. A árvore estava falando. Aquilo era incomum, mas ela deduziu que havia muitas coisas incomuns na Floresta. Se existiam gatos e sapos que falavam, por que não árvores também?

Ela pigarreou.

— Como?

A madeira ondulou, como se tivesse músculos debaixo da pele-casca, e o rosto ganhou vida.

— Ah, não é ela, agora consigo ver. Mas talvez uma parenta dela — a árvore disse e bocejou. — Diga-me, criança, que século é este?

— O vigésimo.

— Parece que dei um pouco mais do que um leve cochilo — ela afirmou e riu de si mesma.

— Quem é você?

A árvore sorriu, com o seu rosto gasto se enrugando como um saco de papel amassado.

— Não sou ninguém tão importante. Pelo menos, não mais. Você pode me chamar de Ambrósio. E qual é o seu nome, jovem bruxa?

— Meu nome é Cassie, Cassie Morgan. Na verdade, ainda não sou uma bruxa. Ainda tenho que ser aprovada no meu Teste de Caloura. Não sabia que as árvores da Floresta podiam falar.

— Como regra geral, não podem, não em uma linguagem que a maioria dos humanos entenda. No entanto, não sou uma árvore, mas um homem *em* uma árvore.

— Como o homem na lua?

— Sim, embora ele esteja lá há muito mais tempo, coitado.

— Como você acabou dentro de uma árvore?

— Fui colocado aqui por uma bruxa. Muitos e muitos anos atrás.

— Que horror!

— Acho que eu mereci — Ambrósio disse e sorriu.

— Mas não podemos tirar você daí? Deve haver alguma maneira de quebrar o feitiço!

O rosto apertou os olhos para vê-la.

— O que é isso que você usa no pescoço, bruxinha?

Cassie pegou a chave e mostrou a ele.

— Ah, muitas foram as vezes que desejei ver o presente que você carrega, mas mesmo a chave de ouro não pode me libertar. Ela só pode me acordar do meu sono. Não, tenho que esperar o portador de outro tesouro. Não importa, essa árvore não é um lugar de descanso tão ruim. A terra é doce e o silêncio ainda mais doce. Não preciso de mais nada — Ambrósio afirmou e fechou os olhos por um momento. — No entanto, acho que você estava procurando algo quando entrou na Grande Floresta Ocidental, e duvido muito que fosse eu.

— Bem, eu estava tentando encontrar uma flor de lanterna. É para um feitiço, sabe, para encontrar a minha mãe, mas agora eu estou meio perdida.

— E você andou olhando para o chão, imagino, e não encontrou a flor?

Cassie concordou.

— A lanterna cresce apenas nas fendas dos velhos carvalhos. Ela não gosta de ficar muito perto da terra. Certo, agora me deixe pensar. É um pouco tarde para a estação das flores, mas sim, eu acredito que há um pequeno canteiro de lanternas crescendo entre os meus galhos, lá em cima, no segundo ramo à esquerda. Às vezes, coça. A pior coisa a respeito desse negócio de árvore é que não dá para se coçar.

Cassie esticou o pescoço e vislumbrou folhas plumosas, totalmente diferentes das de um carvalho.

— Acho que posso vê-las, mas terei que subir em você para alcançá-las. Isso não vai te machucar, vai?

— Nem um pouco, apenas preste atenção onde pisa.

Cassie tirou as botas e subiu descalça. Era mais fácil do que trepar no plátano da Fowell House, porque os galhos começavam em uma altura muito mais baixa e se estendiam em direção ao chão devido ao grande peso. Ela escalou o primeiro galho, precisando usar as mãos só quando alcançou o tronco. Firmando os pés contra a casca áspera, ela se impulsionou para cima e se apoiou na curva do galho seguinte. Em uma fenda, logo acima dela, Cassie conseguiu distinguir um grupo de folhas de samambaia. Na ponta dos pés, ela encontrou uma única e delicada flor branca no meio. Cassie contou a quantidade de pétalas: sete, com um coração dourado no centro. Ela a arrancou com muito cuidado e desceu da árvore.

— Encontrou o que procurava? Excelente. Imagino que você vai esperar a lua cheia para iluminar o seu feitiço.

— Sim, no solstício de verão.

— Muito bom. Desejo que você tenha muito sucesso, mas, tome cuidado, a lanterna mostrará a verdade, mas a verdade pode ser difícil de aceitar. É um grande fardo ter conhecimento sem o poder de agir sobre ele.

— Eu vou tomar cuidado. Obrigada pela flor!

— Espero que voltemos a nos encontrar, bruxinha. Faz muito bem a uma alma velha ver uma juventude tão determinada. Eu tinha quase me esquecido o que é querer algo e lutar por isso. As árvores não saem de casa para tentar a sorte. Elas se contentam com o lugar escolhido. É uma exis-

tência pacífica, mas o tempo passa devagar, suavemente, e eu fico esquecido. É bom ser lembrado da vida rápida da humanidade.

— Voltarei aqui se eu conseguir te encontrar — Cassie disse. — Só que ainda não sei como voltar para casa.

— A flor de lanterna vai te guiar. Esse é um dos seus poderes. Segure-a na mão direita e pense na sua casa.

Cassie ergueu aquela flor tão delicada e fechou os olhos, imaginando o caminho que a levava até Hartwood. A porta da frente, o calor na cozinha com a sra. Briggs mexendo o caldeirão, Brogan lendo o catálogo de sementes e até a tia tomando um gole de chá de urtiga. Imaginou o seu quarto na torre com o tapete verde-musgo e Montéquio dormindo perto da lareira.

Cassie voltou a abrir os olhos e viu que a flor estava emitindo uma tênue luminosidade branca.

— Siga a luz. Ela vai ficar mais forte quando você estiver no caminho certo — Ambrósio explicou.

Cassie lhe agradeceu novamente e partiu pela mata, seguindo a luz pálida da flor de lanterna.

Rue estava esperando na beira da Floresta com Montéquio e Papo, segurando as duas vassouras. Em seu rosto sardento, a sua expressão era de preocupação.

— Cass! O que aconteceu com você? Você balbuciou a respeito de uma voz e então correu na direção das árvores. Eu te chamei, mas acho que você não me ouviu. Esperei na clareira até que começou a escurecer. Então decidi que era melhor sair da Floresta enquanto ainda conseguiria ver alguma coisa. Montéquio quis ir direto procurar a Bruxa da Floresta, mas achei que devíamos esperar um pouco mais. O que é isso?

— É uma flor de lanterna, ela me trouxe de volta. Agora podemos fazer o feitiço de busca!

Rue admirou aquela flor tão frágil, que estava brilhando como a chama de uma vela. Cassie contou a ela a respeito dos acontecimentos envolvendo o fogo-fátuo e Ambrósio.

— Mas você não foi enganada — Cassie disse. — Muito embora o fogo-fátuo tivesse tentado você com todos aqueles cheiros deliciosos.

— Rue está com a blusa do avesso — Papo afirmou. — Ela está sempre apressada ao se vestir de manhã.

— Psiu! Eu ouvi algo ali, nos sabugueiros — Montéquio disse.

Cassie e Rue espiaram a folhagem. Naquele momento, o crepúsculo já tinha chegado e a Floresta era uma bruma de sombra verde e roxa. Havia de fato um farfalhar. O galho de um sabugueiro tremulou.

Cassie escondeu a flor de lanterna atrás das costas e agarrou a sua vassoura, pronta para voar, se necessário.

Um chapéu preto pontiagudo apareceu, seguido pela forma esguia de Ivy Harrington.

— Você! — Rue exclamou.

Ivy olhou feio para elas. Ela carregava uma cesta cheia de ervas murchas.

— Você estava na Floresta! — Rue disse.

— E daí? Quem é você para me dar bronca, Ruth Whitby. Pelo estado das suas roupas, vocês também devem ter passado a tarde toda lá. O que vocês duas estavam fazendo?

— Não é da sua conta — Rue sibilou.

— Bem, talvez eu conte para a Bruxa da Floresta. Aí vocês vão ter que responder às perguntas *dela*.

— Você não vai poder fazer isso — Cassie observou. — Não sem revelar que você também estava na Floresta.

Desdenhando, Ivy deu de ombros.

— Não estou nem aí para a missão idiota de vocês. Essas ervas são para o nosso projeto do solstício de verão. Temos tudo de que precisamos e certamente vamos ganhar.

Ivy jogou o cabelo para trás e partiu em direção ao vilarejo.

Rue suspirou.

— Claro que também não podemos delatá-la.

Cassie observou Ivy descer a colina, sua capa preta roçando a relva na altura da cintura.

— Rue, será que ela estava só atrás das ervas?

— Não entendi.

— Talvez tenha sido Ivy que eu vi aquele dia, quebrando a pedra de barragem. Ela pode ser a feiticeira.

Se havia uma garota no *coven* com habilidade para fazer aquilo, era Ivy.

— Ivy é um monstro, eu garanto — Rue afirmou. — Mas não sei se ela iria tão longe a ponto de ajudar os duendes. O que ela ganharia com isso?

Mas Rue não tinha visto o estado da mãe de Ivy. Cassie podia apostar que Ivy faria qualquer coisa para salvá-la, mesmo se aquilo significasse quebrar o Juramento das Bruxas. Elas teriam que ficar de olho na Patrulha dos Espinhos para ter certeza.

Cassie e Rue se despediram e Rue saiu correndo para a loja dos Whitby, com o sapo agarrado ao seu ombro.

Montéquio repreendeu Cassie durante todo o caminho de volta a Hartwood, mas ela só tinha olhos para a flor luminosa e translúcida em sua mão, que carregava para casa. Se a flor de lanterna era capaz de trazê-la para Hartwood, certamente era capaz de ajudá-la a encontrar a mãe.

Capítulo 19

O roubo malfeito

Cassie estava atrasada para o jantar, mas a sorte estava ao seu lado. A Bruxa da Floresta tinha sido chamado por Widdershin, que estava tendo problemas com um dicionário amaldiçoado que ficava inventando palavras.

Cassie subiu direto para colocar a flor de lanterna em algum lugar seguro. Ao abrir a porta do quarto, ela se sobressaltou: os livros e os papéis estavam espalhados pela cama e pelo chão, alguns deles rasgados e amassados. O guarda-roupa estava aberto, suas roupas e pijamas fora dele e amontoados em pilhas bagunçadas. As fotos da sua família tinham sido jogadas para fora do consolo da lareira. Ela correu para pegá-las e ficou aliviada ao encontrar os vidros intactos. Por insistência da sra. Briggs, Cassie tinha acabado de limpar o seu quarto, mas naquele momento parecia que um furacão tinha passado por ele.

Montéquio rosnou, abaixou-se e começou a caminhar em direção à cama.

— O que é? — Cassie perguntou e pegou o atiçador que estava pendurado junto à lareira. Ela sabia que as criaturas da Terra da Fadas tinham medo do toque do ferro.

Ajoelhando-se, ela espiou debaixo da cama. Ali, nas sombras, estava a sua armadilha contra fadas. Ela a deixou ali depois do *coven* e se esqueceu dela. Agachada sobre a armadilha, estava uma forma ossuda e encurvada que olhou para ela com olhos brilhantes.

Montéquio deu um uivo e a cama saltou trinta centímetros no ar. Uma pequena figura saiu correndo e disparou em direção à janela. Cassie se colocou entre a figura e a janela, impedindo a sua fuga. Montéquio saltou e cravou os dentes no pé descalço da criatura.

— Aiiiiii! — a figura gemeu. — Sai de cima de mim! Me solta!

Era um duende, menor que os raptores que a perseguiram em Trite, mas igualmente estranho. Ele tinha um nariz comprido e pontiagudo e estava usando o que parecia ser uma touca de dormir bastante suja.

Cassie segurou o atiçador junto à garganta dele, ela não estava disposta a correr nenhum risco.

Montéquio soltou o pé do duende e cuspiu.

— Nojento! Você nunca toma banho?

— Quem é você e o que está fazendo no meu quarto? — Cassie perguntou.

Os olhos do duende se encheram de lágrimas.

— Por favor, não me machuque! Eu não peguei nada. Eu juro!

Mantendo um olho na infeliz criatura, Cassie inspecionou a bagunça do seu quarto.

— O que você estava procurando?

O duende se contorceu para se afastar da ponta de ferro do atiçador, mas Montéquio ficou circulando atrás dele. O duende teve um acesso de choro e as lágrimas da cor da água da lagoa começaram a rolar dos seus olhos.

— Ah, meu Deus... Faça isso rápido, é só o que eu peço. Não me faça sofrer! — ele disse, entre soluços.

O duende era mesmo uma criatura patética e parecia verdadeiramente apavorado. Apesar da bagunça, Cassie quase sentiu pena dele.

— Olha, eu não vou te machucar — Cassie afirmou, agachando-se ao lado dele.

— A chave! — o duende sussurrou.

Então, ele saltou até a garganta dela, agarrando o colar pendurado. Cassie deu um pulo para trás.

— Então era isso que você estava procurando? O que você quer com a minha chave?

O duende assumiu uma expressão astuta, e Cassie se deu conta de que todas as lágrimas e lamentos tinham sido uma encenação.

— Pertence ao meu Mestre — o duende disse. — Foi roubada há muito tempo. Ele a quer de volta, tem um valor sentimental. É uma herança de família. Não vale nada, mas ele a quer de volta. Você é uma garota legal, não é? Você vai me devolver, não vai?

Cassie recolocou o colar com a chave sob a sua blusa.

— Isso é mentira! A chave era da minha mãe. Eu não vou te dar.

Desapontado, o rosto do duende enrugou mais uma vez.

— Ah, você tem que me dar! É minha única chance. Você não entendeu. Ele vai me matar!

— Já chega! — Cassie disse, brandindo o atiçador para ele. Na verdade, ela não planejava usá-lo, mas queria que ele achasse que ela o usaria. — Ou você me conta a verdade ou vou chamar a minha tia, a Bruxa da Floresta.

Miranda não estava em casa, mas a criatura não sabia disso.

O duende olhou para ela, depois para Montéquio e suspirou.

— Está bem. Promete que vai me deixar ir embora depois que eu te contar tudo?

— Palavra de bruxa, mas primeiro me diga quem o mandou e por que essa pessoa quer a minha chave.

— Ninguém me mandou, eu vim por conta própria. Como se Sua Alteza Horribilíssima mandasse peixes pequenos como eu atrás da sua preciosa chave. Ele me mataria se soubesse! Mas, pensei, não pode ser muito difícil. Bastava entrar enquanto você estava fora e dar uma olhada. Sou bom nisso, encontrar coisas que as pessoas escondem. Se eu pegasse a chave e a levasse de volta, receberia uma promoção, no mínimo. Imagine, eu, Burdock, o chefe dos ladrões! — o duende disse e começou a roer as unhas sujas e amareladas. — Mas se ele descobrir que eu estive aqui e não consegui a chave, ele vai me matar com certeza.

— Quem vai te matar? De quem você tem tanto medo? — Cassie perguntou.

— Dele! — Burdock respondeu, tremendo. — Você não sabe? O grandalhão! Sua terribilidade, o Príncipe dos Duendes! Tenho mesmo que soletrar para você?

— O Rei Elfo — Cassie disse.

— Cassandra, se isso for verdade, vamos ter que esperar pela Bruxa da Floresta — Montéquio afirmou.

— Não, eu prometi que deixaria ele ir embora se me falasse a verdade. Eu quero saber mais. Por que o Rei Elfo quer a minha chave?

— Seria bem estranho eu ter essa resposta, não é? Tudo o que eu sei é que ele quer muito essa chave e vai matar qualquer um que se meter no caminho dele. Então é melhor você me entregar de uma vez e se livrar de um monte de problemas.

— Como você conseguiu entrar em Hartwood? — Montéquio perguntou. — Há proteções ao redor da casa.

— Há um buraco, uma velha toca de coelhos sob o muro ocidental. As suas preciosas proteções só protegem acima do solo, não abaixo.

Cassie fez uma anotação mental para contar à tia a respeito disso.

— Agora me deixa ir embora, sim? Eu já te contei tudo o que eu sei.

— Ele é apenas um larápio, um ladrão. É improvável que um duende saiba os segredos do Rei Elfo — Montéquio disse. — Porém, se você deixar ele ir embora, ele vai direto ao seu mestre e informará tudo o que ficou sabendo. A única vantagem que temos agora é que o Rei Elfo presume que você ignora o desejo dele pela chave.

Preocupada, Cassie mordeu o lábio.

— Vou libertar você sob duas condições — ela disse ao duende. — Primeiro, você não vai contar nada ao Rei Elfo ou a qualquer um sobre o que aconteceu aqui. Você nunca falou comigo, entendeu?

— Eu? Falei com quem? Quem está falando? — Burdock respondeu.

— Prometa! — Cassie exigiu.

— Ah, tudo bem. Não vou contar para ninguém. Não é o meu momento de glória também. Não vou me gabar por aí sobre aquela vez em que fui pego por uma garotinha e o seu gato.

— Segundo, você me deve um favor.

Cassie tinha lido a respeito de acordos com o povo da Terra das Fadas em seus livros e sabia que poderia exigir uma recompensa pela liberdade do duende.

— Da próxima vez que eu precisar de algo e chamar o seu nome, você tem que vir — ela exigiu.

Burdock resmungou, mas também concordou com aquilo.

— Cassie, nós devíamos esperar pela Bruxa da Floresta. Ela vai ter mais perguntas — Montéquio disse num tom contrariado.

— Não. A chave talvez tenha algo a ver com o desaparecimento da minha mãe. Ela pode me ajudar a encontrá-la. Se eu contar para a minha tia, ela vai tirar a chave de mim e, então, nunca vou descobrir por que o Rei Elfo a quer. Além disso, ele respondeu às nossas perguntas e eu também tenho que manter a minha palavra.

Cassie levantou o atiçador e deu um passo para trás.

— Tudo bem, você já pode ir.

Livre da ameaça do ferro, o duende saltou até a janela. Cassie o observou descer pela hera como um macaco sem pelos. Ela tentou ver o caminho que ele tomou quando alcançou o chão, mas o duende desapareceu nas sombras.

— Isso é sério, Cassandra — Montéquio disse.

Cassie suspirou.

— Eu sei, vou levar a noite toda para arrumar essa bagunça.

Faltava menos de uma semana para a lua cheia e para a Feira do Solstício de Verão, mas Cassie achou a espera torturante. Naquele momento, elas tinham tudo de que precisavam para o feitiço de busca. Rue pegou emprestada a fruteira de prata da mãe, e Cassie tinha a preciosa flor de lanterna em um copo na mesa de cabeceira. A lanterna brilhava levemente à noite, e Cassie esperava que aquilo durasse até o dia marcado. Depois da escola, ela se encontrou com Rue e elas planejaram como se afastariam da rua e realizariam o feitiço. Ela decidiu que era hora de contar a sua amiga a respeito da chave, e como ela a tinha ajudado a escapar da Fowell House e a entrar no escritório da Bruxa da Floresta.

— Bem, se a chave pode destrancar portas e portões, talvez o Rei Elfo queira roubar alguma coisa — Rue sugeriu.

— Acho que a chave pode fazer mais do que isso. Se despertou Ambrósio, o homem na árvore, talvez também possa desbloquear encantamentos. Depois de fazermos o feitiço e encontrarmos a minha mãe, vou perguntar para ela.

Se o feitiço funcionasse, Rose poderia explicar tudo.

Na sexta-feira, antes do solstício de verão, o *coven* estava trabalhando nos distintivos referentes à preparação das poções. Os distintivos tinham três cores: branco, vermelho e preto. Cassie precisava ganhar o distintivo branco primeiro, preparando com sucesso três poções de cura comuns. A Patrulha das Cinzas pendurou caldeirões em tripés no terreno atrás do salão do *coven*. Rue ajudou Cassie a acender o fogo, mostrando-lhe como empilhar o capim seco e inflamá-lo. Cassie devia ter preparado um pote de unguento de milefólio para ferimentos leves, mas se distraiu e colocou muita calêndula, deixando o pote de líquido laranja brilhante. Até Harriet, líder da Patrulha das Cinzas, que habitualmente era bastante paciente, repreendeu Cassie por sua falta de atenção.

Quando elas fizeram uma pausa para tomar limonada e comer biscoito amanteigado de lavanda, Tabitha se aproximou. Ela já tinha terminado o próprio unguento, que tinha uma bela cor verde-claro e exalava um leve aroma de hortelã-pimenta e lençóis secos ao sol. Tabitha o tinha despejado em um velho pote de geleia para esfriar e solidificar.

— Qual é o problema, Cassie?

— A cera de abelha não derrete.

Tabitha espiou o conteúdo do pequeno caldeirão de cobre.

— Ah, você precisa picar a cera primeiro. Vai demorar uma eternidade se você colocar tudo de uma vez. Vamos, tire daí. Eu tenho algumas sobras que você pode usar.

— Obrigada.

— Você está muito quieta ultimamente. Está tudo bem?

Cassie queria poder contar tudo a Tabitha, a respeito do Rei Elfo, da chave e do feitiço para encontrar a mãe, mas ela tinha combinado com Rue de não contar nada. Tabitha tinha boas intenções, mas poderia contar para a Bruxa da Floresta em uma tentativa equivocada de protegê-la, ou dizer algo para a sra. Blight ou Ivy, e ambas poderiam estar aliadas com os duendes.

— Só estou preocupada com o Teste de Caloura — Cassie respondeu.

Era mais ou menos verdade. Ela vinha negligenciando o seu treinamento com a vassoura e as outras habilidades que deveria estar estudando, mas que não pareciam tão importantes naquele momento.

— Fui aprovada no *meu* Teste de Caloura na primeira tentativa — Ivy disse, aproximando-se. — A Bruxa da Floresta disse que eu voei graciosamente e que as minhas runas eram muito elegantes.

— Não se preocupe — Tabitha disse, sorrindo para Cassie. — Você tem trabalhado duro. Você vai ser aprovada com certeza. E aí todas nós poderemos ir ao acampamento juntas.

Ivy espiou o caldeirão de Cassie e fez uma careta.

— Eu não estaria tão confiante se fosse você. Ser a sobrinha da Bruxa da Floresta não faz com que você nasça com talento.

— Cassie tem mais talento no dedinho do pé dela do que você tem nessa sua cabeça inchada! — Rue disse, voltando com alguns biscoitos amanteigados.

— Você está com inveja porque sabe que vamos ganhar o concurso da Feira do Solstício de Verão — Ivy disse. — Vamos, Tabitha, como nós duas terminamos de preparar os nossos unguentos, a Bruxa da Floresta disse que podemos passar o resto da tarde trabalhando em nosso projeto.

Cassie e Rue as observaram se afastar.

— Parece melhor — Rue disse, espiando o caldeirão de Cassie. — Está quase verde agora.

— Tabitha me ajudou. Você acha que devemos testar o sal de bruxa antes da feira?

— Não precisa. Nós seguimos todas as instruções. Parece ótimo. Tudo o que temos a fazer é encontrar uma capetinha para a demonstração.

— Quem você acha que vai julgar?

Em dúvida, Rue encolheu os ombros.

— A Bruxa da Floresta, eu acho.

Cassie suspirou.

— Nesse caso, não temos nenhuma chance de vencer.

Capítulo 20

A Feira do Solstício de Verão

— Vamos, me dê uma mão — Brogan disse, empurrando um carrinho cheio de verduras enormes em direção a Cassie. Ele estava usando a sua melhor roupa de domingo, que combinava com suas botas vermelhas de cano alto. Brogan parecia um verdadeiro agricultor com aspirações à pirataria. Era cedo na véspera do solstício de verão. O ar ainda estava fresco, mas a sra. Briggs previu que esquentaria mais tarde. Os limoeiros estavam em plena floração, com as abelhas zumbindo. O jardim estava dourado, coberto de ervas-de-são-joão.

Cassie ajudava Brogan a colocar abóboras e nabos enormes, cenouras do comprimento do seu braço e um repolho com o dobro do tamanho da sua cabeça na carroça. Eles foram acomodados em palha fresca e seca, enquanto Peg batia o casco com impaciência.

— E aqui está a minha beleza. Foi alimentada com água mineral e adubo de algas marinhas durante três meses. Espere até Emley vê-la! — Brogan disse e embalou algo do tamanho de uma criança de dois anos em um cobertor e o passou com cuidado para Cassie, que foi colocá-lo na carroça.

— Cuidado aí! A minha beterraba vai na frente. Segura ela. É uma carga muito preciosa. Vai ganhar para mim a fita vermelha deste ano!

— Não se esqueça do meu bolo de frutas! — a sra. Briggs disse, descendo as escadas correndo na direção deles. A governanta deu a Cassie uma lata grande, que ela se esforçou para equilibrar junto com a verdura de sessenta centímetros em seu colo. — Leve-o para a tenda dos jurados para mim. Apareço mais tarde. Assim que as minhas tortas saírem do forno.

Não havia sinal da Bruxa da Floresta. O mais provável é que ela tivesse ido na frente usando a vassoura. Então, Cassie e Brogan partiram juntos para a feira.

A praça do vilarejo tinha passado por uma transformação de um dia para o outro. Barracas coloridas se amontoavam no gramado, decoradas com guirlandas de folhas de carvalho e ramalhetes de girassóis, com bandeirinhas amarradas entre eles. As árvores estavam enfeitadas com fitas e tinham sóis e sinos de latão pendurados que brilhavam com a luz do sol e repicavam com a brisa. Até a lagoa dos patos tinha sido arrumada.

Apesar de suas pernas rechonchudas, Oliver Whitby passou correndo a uma velocidade espantosa por Cassie e Brogan, segurando um sorvete e dando risadas. Rue acenou enquanto perseguia o irmão, gritando ameaças.

Cassie ajudou Brogan a carregar as verduras até a barraca dos produtos agrícolas e o deixou as arrumando sob os olhares de Emley Moor, o proprietário da The Pickled Imp, que tinha o próprio estande de verduras avantajadas, incluindo uma beterraba encorpada quase tão grande quanto a de Brogan.

Ela levou o bolo de frutas da sra. Briggs para a barraca seguinte e o entregou para a sra. Marchpane, que julgaria os bolos caseiros. Ali, ela encontrou Tabitha com Wyn, a sua familiar. A coelha branca usava laços cor-de-rosa nas orelhas e tinha uma expressão descontente.

— Vou inscrevê-la no concurso de animais de estimação. O que você acha?

Cassie nunca tinha ouvido Wyn falar, embora achasse que a coelha poderia reclamar se quisesse.

— Ela parece... adorável. Onde vai ser o concurso de bruxaria? — Cassie perguntou.

O pote de sal estava pesado em sua bolsa.

Tabitha levou Cassie para uma tenda preta pintada com estrelas brancas e runas encantadas. Os estandartes do 1º *Coven* de Hedgely e das Patrulhas das Cinzas e dos Espinhos tremulavam na brisa. Susan e Phyllis Drake estavam conduzindo crianças pequenas em passeios de vassoura, enquanto Harriet e Nancy vendiam amuletos e potes de unguento para arrecadar dinheiro para o hospital em Convall Abbey. Dentro da tenda, as integrantes de ambas as patrulhas se alvoroçavam por causa de suas inscrições para a competição. Rue não estava ali, mas Cassie achou um espaço vazio para exibir o pote de sal de bruxa delas, arrumando com cuidado o rótulo que ela tinha criado para ele. Na mesa oposta, estava o projeto de Ivy e Tabitha: uma lamparina de vidro cheia de líquido roxo.

— Vamos — Tabitha disse. — O concurso é só à tarde e eu vi um homem vendendo sorvete.

Cassie comprou duas bolas: cereja silvestre e chocolate, enquanto Tabitha escolheu rosas com mel. Elas tiveram que lambê-los rapidamente antes que pingassem em suas mãos.

A feira tinha tudo que se poderia desejar: passeios de burro, tiro com arco, músicos e malabaristas. As melhores ovelhas Hedgely Blue do sr. Bellwether estavam em exposição, ao lado de porcos, pôneis e cabras travessas. Quem quisesse poderia ter o rosto pintado como um duende, comprar um balão em forma de dragão e ver o mágico tirar uma doninha do chapéu.

O dia ficou mais quente enquanto Cassie e Tabitha tentavam a sorte nos jogos da feira, arremessando cocos nas bocas lamentosas de demônios de madeira e pescando sereias de papel com anzóis magnéticos. Tabitha ganhou um morcego tricotado.

Ao meio-dia, elas se reuniram com os outros moradores do vilarejo para assistir à apresentação de fitas coloridas para tudo, desde ovos de ganso até damas-da-noite gigantes. A beterraba de Brogan ganhou uma fita vermelha, assim como o bolo de frutas da sra. Briggs.

Enquanto as pessoas aplaudiam e vibravam, Cassie sentiu alguém puxar o seu cotovelo: era Rue.

— Venha rápido.

Cassie a seguiu até a tenda preta, que estava quente como um forno ao sol vespertino, elas estavam a sós. O resto do *coven* ainda estava assistindo à entrega dos prêmios; as poções e os itens encantados estavam em fileiras bem rotuladas, exceto o pote de Rue e Cassie, que havia sido derrubado no chão e o sal de bruxa tinha se espalhado pela relva.

Cassie tentou recolher um punhado de sal, que pinicava os seus dedos ao toque.

— Não faz isso. Eu já tentei, mas não tem o suficiente — Rue disse.

— Tenho mais em Hartwood — Cassie disse. — Se fôssemos na sua vassoura.

— Nossa capetinha também se foi. Eu a peguei esta manhã e a coloquei em uma gaiola ali, alguém a soltou.

A gaiola de arame de cobre estava vazia, com a porta entreaberta.

— Mas quem...?

— Tabitha disse que era cruel usar uma capetinha — Rue observou.

— Ela ficou comigo o dia todo.

— Então deve ter sido Ivy. Eu não a vi por aí, e você? Ela não queria que tivéssemos a chance de ganhar o concurso, e Tabitha ajudou mantendo você longe da tenda.

— Ela não faria isso! Tenho certeza.

— Agora não importa, estamos fora do jogo. Só nos resta torcer para que elas percam para a engenhoca de Alice e Lucy, seja lá o que for aquilo.

As suas companheiras bruxas da Patrulha das Cinzas construíram uma estranha caixinha com rodas e engrenagens. Ninguém do *coven* tinha sido informado do seu propósito secreto.

Não dava tempo para capturar outra capetinha *e* pegar o resto do sal de bruxa em Hartwood. As apresentações do *coven* começariam assim que as premiações dos animais de fazenda acabassem. O projeto que elas passaram semanas planejando e preparando iria para o lixo. Na verdade, Cassie não se importava de ficar de fora, já que as suas esperanças para o dia estavam concentradas no feitiço de busca. No entanto, Rue estava bem decepcionada. Além disso, a Bruxa da Floresta consideraria aquilo outro exemplo da incompetência geral de Cassie. Devia haver algo que elas pudessem fazer.

Cassie agarrou a sua chave, talvez houvesse.

— Rue, a corrente da sua vassoura, aquela com cadeado. Você consegue pegá-la a tempo? E quaisquer outras correntes e cadeados que você tiver na loja.

— Ideia brilhante! Vamos acorrentar a Ivy a uma árvore até terminar o concurso. Isso vai servir de lição para ela!

— Não, não a Ivy. Apresse-se. Encontro você atrás do palco.

O resto do *coven* estava voltando para a tenda para pegar os seus projetos.

— Tia Miranda?

— O que foi, Cassandra? Estamos prestes a começar.

— Rue e eu podemos nos apresentar por último? Precisamos de mais alguns minutos para nos preparar.

— Uma bruxa deve estar sempre preparada — a Bruxa da Floresta afirmou. — Muito bem, Ivy e Tabitha, troquem de lugar com Cassandra e Rue. Vejo que vocês estão mais organizadas.

— Qual é o problema? Perderam alguma coisa? — Ivy perguntou, se pondo ao lado de Cassie com um sorriso presunçoso.

Estranhando, Tabitha franziu a testa.

— Está tudo bem, Cassie? Vi Rue sair correndo em direção à loja.

— Acabamos de mudar um pouco os planos, só isso. Vejo vocês daqui a pouco.

— Boa sorte! — Tabitha desejou.

— Vocês vão precisar — Ivy sibilou.

O sol assolava a praça enquanto o 1º *Coven* de Hedgely se preparava para mostrar ao vilarejo as suas habilidades. As jovens bruxas se aglomeravam atrás do palco, mexendo em seus projetos e ensaiando canções. Rue ainda não tinha voltado, e Cassie estava inquieta, enrolando o barbante que segurava a chave em torno do seu dedo.

— Você vai se sair bem, Cassie.

Uma mão segurou o seu ombro.

— Tio Elliot!

O seu tio sorriu.

— Resolvi passar o dia aqui. Precisava de uma folga do trabalho e adorava a feira quando menino. Certo ano, sua mãe e eu bebemos uma garrafa inteira do espumante de cravo de Emley Moor. Ficamos rindo como idiotas durante uma hora e deixamos o portão do curral aberto. Na manhã seguinte, ainda estavam recolhendo os carneiros dos canteiros de flores da senhora Blight.

Renata Rawlins, a guardiã que esteve na Fowell House, também estava com ele.

— Olá! Não esperava ver a minha amiga escaladora de árvores por aqui, e ainda mais com uniforme de bruxa.

— A senhorita Rawlins tirou o dia de folga, e eu pedi a ela que me acompanhasse. Tudo certo com o seu projeto?

— Quase, tive uma ideia de última hora.

— Essas muitas vezes são as melhores — ele disse e piscou. — Bem, vejo você daqui a pouco. A sua tia me pediu para julgar o concurso!

— Boa sorte, Cassie! — Renata disse. — Vou torcer por você.

A Bruxa da Floresta já estava no palco se dirigindo aos moradores do vilarejo. Toda Hedgely estava ali: lojistas, fazendeiros e famílias, a sra. Briggs e Brogan, a professora de Cassie, a srta. Featherstone, o sr. e a sra. Whitby. Mas onde estava Rue?

Capítulo 21

Escapologia

— O solstício de verão sempre foi um dia de celebração em Hedgely — a Bruxa da Floresta, do palco, dirigiu-se ao público. Ela usava a sua capa e o seu chapéu pretos e parecia intocada pelo calor sufocante. — É o pináculo do ano, o auge do verão e uma data importante no calendário das bruxas, é quando coletamos ervas protetoras, renovamos feitiços de proteção e ficamos acordadas durante a noite, atentas aos perigos da Terra das Fadas. Apesar de todos os sorvetes e jogos, não devemos esquecer que essa é uma das quatro noites do ano em que os velhos caminhos estão abertos e a fronteira pode ser atravessada. Ao pôr do sol, acenderemos a fogueira da vigília, que queimará durante toda a noite, protegendo o vilarejo, mas também devemos manter velas acesas em nossas janelas e os nossos filhos dentro de casa. Não precisamos ter medo, mas devemos estar sempre vigilantes.

Cassie estava observando o público, a maioria das pessoas tinha xícaras de chá ou copos de limonada nas mãos e algumas estavam vermelhas por causa do sol. Elas pareceram despreocupadas com as advertências da Bruxa da Floresta.

— Não temos sorte de ter essas jovens bruxas do 1º *Coven* de Hedgely aqui para nos proteger? — Elliot perguntou, juntando-se a sua irmã no centro do palco. — Tenho certeza de que elas não vão deixar nenhum fantasma ou demônio nos incomodar. Vamos ver o que elas são capazes de fazer!

O público aplaudiu. Cassie agarrou a sua chave, procurando por qualquer sinal de Rue.

— Primeiro vamos ter Susan e Phyllis Drake apresentando uma canção tradicional do solstício de verão.

As irmãs da Patrulha do Espinho subiram ao palco e começaram a cantar em voz alta e clara:

Ao meio-dia do dia mais longo,
Nós nos reunimos no verde da mata virgem,
Onde bruxas de épocas passadas,
Procuraram frustrar o povo da Terra das Fadas.
À meia-noite da noite mais curta,
Procuramos entre as gramíneas altas,
Por ervas-de-são-joão, douradas como o sol,
Para pôr os duendes maus em fuga.

Finalmente, Rue apareceu! Correndo pela relva para se juntar a Cassie atrás do palco, com os braços cheios de correntes e cordas.

— Ainda não sei por que você quer as correntes, mas achei que poderíamos dar alguns nós de bruxa na corda e...

— Nós de bruxa? Esse é o grande plano de vocês? — Ivy sussurrou. — É a primeira coisa que aprendemos, ninguém vai se impressionar com isso.

— Vou dar um nó na sua língua se ela continuar abanando — Rue disse. — A culpa é sua se não temos nada melhor.

— Quando eu era pequena, a minha mãe me levou a um show de ilusionismo — Cassie sussurrou, afastando Rue do resto do *coven*. — Eu sei que não era mágica de verdade, apenas truques e ilusões, mas eu vi um número que achei que poderíamos tentar. Venha, eu vou te explicar.

À meia-noite da véspera do solstício de verão,
Acendemos a fogueira de vigília flamejante e luminosa,
Com carvalho, freixo e lenha espinhosa,
Para nos manter seguros durante toda a noite.

As irmãs Drake terminaram de cantar e receberam uma salva de palmas.

Harriet Webb, Nancy Kemp e Heather Shuttle subiram ao palco. Heather estava torcendo um lenço entre os dedos e suando bastante.

— Para a nossa apresentação, preparamos o Mitríaco, um antídoto geral — Harriet anunciou.

— O Mitríaco contém 36 ingredientes e é uma forma simplificada do Theriadatum, que contém 472 — Nancy disse.

— E que leva oito anos para ser preparado. Nós tivemos apenas um mês.

— Heather, a nossa corajosa voluntária, vai consumir um punhado de *queaseberries* levemente tóxicas.

Heather tinha ficado da cor do cimento e estava olhando para as frutinhas roxas em sua mão com os olhos arregalados.

— Como qualquer criança em Hedgely sabe, *queaseberries* não matam, mas dão uma tremenda dor de barriga. O Mitríaco combate a maioria dos venenos, mas, para fins de demonstração, achamos que o veneno das *queaseberries* seria mais seguro.

Nancy deu um cutucão de leve em Heather. A jovem bruxa olhou para o público, respirou fundo e engoliu as frutinhas.

Primeiro, o rosto de Heather se contorceu como uma ameixa e, em seguida, assumiu um tom delicado de violeta. Finalmente, ela agarrou o seu estômago e gemeu. Por via das dúvidas, Nancy ofereceu um balde.

Harriet correu até Heather com uma colher e a garrafa com o líquido escuro, dando-lhe uma dose generosa.

Um minuto tenso se passou, em que Heather se contorceu e gemeu no palco, enquanto a líder e a assistente da sua patrulha trocavam olhares preocupados. Por fim, a jovem bruxa se endireitou, a sua pele voltou a ter uma cor saudável e soltou um grande arroto.

O público aplaudiu, e as três bruxas se curvaram em agradecimento. Nancy ajudou Heather a sair do palco.

Em seguida, Eliza Pepper e Anika Kalra, da Patrulha dos Espinhos, subiram ao palco. Elas apresentaram manobras aéreas com as suas vassouras, fazendo *loopings*, dando mergulhos e exibindo uma acrobacia em que Anika parecia cair da sua vassoura — para espanto do público — e era pega habilmente por Eliza. A líder da Patrulha dos Espinhos era de longe a melhor aviadora do *coven*, e Cassie se viu desejando pelo menos um décimo da habilidade dela. Cassie tinha certeza de que Eliza seria capaz de lidar com a vassoura rebelde da sua mãe.

Lucy Watercress e Alice Wong vieram a seguir, colocando a estranha engenhoca delas sobre uma banqueta. A pequena máquina era feita de latão polido, fios de cobre e o que parecia ser a corneta de um gramofone. Havia uma lâmpada em cima.

— Este é um aparelho que nós inventamos — Lucy anunciou. — Foi projetado para detectar a presença de criaturas malvadas da Terra das Fadas e soar um alarme de advertência.

— Demos o nome de Hexodetector — Alice disse.

— De fácil instalação em qualquer casa, funciona com suco de abacaxi, engarrafado ou fresco.

Alice mostrou um abacaxi com dois fios saindo dele.

— Esse aparelho consegue captar até a mácula da magia negra — Lucy afirmou e apertou um botão vermelho na lateral.

O Hexodetector deixou escapar um grito poderoso, como um leitão apavorado. A lâmpada piscou, e a máquina tremeu e caiu da banqueta, ainda gemendo.

— Como eu estava dizendo — Lucy gritou, pegando-a. O alarme mudou de tom e começou a cacarejar como um galo. Todo mundo da plateia colocou as mãos sobre os ouvidos. Por fim, Alice removeu o abacaxi e o Hexodetector parou. — Ainda precisa de alguns aperfeiçoamentos.

A Bruxa da Floresta conduziu Alice e Lucy para fora do palco e elas foram substituídas por Ivy e Tabitha.

Ivy pigarreou.

— O nosso projeto oferece uma abordagem mais tradicional em relação às ameaças da Terra das Fadas. A lamparina para detecção de duendes é um antigo dispositivo das bruxas, utilizado por nossas antepassadas para viajar com segurança pela Floresta. Uma lamparina comum é preenchida com um óleo especial infundido com safira-estrela, penas de coruja e eufrásia. Ela está gravada com as runas Glaem e Hyd, para que o brilho revele as coisas ocultas. A lamparina acenderá na presença do povo da Terra das Fadas, como Tabitha irá demonstrar.

Tabitha veio para a frente. Empoleirada em seu pulso havia uma capetinha cor de maçã-verde, que parecia calma e contente e nem estava tentando mordê-la. Quando Tabitha se aproximou de Ivy, uma pequena chama roxa ganhou vida dentro da lamparina.

— O tamanho e o brilho da chama indicam o poder da criatura da Terra das Fadas. A capetinha está produzindo apenas uma pequena incandescência e só quando chega perto da lamparina. Seres mais perigosos farão com que a chama brilhe, mesmo a distância. A lamparina pode até detectar criaturas com *glamour* ou invisíveis.

O público aplaudiu educadamente.

— Odeio admitir isso, mas até agora a Patrulha dos Espinhos está ganhando — Rue disse.

— Ajude-me a levar essas cordas para o palco — Cassie pediu.

— E por último, mas certamente não menos importante, temos a minha sobrinha Cassandra Morgan e a sua amiga Rue Whitby. Mal posso esperar para ver o que elas prepararam para nós hoje — Elliot anunciou.

— Espero que isso funcione — Cassie sussurrou.

Ela se colocou no centro do palco e deixou Rue amarrar as cordas e as correntes ao redor dela — não tão apertadas a ponto de machucar, mas apertadas o suficiente para que ela não conseguisse mexer os braços e as pernas. Rue não tinha muita habilidade com nós de bruxa, mas conseguiu dar nós que Cassie levaria horas para desatar, mesmo se conseguisse alcançá-los. A corrente da vassoura veio por último, e o cadeado foi fechado com um clique.

— Estamos mostrando o pior cenário possível — Rue disse para a plateia. — Em que alguma de nós é pega por duendes ou coisa pior. Como vocês podem ver, Cassie mal consegue se mexer. Ela não é capaz de pegar o seu apito para pedir ajuda ou a sua faca para cortar as cordas. Ela não tem poções ou pós, e mesmo assim...

O público estava acompanhando atentamente. Cassie podia ver o olhar amável da sra. Briggs, o olhar duro de Saltash e o olhar semicerrado com óculos de Widdershin. Pelas suas costas, ela também podia sentir que sua tia a observava.

Cassie fechou os olhos, pois não podia se dar ao luxo de se distrair. Ela precisava se concentrar em escapar. A chave a tinha ajudado quando ela ficou em perigo ou apuros, quando ela precisou superar uma porta ou um portão. Ela só esperava que conseguisse lidar com cordas.

Cassie se concentrou na sensação da chave junto à sua pele. Ela focou todos os seus pensamentos naquilo, querendo que funcionasse. Implorou em silêncio para libertá-la, mas nada aconteceu. O público esperava em silêncio impacientemente. Alguém tossiu.

Aquilo tinha que funcionar. Ela não podia envergonhar a tia e o tio ou desapontar Rue. Não precisava vencer, apenas mostrar que podia fazer uma pequena mágica.

Cassie apertou bem os olhos e pensou nos nós, e não na chave. Imaginou os nós se afrouxando e se desatando, as cordas caindo aos seus pés. Tentou mexer os braços, mas ainda estavam bem amarrados. Era inútil. Talvez a chave não conseguisse lidar com as cordas, ou talvez só funcionasse quando ela realmente precisava.

Afinal, por que a sua mãe lhe dera aquela chave? Se o Rei Elfo tinha a sua mãe presa em algum lugar, então certamente Rose precisava da chave mais do que Cassie jamais precisou.

Ela abriu os olhos. O céu estava azul-violeta. Em poucas horas, seria o momento de buscar a flor de lanterna e realizar o feitiço de busca. Em breve, Cassie veria o rosto da mãe na tigela de prata e saberia onde ela estava. Porém, antes, Cassie tinha que se livrar daquelas cordas.

A chave ficou quente em seu peito. A sensação de vibração voltou, como asas de mariposa batendo junto à sua pele. Lentamente, uma a uma, as cordas começaram a se desatar, contorcendo-se por conta própria, como cobras despertando do sono. Uma vez desatadas, caíram no chão até que Cassie ficasse amarrada apenas pela corrente. Ela respirou fundo quando ouviu o clique do cadeado que se abriu para libertá-la.

O público irrompeu em aplausos. Rue pegou a mão de Cassie e elas se curvaram em agradecimento. A Patrulha das Cinzas subiu ao palco também batendo palmas. A Patrulha dos Espinhos pareceu bem menos satisfeita.

— Uma exibição de grande habilidade e engenhosidade. Nem consigo imaginar como elas fizeram isso! — Elliot disse. — Essa jovem bruxa é uma grande promessa. Quando você tiver a sua licença, espero vê-la na Wayland Yard, Cassie.

— Não poderia ter feito isso sem a Rue — Cassie disse.

Elas sorriram uma para a outra. Eram as únicas que sabiam o segredo da evasão de Cassie.

— Obrigado a todos por apoiarem essas jovens bruxas — Elliot disse ao público. — Gostaria de entregar o prêmio à nossa última dupla, Rue Whitby e Cassandra Morgan. Por favor, deem a elas outra salva de palmas!

A fogueira de vigília — um grande monte de galhos secos misturados com ervas mágicas — estava esperando na colina baixa e relvada atrás da The

Pickled Imp. A Bruxa da Floresta acendeu o fogo e logo havia uma chama rugindo, enviando fumaça azulada e fagulhas alaranjadas para o céu que escurecia. O povo de Hedgely se reuniu ao redor da fogueira, comendo, bebendo e conversando a respeito dos acontecimentos do dia.

— Você acha que o fogo afugenta mesmo o povo da Terra das Fadas? — Cassie perguntou.

Rue fez que não com a cabeça.

— Se fosse assim tão simples, não teríamos de nos preocupar com proteções, armadilhas e coisas desse gênero. Mas isso faz as pessoas se sentirem seguras, e acho que há alguma mágica nisso.

Elas estavam sentadas na relva admirando o prêmio delas. Renata Rawlins as tinha premiado com uma pequena bolsa com carbúnculos, que eram pedras translúcidas que reluziam vermelho à luz do fogo. Todas as garotas do *coven* também receberam distintivos em forma de raios de sol pela participação na feira.

Ivy apareceu e parou de pé diante delas, com os braços cruzados e os olhos semicerrados.

— Como vocês fizeram aquilo? Contem já para mim.

— Fizemos o quê? — Rue perguntou. — Ganhamos o concurso? Sendo bruxas melhores do que você, é claro!

— Vocês devem ter trapaceado. Aqueles eram nós corrediços, não eram? Contem para mim ou vou falar com a Bruxa da Floresta.

Em certo sentido, elas tinham trapaceado. Só Rue sabia que Cassie tinha a chave. Então, deve ter parecido um feitiço maravilhoso, mas, na verdade, ela tinha tido uma vantagem injusta. Por outro lado, se Ivy não tivesse inutilizado o sal de bruxa delas, Cassie nunca teria precisado fazer uso daquela vantagem.

— Ah, cai fora, Ivy. Você não sabe perder — Rue disse. — Diga à Bruxa da Floresta o que você quiser. Você não pode provar nada.

Ivy jogou o cabelo para trás.

— Eu vou descobrir o que vocês estão tramando!

Ela partiu em direção à Floresta quando outras bruxas do *coven*, incluindo Tabitha, apareceram para parabenizar Cassie e Rue.

— O que eu quero saber é o que fez disparar o alarme do Hexodetector de Lucy e Alice — Cassie disse, depois que ela e Rue voltaram a ficar sozinhas.

Confusa, Rue encolheu os ombros.

— Será que Ivy também meteu o nariz no projeto delas?

— Talvez. Mas e se o aparelho estivesse captando a mácula da magia negra? E se a feiticeira estivesse por perto?

— Isso não nos ajuda muito. O vilarejo inteiro estava lá assistindo.

Cassie suspirou, aquilo teria que esperar. Elas tinham um assunto mais urgente a resolver.

— Quanto tempo falta até o nascer da lua?

Rue consultou o seu relógio.

— Duas horas.

A Bruxa da Floresta soprou o seu apito três vezes. Era um chamado para que as jovens bruxas se juntassem ao *coven* nas canções do solstício de verão, para cantar pela segurança do vilarejo.

— Devemos ir agora — Rue disse.

Cassie assentiu.

— Vou buscar a flor de lanterna em Hartwood e encontro você na ponte!

Capítulo 22

A criança roubada

A flor de lanterna estava começando a murchar. O seu brilho intenso estava se desvanecendo e virando um lampejo suave. Cassie tinha esperança de que ainda fosse forte o suficiente para o feitiço. Ela chegou à ponte. A noite estava agradável, e Cassie podia ouvir música e risadas vindas da The Pickled Imp. Abaixo dela, a água do rio Nix escureceu, e a lua ascendeu prateada sobre as colinas. A feira estava chegando ao fim. Pequenos grupos de moradores se separavam, dirigindo-se para casa para passar a noite. Cassie teve que se esconder atrás de uma árvore para evitar ser vista.

Finalmente, Rue veio voando em direção à ponte em sua vassoura. Ela estava com os olhos arregalados e rodeados de vermelho e com o rosto manchado, como se tivesse chorado.

— É o Oliver — ela disse. — Ele sumiu.

Cassie fez Rue se sentar na relva e toda a história veio à tona: pediram para Rue tomar conta de Oliver durante a feira. O sr. e a sra. Whitby estavam ocupados, cuidando da barraca deles na feira e mantendo a loja aberta para quem precisasse de leite ou pão durante o dia. Ao meio-dia, ela deixou Oliver com o seu irmão Angus, mas Angus havia marcado um encontro com a namorada e passou Oliver para Bran. Bran, o segundo irmão mais velho de Rue, estava trabalhando para Stanley Darnwright, que montou uma barraca na feira para vender cruzes de ferro, castiçais e ferraduras. Stanley perdeu um par de pinças e mandou Bran ao ferreiro para buscar outro. Quando Bran voltou, Oliver tinha desaparecido.

— Mas a culpa é minha, porque quem deveria estar cuidando dele era eu — Rue explicou. — Procurei em todos os lugares. Eu tinha certeza de que Oliver estaria na barraca da Marchpane, tomando sorvete ou tentando pescar com as mãos no lago, mas ninguém o viu durante horas. Até corri para a Floresta e chamei por ele, ainda que Oliver soubesse que não deveria ir até lá. No fim, tive que contar para a minha mãe. Ela está histérica e a Bruxa da Floresta foi chamada. Seu tio também veio. Ele tentou acalmar todo mundo, mas minha mãe está apavorada. Cassie, e se algo ruim acontecer com ele?

— Não se preocupe. Tenho certeza de que a tia Miranda vai encontrá-lo.

— Ela não encontrou nenhuma das outras crianças desaparecidas! — Rue exclamou.

— Você acha que ele foi levado pelos duendes? Bem aqui, em Hedgely, debaixo dos nossos narizes?

— O concurso nos distraiu e é véspera do solstício de verão, o que os torna mais ousados. Cassie, tenho que encontrar o Oliver. Ele sumiu por minha culpa, eu devia ter cuidado dele. Eu sei que ele é um chato e está sempre se metendo em problemas, mas ele é meu irmão!

Cassie assentiu.

— Vamos juntas até a Floresta para procurá-lo, assim que terminarmos o feitiço.

Rue hesitou.

— Poderíamos usar o feitiço para encontrá-lo.

Cassie apertou a flor de lanterna contra o peito.

— Mas é a única chance que eu tenho de encontrar a minha mãe.

— Podemos pegar outra flor.

— Elas florescem apenas uma vez por ano. E esta foi a última.

— Por favor, Cassie.

— Tem que haver outra maneira.

— Ele é apenas uma criança, não sabe cuidar de si mesmo.

— Minha mãe sumiu há sete anos!

— Eu sei. E nós não vamos desistir dela. Nós vamos encontrar outro feitiço, outra maneira, mas agora preciso encontrar o Oliver.

Cassie segurou a frágil flor nas mãos, as pétalas estavam começando a murchar. Ela teria que esperar um ano inteiro para encontrar outra flor, para ganhar uma segunda chance de reencontrar a sua mãe.

No entanto, Rue nunca se perdoaria por perder Oliver, a menos que elas o recuperassem, e rapidamente, antes que os duendes raptores tivessem a oportunidade de levá-lo através da Floresta até a Terra das Fadas. Aquilo deu a Cassie uma sensação horrível de vazio na boca do estômago, mas ela tinha que aceitar. Naquele momento, a necessidade de Rue era maior.

— Tudo bem. Você pegou a tigela? É melhor começarmos.

— Você é uma boa alma!

Rue abraçou Cassie, mas a sensação de vazio permanecia ali.

As águas do Nix brilhavam ao luar, as suas margens cobertas de algas lançando sombras que margeavam o caminho da luz prateada em preto irregular. Cassie jogou um pão doce na água para acalmar Wendy Weedskin, mas a megera fluvial não estava em lugar algum. Cuidadosamente, ajoelhada na lama à beira do rio, Rue encheu a fruteira de prata com água. Elas a carregaram juntas, mantendo-a firme entre elas, e a colocaram sobre uma pedra. Era a mesma pedra em que Cassie havia se sentado depois que Rue a tirou do rio na primeira vez em que se viram, mas, nessa noite, Rue não era aquela garota risonha e despreocupada, ela estava muito séria e concentrada na tarefa em questão.

— Tudo bem. O que fazemos agora?

— Você trouxe algo de Oliver?

Rue tirou do bolso uma colher de bebê. O cabo tinha a forma de um coelho.

— Costumava ser a favorita dele — ela disse com a voz trêmula.

— Agora adicionamos a flor de lanterna.

Cassie deixou cair a flor branca na tigela. Ao atingir a superfície da água, as pétalas se desprenderam, flutuando sozinhas como barquinhos de papel. Cassie sentiu uma pontada aguda no peito. Apesar de saber que aquela era a coisa certa a se fazer, não tornava as coisas mais fáceis.

Rue mostrou uma vareta que ela havia cortado de uma bétula no dia anterior. Era tão comprida quanto o seu antebraço e soltava casca semelhante a papel. Uma nuvem passou encobrindo a lua.

— Você mexe, nove vezes no sentido horário, enquanto eu recito o encantamento — Cassie instruiu.

Ela tinha memorizado o encanto e falou baixinho sobre a água.

Pela lua refletida e a flor luminosa,
Sobre o mar ou o pico da montanha,
Revela-me o guardador desse item
Pois eu vislumbraria quem eu procuro

Elas esperaram.

— O que está acontecendo? Funcionou?

— Não sei.

— Você falou as palavras certas? Devemos tentar novamente?

— Eu disse o que estava escrito no grimório. Talvez a flor fosse muito velha…

Enquanto elas espiavam o interior da tigela, a lua apareceu mais uma vez e iluminou o campo verde em que estavam. A água brilhou com a luz branca e, depois, escureceu um pouco. Formas vagas começaram a se aglutinar em sua superfície.

— O que é isso? Você está vendo? — Rue perguntou.

— Acho que é um rosto.

— É o Oliver?

— Não sei dizer. Espere, não… É a Ivy!

— O quê? Deixa eu ver!

Com as cabeças juntas, Cassie e Rue viram a imagem se tornar mais clara e revelar a jovem bruxa com o seu cabelo preto curto, usando a sua capa cravejada de distintivos. Com o rosto manchado de sujeira, ela estava com o braço em torno de algo, ou de alguém, mas era difícil de ver, pois a sua capa estava encobrindo o objeto ou a pessoa.

— Por que está nos mostrando a Ivy? Não lançamos o feitiço para ela.

— Espere um momento — Cassie disse. — A imagem está se movendo. Vejo outras formas atrás dela: crianças, Rue, há outras crianças!

Era como assistir a um filme muito antigo. Não havia som e as imagens palidamente coloridas entravam e saíam de foco. Elas viram a boca de Ivy se mover e a sua capa recuar e revelar um rosto familiar e rechonchudo.

— É o Oliver! Parece que ele estava chorando. Se ela o machucou…

— Não acho que foi a Ivy quem levou o Oliver. Olhe ali! Não é uma criança. É um duende. Rue, você tinha razão. As crianças foram raptadas. Os duendes as pegaram.

— Mas onde elas estão?

— Não consigo ver. Acho que em algum lugar da Floresta. Está escuro, mas há folhas no chão e luzes verdes. Lanternas, talvez?

— A imagem está sumindo — Rue reclamou.

Os detalhes da capa de Ivy e do rosto de Oliver estavam se fundindo em manchas cinza e pretas. Outra nuvem encobriu a lua e a água ficou sombriamente transparente. Elas conseguiam ver através dela a colher no fundo da tigela.

Rue suspirou e se sentou, enterrando o rosto nas palmas das mãos.

— O que foi? Qual é o problema? O feitiço funcionou! Nós vimos o Oliver.

— Sim, mas ainda não fazemos ideia de onde ele esteja ou como encontrá-lo.

— Sabemos que ele está com a Ivy. Já é alguma coisa. Os duendes estão com os dois e provavelmente estão na Floresta. Isso é muito mais do que sabíamos antes. Podemos contar para a minha tia e ela pode...

— Ela pode fazer o quê? Se a Bruxa da Floresta soubesse onde os duendes estão mantendo o Oliver, ela já teria resgatado todas as outras crianças que foram levadas. Temos que encontrar o Oliver *agora*, antes que os duendes o contrabandeiem através da fronteira.

Em desaprovação, Cassie franziu a testa. Uma coisa era entrar na Floresta em um dia ensolarado, outra bem diferente era entrar depois de escurecer em uma das Noites de Travessia. Elas corriam o risco de serem raptadas e, além disso, em algum lugar ali dentro, Glashtyn estava esperando por ela. No entanto, Cassie ainda tinha uma carta na manga.

— A minha tia pode não saber onde eles estão, mas conheço alguém que deve saber. Vamos — Cassie disse.

Elas seguiram pela colina relvada em direção à linha escura de árvores. A lua cheia projetava as suas sombras diante deles. Cassie estendeu a mão para parar Rue no alto da colina.

— BURDOCK! — ela gritou. — Burdock! Eu ordeno que você apareça!

— O que você está fazendo? — Rue perguntou.

— O duende que invadiu o meu quarto procurando a chave, ele me deve um favor.

— Mas você acha que ele vai vir? Ele é um duende, Cassie.

— Ele está vindo — Cassie disse e apontou para a criatura que estava se movendo apressadamente em direção a elas.

O duende estava correndo o mais rápido que as suas perninhas permitiam. A cada três ou quatro passos, ele descia de quatro, fazendo uma careta. Cassie sentia o efeito do nome dele e da promessa que ele tinha feito. Era como se ela segurasse uma corda em suas mãos e a outra extremidade estivesse amarrada naquela infeliz criatura. Não era uma sensação agradável.

Ofegante, Burdock caiu aos pés de Cassie e Rue.

— Lá estava eu, roubando alguns nabos para o meu jantar, inocente como um bebê de colo, quando ouço esse zumbido em meu ouvido. "Burdock!", diz. "Vá embora!", digo eu. Mas continua chamando e a magia me agarra pela barriga e me arrasta três quilômetros por valas e pocilgas, e aqui estou eu. Então, o que você quer?

— Sinto muito, mas é uma emergência. Acho que você é o único que pode nos ajudar.

— É mesmo? Qual é o problema?

— O meu irmão desapareceu — Rue responde.

— O rapazinho? Bochechas salientes, olhos castanhos, coberto de sorvete de caramelo?

— O que você fez com ele?! — Rue gritou e se lançou contra o duende, que escapou como um caranguejo.

Cassie teve que conter a amiga.

— Eu não fiz nada. Sou um ladrão, não um raptor. Nunca tive estômago para isso. Mas não é provável que você volte a ver o pequeno querubim — Burdock disse.

— Nós lançamos um feitiço de busca e vimos o irmão dela com um duende em algum lugar da Floresta — Cassie disse.

— Lançaram agora? Bem, há muitos de nós nessas matas, mais do que vocês, bruxas, eu acho.

— Ele estava com um monte de outras crianças. Havia luzes. Luzes verdes.

— Ah, acontece que talvez eu saiba onde é — o duende afirmou, com um sorriso galhofeiro, revelando dentes amarelados e afiados. — Quanto isso vale para você?

— Diga onde meu irmão está ou vou fazer picadinho de você! — Rue ameaçou.

— Não precisa esquentar a cabeça, eu vou te ajudar. Nunca disse que não ajudaria. Só que não vou fazer isso de graça.

— O que você quer? — Rue perguntou.

— Ela sabe — Burdock respondeu, sorrindo para Cassie.

— Não vou dar a chave para você. De jeito nenhum!

Desdenhoso, o duende deu de ombros.

— Sem chave de ouro, sem menino de ouro.

Para crédito de Rue, ela não pediu para Cassie abrir mão da chave. Bastou elas terem usado a flor de lanterna para procurar Oliver. Entregar o último presente da sua mãe seria um pedido grande demais. Além disso, as duas sabiam em que mãos a chave cairia se o duende conseguisse o que queria.

— Você me deve um favor, lembra? Eu deixei você ir embora, não chamei a Bruxa da Floresta. Mas vou chamar agora.

— Não faça isso. Mas me peça outro favor, não gostei muito desse.

Cassie suspirou. Nada nunca era simples com os duendes.

— Que tal lavar a roupa de todo o *coven*? Sabão, bolhas, você vai sair limpinho!

— Você não faria isso com um duende — Burdock disse, arregalando os olhos.

— Faria, sim — Cassie afirmou, ameaçando.

— Tudo bem, tudo bem. Eu ajudo a encontrar o garoto. Mas depois a minha dívida fica quitada, certo? Não se fala mais de sabão.

— Combinado.

— Vocês vão ter que deixar essas hastes voadoras aqui, elas vão dar muita bandeira. Vocês têm algum *glamour*?

— Isso é mágica da Terra das Fadas, você sabe que não é a nossa.

— Então virem as suas capas do avesso. Vocês precisam esconder esses distintivos bobos e puxar os seus capuzes para cima. Se alguém perguntar, vocês são minhas prisioneiras e estou levando vocês para vender no mercado.

Capítulo 23

O mercado dos duendes

— Como sabemos que ele não está nos levando para uma emboscada? — Rue sussurrou, caminhando penosamente pelos detritos folhosos secos.

Elas seguiam Burdock, que ia abrindo caminho através de um matagal de abrunheiros que arranhavam os seus rostos e escalando arbustos espinhosos que se enroscavam em seus tornozelos e ficavam presos em suas meias. Elas tinham que trotar para conseguir acompanhá-lo. O duende se movia rápido e, se o perdessem de vista, não teriam chance de encontrar o caminho de volta.

— Confio nele tanto quanto você — Cassie sussurrou. — Mas essa é a nossa melhor chance de encontrar o Oliver.

À luz do dia, a Floresta parecia interminável, mas, à noite, se fechava ao redor delas, envolvendo-as em sombras. Galhos rangendo e folhas farfalhando assumiam um potencial assustador quando elas não podiam ver a fonte de perturbação. Um noitibó chamou, assustando as garotas com o seu zumbido em *stacatto* misterioso.

— Não me digam que as bruxinhas têm medo do escuro? — Burdock disse, rindo.

Naquele momento, Cassie estava começando a pensar que o duende poderia estar fazendo elas andarem em círculos. Então, Rue gritou:

— Olhe, Cass, as luzes!

Rue estava apontando para um brilho fraco ao longe, entre as árvores. Era o mesmo verde sobrenatural que elas haviam visto na tigela de prata. Quando chegaram à primeira lanterna, Cassie viu que era uma pequena gaiola feita de arame retorcido. Em seu interior, havia o brilho pulsante e contorcido de um fogo-fátuo.

— Que horror! Ficar preso aí dentro!

— Lanterna de fogo-fátuo. O cobre deixa a luz verde — Burdock explicou.

Duas fileiras de lanternas formavam um caminho. Elas o seguiram até um aglomerado de luzes e vozes.

Cassie cutucou Rue e elas colocaram os capuzes para esconder os rostos.

Burdock virou-se para elas e deu um sorriso largo.

— Tudo o que cruza a fronteira passa primeiro por aqui. As pedras e as folhas que vocês precisam para os seus pequenos encantos e truques, o rapé que o seu jardineiro fuma, a madeira das suas vassouras. Tudo negociado por duendes negocistas. Eles têm uma vida fácil, vendendo os bens humanos que nós, os ladrões, roubamos dos grandes e poderosos do outro lado. Nesse momento, estão na moda os mágicos círculos giratórios com barbante de vocês. Eu mesmo roubei vários.

— Você quer dizer ioiôs? — Rue perguntou.

— E, é claro, crianças. Os senhores e as senhoras adoram crianças humanas bonitas — Burdock disse, sorrindo. — A sua preciosa Bruxa da Floresta tem procurado o mercado há anos, mas ele muda de lugar todas as noites e só um duende consegue encontrá-lo.

Diante delas, havia uma clareira cercada de abrunheiros. Um olmo da morte estendia os seus galhos esqueléticos acima, com mais lanternas de fogo-fátuo penduradas. Os duendes negocistas apregoavam as suas mercadorias em barracas feitas de troncos podres e tocos de árvores brotando fungos. Outros duendes, alguns deles carregando facas e redes, passavam entre as barracas. Um duende esbelto e de pele verde estava tocando uma melodia lúgubre em uma flauta dupla, mas nem todos os frequentadores do mercado eram duendes. Outros forasteiros encapuzados e mascarados também inspecionavam as barracas.

— Isso está fervilhando esta noite — Burdock disse. — Gente esperando pelas novas mercadorias que vêm do outro lado.

Elas se aproximaram da primeira duende comerciante, que tinha uma trança comprida e suja com anéis entrelaçados, e as suas mercadorias estavam expostas sobre um pano azul encardido. Bem arrumadas em fileiras, havia salsichinhas rosa e marrons, mas havia algo de errado nelas.

— Dedos dos pés! Dedos dos pés! — a duende gritava. — Os melhores dedos dos pés dos seis reinos! Todos recém-colhidos esta semana. Dedos de crianças, dedos grandes, dedos peludos, com ou sem bolhas!

Elas se retraíram diante do mostruário horripilante.

A barraca seguinte era mais fascinante, estava cheia de cestos e barris de frutas maduras. Grandes peras cor-de-rosa com pontas amarelas, pequenas bagas cor de lavanda, esferas douradas com pele translúcida que mostravam sementes como rubis no interior.

Cassie tocou a fruta parecida com uma joia.

— É uma valocate — um duende velho e encarquilhado explicou. — Deixa você destemida como um filhote de leão. Coma sete das suas sementes e você não vai ter medo de nada. Eu vendi uma no ano passado para uma duende empregada doméstica que invadiu o ninho de um dragão do pântano. Ele a comeu, é claro, mas mesmo assim ela não gritou!

Rue pegou uma bola vermelho-escura com casca lustrosa.

— É uma eli. Basta uma mordida e você vai envelhecer um ano. Se comer toda a fruta, vai acabar como eu! — O duende disse e gargalhou.

Rue largou a fruta e enxugou as mãos em sua capa.

— Eu achava que as frutas da Terra das Fadas tornassem imortal quem as comesse — Cassie afirmou, baseando-se no que tinha lido em um livro de contos de fadas.

— Ah, você está falando das maçãs-douradas-do-sol, a fruta da árvore aurífera, a mais rara de todas. Elas só crescem no pomar da rainha. Se eu tivesse uma delas, o preço seria muito alto para gente como você.

De dentro do casaco, o comerciante tirou um punhado de bagas de um preto forte e lustroso, em forma de lágrima.

— Mas posso te oferecer isso. Agridoce-preta. Dizem que é a coisa mais deliciosa a se provar, melhor que chocolate! — ele disse, rindo sarcasticamente. — Claro, também é a última coisa a se provar. Duas dessas bagas matam um cavalo, mas você só vai precisar de uma!

— Ela não está interessada! — Rue disse, arrastando Cassie para longe.

— O que aconteceu com Burdock?

Elas percorreram com os olhos a multidão, mas não conseguiram identificar o duende pequeno e furtivo entre os demais.

— Bem, não importa, ele nos trouxe até aqui. Esse deve ser o lugar que vimos na tigela. Vamos ter que encontrar o Oliver sozinhas.

Elas passaram por uma tenda feita de couro e pele de animais. Nuvens de fumaça roxa escapavam de uma abertura na lateral.

— Sonhooos! — gritou um duende com uma capa curta de veludo azul que era demasiado longa para ele. — Sonhos antigos! Três moedas por hora! Sonhos de antes das guerras, sonhos dos tempos áureos, sonhos de leite e mel!

Cassie puxou Rue pelas costas.

— Vamos dar uma olhada lá dentro. A tenda é grande o suficiente para esconder as crianças.

Rue levantou a pata de um urso e elas viram de relance duendes recostados em tapetes e almofadas em meio a uma cerração violeta. Uma lufada de fumaça escapou, envolvendo-as em um ar perfumado.

Cassie piscou e imagens se formaram diante dos seus olhos.

Ela estava correndo por um campo de flores azuis, afagando a relva com as pontas dos dedos. As flores decolaram, voaram e se transformaram em borboletas, dançando no ar do verão.

Então ela estava montando um cavalo branco e, ao seu lado, acompanhando o seu ritmo, estava um garoto em um corcel negro. Ele cavalgava sem sela e estava sorrindo para ela com olhos cor de mel.

Em seguida, ela estava sentada junto a uma mesa em uma clareira da mata, ouvindo uma música linda e pungente tocada na flauta e na harpa. Ao redor dela, estavam sentados duendes sorridentes usando roupas finas. Eles ergueram taças douradas e brindaram à saúde dela, bebendo generosamente. Ela provou o líquido, que era refrescante e doce…

— Cass! — Rue disse, sacudindo-a. — Vamos, antes que eles nos peguem.

Elas voltaram para a cobertura das árvores.

— Você viu aquilo? Era real? — Cassie perguntou. — Os duendes eram tão diferentes. E o mundo... tudo parecia muito mais *vivo.*

Rue deu de ombros.

— Não sei, talvez. Provavelmente é apenas a fumaça. Temos que encontrar o Oliver.

Elas contornaram a clareira, mantendo-se nas sombras. Havia duendes por todos os lados, pechinchando, discutindo, tentando roubar uns aos outros. Mas nenhum sinal de qualquer criança. Finalmente, chegaram a uma barraca na beira do mercado. Havia uma pilha de gaiolas, todas feitas do mesmo arame de cobre que viram anteriormente com as lanternas de fogo-fátuo. As gaiolas estavam cheias de animais: um corço, três lebres, um texugo, uma víbora, uma coruja e dezenas de outros.

Entre as gaiolas, estavam dois duendes no meio de uma discussão:

— Mas eu não quero voltar ainda, acabamos de chegar.

— É a sua vez, Fleabane. Você sabe o que Kripper disse. Eles precisam ser vigiados 24 horas por dia.

— Nós não temos relógio.

— É só um jeito de falar. Vai! Charlock já deve estar pegando no sono e dizem que a Bruxa da Floresta está por aí.

— Ah, nenhuma Bruxa da Floresta jamais encontrou o lugar.

— Ainda assim, é melhor fazer o que Kripper mandou. Você sabe o que aconteceu com Spineweed.

— Ah, tudo bem, deixe-me beber algo antes de pegar a estrada.

Os dois duendes partiram em direção a uma barraca que vendia bebidas.

Cassie e Rue se esconderam atrás das gaiolas.

— Reconheci o duende com nariz de porco — Cassie disse baixinho. — Ele era um dos raptores que tentou me pegar em Londres. Tenho certeza!

— Você acha que eles estavam falando das crianças raptadas? — Rue perguntou.

— Sim, estavam — respondeu uma voz suave no alto.

As garotas levantaram os olhos, só tinha animais ali.

— Vocês estão procurando os seus filhotes humanos? — a coruja perguntou.

— Vocês não são animais comuns, vocês são familiares!

— Sim, somos. Meu nome é Asa Ligeira. Prazer em conhecê-las.

— Mas por que colocaram vocês em gaiolas? Certamente não vão vender vocês.

— Eles têm um uso para nós, assim como para os seus filhotes.

— Quem são eles? Os duendes? O Rei Elfo? O que eles querem com as crianças?

— Eles estão nos levando para o outro lado. Seremos obrigados a trabalhar para o mascarado e cumprir as suas ordens.

Ou seja, os duendes não estavam só vendendo as crianças roubadas como animais de estimação para os nobres. O Rei Elfo tinha algum propósito para elas.

A coruja bateu as asas contra a gaiola, chacoalhando as barras de cobre.

— Eles vão voltar em breve, os jovens humanos estão em uma caverna, não muito longe daqui. Sigam os amieiros. Vão logo, se vocês quiserem salvá-los. A lua está alta, e os velhos caminhos estão abertos!

— Mas e vocês? — Cassie perguntou, percorrendo com os olhos os familiares engaiolados. Ela sabia muito bem como era viver atrás das grades.

— As gaiolas estão trancadas e não há nada que você possa fazer — Asa Ligeira disse.

— Talvez tenha algo, sim — Cassie disse, pegando a sua chave.

A cacofonia de pios, latidos, guinchos e uivos atraiu todos os duendes do mercado, que adicionaram gritos e maldições ao clamor enquanto tentavam capturar as criaturas em fuga. No tumulto, Cassie e Rue escapuliram e seguiram a linha de amieiros.

A Floresta estava escura. Pouca luz da lua atravessava o dossel espesso. No final, elas encontraram a caverna quase caindo nela. O caminho descia de repente em direção a uma enorme cova, como se uma grande pá o tivesse cavado, expondo as raízes das árvores e deixando uma cavidade arenosa de terra e folhas secas. No centro, uma pilha de carvões refulgia suavemente, soltando uma fumaça azulada. Um único duende estava sentado aquecendo as suas mãos enluvadas diante dela.

O mais silenciosamente possível, as garotas deslizaram para o interior da cova por trás do duende. Por sorte, elas desceram do mesmo lado da entrada da caverna e, assim, não precisaram passar pelo duende. Comunicando-se em silêncio por meio dos sinais das bruxas, Rue concordou em esperar do lado de fora enquanto Cassie entrava.

Ela rastejou pelo pequeno buraco empoeirado que formava a entrada da caverna. Sob circunstâncias normais, ela poderia tê-la confundido com a toca de um texugo. No entanto, depois que Cassie entrou, a caverna se alargava e se abria de modo que ela quase conseguia ficar de pé. A garota abriu caminho através do túnel sentindo-o com as mãos. A terra estava fria e quebradiça, e ela tropeçou em uma raiz de árvores.

— Ei! Essa é a minha perna, sua besta!

— Ivy?

— Quem está aí? Ah, é você, Cassandra. Não me diga que você também foi pega? Isso não é nenhuma surpresa.

— Na verdade, eu vim te salvar.

— Bem, no momento, você está pisando na minha capa. Você não trouxe algo para iluminar ou para comer, trouxe? Não estou com fome, mas esse pirralho não para de reclamar.

— Oliver, é você?

O menino choramingou em resposta.

— Nada de comida, nada para iluminar e nenhuma maneira de nos tirar daqui. Eu deveria saber. *Uma bruxa deve estar sempre preparada!* — Ivy citou a Bruxa da Floresta.

— Ah, e parece que você estava preparada quando os duendes a raptaram — Cassie retrucou. — Como você veio parar aqui, afinal?

— Depois do concurso, fui dar uma volta.

— Na Floresta, no solstício de verão? — Cassie perguntou.

— Se você quer mesmo saber: fui procurar uma erva que só pode ser colhida à meia-noite na véspera do solstício de verão. É uma erva medicinal.

Cassie não precisou perguntar o motivo pelo qual Ivy arriscou a vida para encontrar a tal planta.

— A minha lamparina para detecção de duendes começou a brilhar e, então, eu os vi: três duendes enfiando esse menino em um saco. Todas vocês estavam ocupadas grelhando *marshmallows*. Assim, eu fui atrás deles.

Ivy tinha sido corajosa, Cassie teve que admitir, mesmo odiando o fato.

— Você podia ter pedido ajuda e não devia ter entrado na Floresta sozinha.

— A menos que você seja a sobrinha da Bruxa da Floresta, eu suponho? — Ivy disse.

— Eu estou com Rue. Ela está do lado de fora, vigiando.

— Rue? — Oliver perguntou.

— Isso mesmo. Nós vamos levar você para casa, não se preocupe.

— Isso não me inspira muita confiança — Ivy afirmou. — Vocês duas mal conseguem acender o fogo de um caldeirão sem que ele exploda em seus rostos. Então, qual é o plano? Você tem alguma maneira de entrar em contato com a Bruxa da Floresta? Ela está a caminho agora?

— A tia Miranda não sabe que estamos aqui.

— Ah, maravilha. Vocês não têm um plano, não é?

— Olha, você pode ficar nesse buraco se quiser, mas nós vamos tirar as outras crianças. Ainda há um duende lá fora e os outros devem voltar em breve. Então, se você quiser parar de resmungar, precisamos de ajuda. Quantas crianças estão aqui?

— Doze, a maioria está dormindo no fundo da caverna.

— Acorde todas elas, mas as mantenha quietas. Vamos, me passe o Oliver, eu vou carregá-lo.

As outras crianças tinham medo dos duendes ou de Ivy, pois acordaram em silêncio e se amontoaram na escuridão. Cassie rastejou de volta pelo túnel, uma tarefa difícil com Oliver agarrado a ela.

Quando ela saiu da caverna, o fogo ainda estava queimando, mas o duende tinha desaparecido.

— Rue!

— Você encontrou o Oliver! — Rue disse e sorriu de alegria, pegando o irmão dos braços de Cassie.

— O que aconteceu com o duende?

— Bomba antiduende! Eu tinha um pouco de sal de bruxa que sobrou embrulhado no meu lenço. Achei que devia experimentar. Funcionou, Cass! Acertei ele bem entre os olhos! Ele guinchou como um leitão e fugiu.

— Nós só devemos usar a bruxaria em legítima defesa.

— Foi legítima defesa, só que eu a usei primeiro.

Cassie fez um sinal de bruxa na boca do túnel para informar Ivy que era seguro sair. Ivy levou o resto das crianças para a clareira, tentando em vão limpar a sujeira do seu uniforme. Alguns dos seus distintivos tinham rasgado e precisariam ser costurados novamente.

Cassie deu uma olhada naquelas outras crianças sob a pálida luz da lua. Algumas estavam vestidas com os seus pijamas, outras com as suas melhores roupas de domingo, todas sujas e cobertas de lama. Uma garota usava o uniforme escolar da Fowell House.

— Jane Wren?

— Como você sabe o meu nome?

— Eu te explico depois. Como trouxeram vocês até aqui? Com certeza, alguém no vilarejo teria visto as crianças se elas tivessem passado por Hedgely.

— Há túneis — Ivy explicou. — Há um no fundo dessa caverna. Eles trouxeram as crianças por ele. Não sei para onde ele vai, mas deve sair em algum lugar além da Floresta.

Cassie se lembrou de como Burdock tinha usado as tocas de coelhos para passar pelos muros de Hartwood. As proteções não se estendiam abaixo do solo, ele havia dito. Na Floresta deve ser igual.

— Vamos, precisamos sair daqui antes que o duende volte com os outros. Vamos encontrar um riacho e o seguiremos de volta até o vilarejo.

— Espera! — Ivy exclamou. Ela mostrou a sua lamparina de detecção de duendes que estava brilhando um roxo vívido. — Eles estão vindo.

Cassie começou a reunir as crianças para levá-las de volta à caverna, mas já era tarde demais. Um bando de duendes apareceu na beira da cova. Eram duendes raptores e negocistas do mercado, fechando o cerco sobre as garotas e as crianças. Havia dezenas de duendes, e eles portavam redes e ganchos, sacos e facas, e os seus dentes estavam à mostra em grunhidos raivosos.

Capítulo 24

O subterrâneo da Floresta

Oliver começou a chorar, e Rue o acalmou.

— A culpa é sua, Rue Whitby — Ivy disse. — Poderíamos ter enfrentado só um duende, mas você tinha que mandar ele ir buscar o bando inteiro!

— Se pelo menos tivéssemos as nossas vassouras — Cassie disse.

Ivy pôs dois dedos na boca e assobiou. Uma vassoura se ergueu ao lado do fogo e voou rapidamente até a mão dela.

Cassie e Rue olharam fixamente para Ivy.

— O quê? Vocês não treinaram as suas vassouras para vir quando são chamadas? Vocês são mesmo um caso perdido — Ivy afirmou e suspirou. — Eles pegaram a minha vassoura quando me agarraram, senão eu teria escapado horas atrás.

Cassie se virou para Rue.

— Por que você não leva o Oliver e vai procurar a minha tia?

— Olha aqui, eu não vou deixar você enfrentar eles sozinha.

— Como se eu fosse deixar qualquer uma de vocês usar a Tufão! — Ivy disse. — Eu levo o garoto comigo e vou procurar a Bruxa da Floresta, vocês podem ficar aqui e ser capturadas, se quiserem.

Nem Cassie nem Rue estavam contentes com aquilo, mas tinham que admitir que Ivy era provavelmente a melhor chance delas. No entanto, ela precisaria de ajuda para escapar, alguém tinha que distrair os duendes.

Cassie se virou para as outras crianças, agrupadas diante da entrada da caverna.

— Agora, escutem, eu preciso que vocês fiquem juntas e em silêncio.

A mais velha tinha mais ou menos a idade de Cassie, mas a maioria era mais jovem. Elas estavam cansadas e com medo. Se Montéquio não tivesse aparecido e Cassie tivesse sido raptada naquele beco em Trite, ela estaria entre elas, não sabendo nada sobre a Terra das Fadas ou bruxaria, sem saber como se defender. Em vez disso, ela estava usando uma capa de bruxa e as crianças esperavam que ela as salvasse. Era para aquilo que as bruxas serviam: ajudar as pessoas e protegê-las de coisas que elas não entendiam. Ela podia ser nova naquilo, mas tinha que fazer o que podia.

Cassie sorriu para as crianças e se virou para encarar os duendes.

— Quem está no comando? — ela gritou.

Os duendes se entreolharam. Um tentou dar um passo à frente, mas foi puxado para trás pelos outros e teve as suas orelhas esmurradas.

Aquilo era bom, eles não tinham um líder. Era mais fácil lidar com pessoas que não estavam acostumadas a tomar decisões, ela só tinha que manter aqueles duendes confusos durante tempo suficiente para deixar Ivy escapar.

— Eu quero negociar a libertação dessas crianças!

Os duendes riram.

— Você quer dizer que quer fazer um acordo? — perguntou a vendedora de dedos, com os anéis do cabelo tilintando.

— Essas crianças valem mais moedas do que você pode carregar, bruxinha — disse um dos raptores.

Cassie respirou fundo.

— Tenho algo que vale ainda mais, algo que o Rei Elfo quer!

Os duendes sibilaram ao ouvir o nome.

— Você está mentindo! — um duende ladrou. — O que você pode ter de valor para a Sua Alteza Horribilíssima?

— Isso! — Cassie respondeu, tirando a colher de bebê de Oliver do bolso. Ela a ergueu para eles verem e o coelho prateado do cabo brilhou ao luar.

— O que é isso? — perguntou a vendedora de dedos.

— É uma poderosa relíquia mágica, passada em segredo de bruxa para bruxa na antiga família dos Whitby. Quem a tiver nunca vai passar fome, pois qualquer prato que comer será instantaneamente reposto. É a Colher do Pudim Eterno!

— Não sei — disse um dos raptores, olhando com os olhos semicerrados para ela, ainda em dúvida.

— O Rei Elfo está procurando essa colher há anos. Ele enviou ladrões para tentar roubá-la, mas eles não conseguiram.

— Se isso for verdade — o velho vendedor de frutas disse —, vamos tirá-la de você e também ficar com as crianças. Podemos vender você junto com elas. Jovens bruxas valem ainda mais, ouvi dizer.

— Você acha que o Rei Elfo não pensou nisso? — Cassie disse, pensando rapidamente em todos os contos de fada que já tinha lido. — Se você conseguisse simplesmente pegá-la, eu já estaria morta. Não, a colher deve ser dada de bom grado. Se ela for roubada, todo o seu poder desaparece.

— Você é louca — Ivy sussurrou.

— Mas brilhante — Rue completou. — Metade deles está começando a acreditar em você!

Os duendes começaram a discutir, mas Cassie não conseguia entender muito o que eles estavam dizendo.

— Se vocês nos deixarem sair ilesas, darei a colher para o mais corajoso entre todos. Tenho certeza de que o Rei Elfo o recompensará muito bem por isso!

— Eu sou o mais corajoso! Eu quero a colher! — um dos raptores afirmou.

— Você? Você é tão corajoso quanto um pepino em conserva. A colher é minha! — outro disse.

— Eu vi primeiro. É minha!

Uma briga irrompeu entre os duendes, já que cada um tentava impedir o outro de ir atrás da colher. Para Cassie, eles lembravam um bando de gaivotas lutando por uma batata frita.

Cassie acenou com a cabeça para Ivy.

Então, Ivy montou em sua vassoura, com Oliver agarrado atrás dela, e decolou, voando acima das cabeças dos duendes em luta e rumando em direção às árvores.

— Olhem! Estão fugindo!

— Bruxinha mentirosa! Vamos arrancar as suas tripas com a sua preciosa colher e pendurá-las para os corvos! — um raptor gritou.

— Os dedos dos pés são meus! Dedinhos macios de criança! — a vendedora de dedos berrou, empunhando uma faca de cozinha enferrujada.

Os duendes desceram a cova na direção das bruxas e das crianças, gritando e brandindo os seus ganchos e as suas redes. Cassie se colocou entre eles e as crianças, com a colher ainda na mão, Rue estava ao seu lado. Os duendes estavam quase em cima delas quando elas ouviram os piados agudos de uma coruja.

Cassie levantou os olhos. Asa Ligeira estava voando acima dela, fantasmagórica ao luar. Com a coruja, havia uma dúzia de outros pássaros: tordos, pegas, pica-paus, um falcão, um tagarote e um gavião. Então irrompeu o som de cascos e uma cabeça com chifres apareceu na beira da cova. Era o corço e o seu rebanho, o texugo, as lebres e todos os outros familiares que Cassie e Rue tinham libertado no mercado dos duendes. Com eles, estava uma jovem bruxa montada em sua vassoura. Ela gritou e os familiares invadiram a cova, perseguindo, mordendo e arranhando os seus antigos raptores.

De forma protetora, Cassie e Rue ficaram ao redor das crianças, mas as criaturas das Terra das Fadas não tocaram nelas, separando-se de ambos os lados em uma onda de pelos, penas e escamas.

Uma víbora resvalou pelo pé de Cassie, perseguindo o vendedor de sonhos, ao mesmo tempo que Asa Ligeira arrancava os gorros de dois duendes raptores. Alguns dos duendes tentaram contra-atacar. O velho vendedor de frutas tentou bater no corço com o seu galho de abrunheiro, mas o cervo o jogou de lado com os seus chifres. A vendedora de dedos estava arremessando pedras nos pássaros, mas um texugo furioso a atacou e a derrubou. O gavião, silencioso e implacável, girou e mergulhou, arrancando as redes das mãos deles e mordendo as suas orelhas.

Machucados, arranhados e derrotados, os duendes fugiram da cova, mas foram perseguidos nas árvores pelos animais.

A jovem bruxa planou com a sua vassoura e aterrissou.

— Tabitha! — Cassie exclamou.

— Eu segui você. Desculpe, mas eu sabia que você estava tramando algo quando se esgueirou antes do canto. Então, eu me escondi e observei. Vi você fazer o feitiço com a tigela de prata e segui aquele duende até a Floresta. Então, fui atrás de você, até que você passou por alguns arbustos de azevinho e desapareceu.

— Tem um *glamour* protegendo o mercado e você não estava com Burdock. Então a magia deve ter mantido você fora de lá. Mas como você nos encontrou de novo?

— Os familiares. Encontrei Asa Ligeira e perguntei se ele tinha visto você. Ela me disse que você tinha libertado ela e todos os outros familiares, mas estava correndo perigo. Então reunimos todo mundo e viemos para cá.

— Tabitha, sinto muito por não termos te contado tudo desde o início.

Cassie deu uma cotovelada nas costelas de Rue.

— Sim, sinto muito — Rue disse.

— Você está sangrando! — Tabitha disse.

Era verdade, Rue estava com um corte profundo na perna esquerda.

— Um deles me cortou com o gancho, mas não é nada. Eu vou ficar bem.

— Absurdo! Eu trouxe um pouco de unguento de milefólio. Sente aí, eu vou limpar isso.

Tabitha cuidou do ferimento de Rue com rapidez e habilidade, amarrando o seu lenço limpo ao redor dele, ao mesmo tempo que Asa Ligeira voava até um galho acima da cabeça delas.

— Obrigada por aparecer para nos ajudar — Cassie disse para a coruja.

— Devemos a você a nossa liberdade. Agora a dívida está paga. Temos que nos separar. O que vocês vão fazer?

— Temos que levar as crianças para Hedgely de alguma maneira — Cassie respondeu. — Ivy disse que existem túneis, que foi como os duendes as trouxeram para cá.

— É verdade — a coruja confirmou. — Os texugos e os coelhos cochicham a respeito desses lugares, bem abaixo das raízes das árvores. São conhecidos apenas pelos duendes e por outras criaturas das sombras que gostam da escuridão e temem o sol. A nossa gente não se aventura por lá. Chamam de Floresta Subterrânea.

— Não conseguíamos ver muita coisa. Era muito escuro. Mas eu sei onde o túnel começa no fundo da caverna — Jane Wren falou mais alto.

— Não parece muito seguro — Tabitha considerou.

Cassie suspirou.

— Provavelmente é mais seguro do que voltarmos pela Floresta com os duendes atrás de nós e sem sabermos para que lado é a saída. Ivy disse que o túnel deve terminar em algum lugar nos arredores de Hedgely e os duendes provavelmente não vão achar que nós voltaríamos por lá. Essa é a nossa melhor opção.

As crianças não queriam entrar novamente na caverna. Então, Tabitha segurou as mãos das duas mais jovens.

— Quem dera se tivéssemos pensado em trazer tochas — Cassie disse.

— Que tal isso? — Rue perguntou, mostrando a pequena bolsa com carbúnculos que elas ganharam no concurso.

— Rue! Você é genial. Como os carbúnculos funcionam?

— Você sopra nele devagar — Rue explicou, tirou uma das pedras escarlates da bolsa e soprou no carbúnculo com os lábios cerrados. Como uma brasa no fogo, a pedra brilhou intensamente por dentro e começou a emitir uma luz vermelho-cereja.

Cada uma delas acendeu uma pedra e deram a quarta pedra para Jane Wren. As pedras não eram tão boas quanto uma tocha, mas forneciam luz suficiente para enxergarem os próprios pés. As crianças se aproximaram da luminosidade acolhedora.

— É melhor irmos andando — Rue disse. — Os carbúnculos armazenam a luz do sol, mas esses só têm algumas horas neles.

Cassie liderou o pequeno grupo com Jane para guiá-la. A entrada do túnel era baixa e todos tiveram que rastejar, um por um. As paredes rochosas estavam úmidas em alguns lugares e viscosas ao toque. Cassie bateu a cabeça no teto e desprendeu pedaços de terra, ela tinha medo de que o túnel desabasse sobre o grupo, mas não ousou dizer aquilo, as crianças já estavam assustadas o suficiente.

— Não gosto nada disso — Tabitha afirmou. — Se eles vierem atrás da gente, vamos ficar encurraladas.

A passagem estreita desceu bem abaixo do nível do chão. O grupo foi forçado a rastejar por um espaço apertado de lama molhada e escorregadia. Algumas das crianças mais novas começaram a reclamar, mas as bruxas as encorajaram a prosseguir.

Finalmente, o túnel se abriu novamente. O grupo estava em uma caverna, que era mais alta que o grande salão de Hartwood e tão larga que as paredes foram engolidas pela escuridão. As bruxas abriram caminho entre estalagmites quebradas que, para as suas imaginações nervosas, assumiam as formas de duendes agachados nas rochas. Acima deles, as estalactites pendiam como dentes de serpentes, gotejando água fria em um córrego sinuoso.

— Não bebam! — Cassie avisou, afastando as crianças da água tentadora. Todo mundo sentia sede, cansaço e fome, mas estava fora de questão parar para descansar. Precisavam chegar ao fim do túnel antes que os duendes tivessem a chance de se reagrupar e alcançá-los.

Estavam seguindo por uma trilha estreita de terra compactada. O chão se curvava em uma escarpa de seixos soltos em ambos os lados. Um passo em falso mandaria todos para a escuridão. Cassie segurou o seu carbúnculo mais perto do chão para iluminar o caminho. Algo reluziu e chamou a sua atenção. Ela parou para pegar o objeto, era um broche de ouro em forma de escudo. Ela o entregou para Rue.

— É o broche de uma guardiã — Rue explicou. — Não somos as primeiras bruxas a encontrar esses túneis.

— O que uma guardiã estaria fazendo aqui embaixo? — Cassie perguntou.

— Provavelmente seguindo a pista dos duendes — Tabitha disse. — A minha avó costumava ser uma guardiã antes de se aposentar.

Cassie e Rue trocaram um olhar furtivo.

O grupo continuou caminhando, na obscuridade lúgubre da caverna, apenas com o som do gotejamento da água. Cassie tinha certeza de que o seu carbúnculo não estava tão brilhante como quando o grupo entrou no subterrâneo da Floresta.

Rue estava carregando um dos meninos menores nas costas, mas as outras crianças se esforçavam para manter o ritmo, que estava mais lento do que Cassie gostaria. Era difícil dizer há quanto tempo estavam ali embaixo, sem o sol ou a lua para marcar o tempo. Cada minuto parecia se arrastar, enquanto aguçavam os ouvidos atentas a um possível som dos pés dos duendes.

Depois de um tempo, Tabitha se juntou a Cassie na frente do grupo.

— Não quero alarmar você — ela falou baixinho. — Mas acho que alguém está nos seguindo. Estou ouvindo passos.

— Duendes?

— Não, acho que não. Eles já teriam nos alcançado. Seja o que for, não está com pressa de nos pegar. Sempre que paramos, os passos param também. Espero que eu esteja apenas imaginando. É muito fácil começar a imaginar todo tipo de coisa aqui embaixo.

Embora Tabitha aparentemente tenha feito pouco caso daquilo, Cassie percebeu o olhar carregado dela por meio da luminosidade vermelha do carbúnculo.

— Você lidera por um tempo e eu cuido da retaguarda.

Elas trocaram de lugar para que Cassie pudesse ouvir qualquer coisa atrás do grupo. Inicialmente, o único som que ela ouviu foi o do gotejamento da água, mas depois ouviu uma respiração ofegante suave e o arranhão de garras na pedra. Cassie parou e o som também parou. Tabitha tinha razão: algo estava seguindo o grupo.

Capítulo 25

Wyrmroot

Elas alcançaram o outro lado da grande caverna, onde a trilha dos duendes se ramificava em três direções. A primeira era larga e seca; a segunda, estreita e ladeada por pedras irregulares; e a terceira, pouco mais do que uma trincheira.

— Você lembra por onde você veio? — Cassie perguntou.

Jane Wren fez que não com a cabeça.

— O túnel mais largo parece bem usado — Rue afirmou. — Mas pode ser qualquer um dos três.

— Acho que cada uma de nós deve pegar um caminho diferente — Tabitha disse.

— Se fizermos isso, as crianças ficarão sozinhas — Cassie afirmou, lembrando do perseguidor furtivo. — Rue, dá para ver que a sua perna ainda está doendo, então fique com as crianças. Tabitha tenta uma das passagens, enquanto eu tento a outra. Se nenhuma delas levar até lá fora, deve ser a terceira.

Tabitha escolheu o túnel mais estreito. Ela teve que rastejar para entrar. Cassie decidiu investigar a segunda passagem, ladeada com pedras afiadas. Ela esperava que a levasse a um beco sem saída e, então, o grupo pudesse pegar o caminho largo e seco.

Naquele momento, a luz do carbúnculo de Cassie estava fraca, como o último momento de um pôr do sol. Não conseguia se infiltrar muito na escuridão. Apesar das laterais ásperas do túnel, havia algo de artificial nele. Era muito regular, quase retangular. Cassie inspecionou as paredes e viu que tinham sido lascadas com uma ferramenta, deixando sulcos profundos em sua superfície. Não era um túnel natural, mas um corredor escavado na rocha.

A passagem se abriu em uma grande câmara. O chão ali era liso, calçado com pedras coloridas dispostas em padrões elaborados sob uma camada de terra e folhas secas. Grandes colunas se erguiam acima de Cassie, entalhadas com videiras floridas e símbolos estranhos, com vestígios de tinta desbotada. Entre as colunas, havia longas mesas de pedra, dispostas em duas fileiras, com uma mesa mais alta, erguida sobre um estrado pela extremidade. Uma única taça empoeirada estava sobre aquela mesa elevada, como se estivesse esperando o retorno do seu dono. O luar se infiltrava através de uma rachadura no teto de pedra, bem alto, iluminando o salão. Cada superfície estava incrustada com cristais minúsculos e reluzentes, como uma geada em pleno inverno. Cassie estendeu a mão para tocar na mesa e logo a afastou, coberta de pó prateado cintilante.

Então, Cassie ouviu mais uma vez o arranhão de garras na pedra entrando pela passagem atrás dela.

— Poeira — uma voz baixa disse. — Tudo o que resta do encanto que outrora existia nesse lugar.

Dois globos amarelos apareceram na escuridão, ao mesmo tempo que uma grande pata seguia a outra na luz, revelando o físico pesado e o porte inconfundível de um lobo.

— Poeira e silêncio, onde antes havia música e dança, beleza e magia. Você está no grande salão de Wyrmroot, onde os senhores e as senhoras de Westernwood realizavam as suas festas. Poucos mortais tinham tal privilégio quando mantinham a corte aqui, apenas aqueles que sabiam tocar boa música ou dançar como álamos. Você sabe dançar, Cass-sandra?

O pelo do lobo era tão preto quanto as sombras de onde ele emergia.

— Glashtyn — Cassie disse, reconhecendo a criatura pelo que ela era. Então era isso quem os estava seguindo, esgueirando-se nas sombras, esperando uma chance de pegar Cassie sozinha. — Não existem mais lobos na Inglaterra, você sabia?

— Há quinhentos anos. O seu povo os afugentou com fogo e ferro, como faz com todos os seres selvagens que o assustam.

— Então você não é real. Você só está assumindo essa forma para me assustar.

— Os meus dentes são reais. Minhas garras são reais. O que não é real em mim?

— O que você quer? Por que está me seguindo?

— Quero ajudá-la, Cass-sandra. Já ofereci ajuda antes, mas você não veio.

O lobo veio na direção de Cassie, forçando-a a recuar ainda mais para dentro do salão, suas botas trituraram a poeira cristalina.

— Um menino humano achou o caminho até aqui em um verão — o lobo disse. — Ele ouviu música vindo de debaixo da colina e entrou por um poço. O menino se escondeu e observou os dançarinos, mas estava quente no salão e ele sentiu sede, muita sede.

O Glashtyn estava entre ela e a passagem.

— O menino roubou uma taça de vinho e a bebida o fez dormir. Quando ele acordou, na encosta fria, era inverno. Ele correu de volta para casa, mas um estranho atendeu a porta. O menino perguntou pela mãe dele...

— Cassie! — a voz de Rue ecoou pelo túnel. — Você está bem?

Cassie quis correr, mas o lobo estava bloqueando o seu caminho.

— Eu tenho que ir, elas estão precisando de mim.

— Elas não podem ajudá-la, Cass-sandra. Elas não se importam com a sua mãe. Elas têm suas próprias famílias. Por que se arriscariam para te ajudar?

Cassie sabia que o lobo estava mentindo, mas ele tinha força.

— Se você deixar o seu medo de lado, eu poderei guiá-la para o que você procura. Sou o único que pode ajudá-la.

— Deixa eu ir embora.

O Glashtyn passou a andar em círculos ao redor de Cassie, olhando fixamente para ela com os seus olhos dourados.

— O menino que roubou a taça de vinho passou o resto da vida procurando por sua mãe, mas ele nunca mais a viu. Olha só, cem anos se passaram enquanto ele dormia, e ela estava morta e enterrada há muito tempo.

Cassie correu até o túnel aberto. As rochas cortaram os seus braços e as suas pernas, mas ela prosseguiu, voltando para a entrada.

Ela alcançou Rue e as crianças e se virou, esperando encontrar o lobo vindo atrás delas, com todos os seus dentes e garras, mas a passagem estava silenciosa e vazia.

— Qual é o problema, Cass? — Rue perguntou.

— Não é por ali. Não devemos ir por ali, não é seguro.

Tabitha já estava de volta, com as mãos e o rosto cobertos de lama.

— O meu também foi um fracasso. Isso quer dizer que devemos pegar a terceira passagem.

Foi um alívio pegar o caminho largo e seco. Oferecia espaço o suficiente para o pequeno grupo caminhar junto. No entanto, o grupo não tinha dado vinte passos quando o carbúnculo de Jane Wren apagou. Um momento depois, o de Rue também apagou.

Um dos meninos começou a chorar.

— Pronto — Tabitha disse, acalmando-o. — Em breve, sairemos daqui, você vai ver.

Porém, o carbúnculo de Tabitha rapidamente escureceu e se apagou como uma vela. Ela o soprou novamente, mas sem sucesso.

O grupo ficou no escuro, exceto pela luminosidade fraca da pedra de Cassie.

O caminho começou a subir. Sobre seixos soltos que deslizavam sob os sapatos de todos, Cassie ficou grata à aderência das botas que Brogan tinha lhe dado em seu aniversário.

— Aqui em cima! — Tabitha gritou mais à frente. — Eu posso sentir o cheiro de ar fresco!

O grupo a alcançou e logo o cascalho deu lugar a uma série de pedras grandes e planas. Subindo, usando as mãos e os pés, o grupo percebeu que tinha alcançado uma escada íngreme e irregular, talhada na rocha.

— Olhem, nós conseguimos! — Tabitha gritou.

De fato, naquele momento, o grupo conseguiu ver um pedaço de luz, um céu azul-claro emoldurado pela pedra. Tabitha saiu do túnel, puxando a sua vassoura para cima atrás dela.

Cassie, Rue e as crianças a seguiram e alcançaram o ar fresco da manhã. Elas estavam no alto de uma colina, rodeadas pelas ruínas de uma antiga construção. Escombros e pedras cobriam a relva e os restos de paredes em ruínas estavam em torno deles, sem teto e abertos para o céu.

Para o oeste, elas podiam ver a ampla faixa de mata escura que tinham deixado para trás e que ainda estava imersa na noite. Para o leste, havia o primeiro fulgor rosado do amanhecer, apagando o brilho das estrelas. Cassie sentia as pernas doerem e os olhos arderem por causa da areia e da poeira, ela se sentou entre Rue e Tabitha. As suas capas pretas estavam cobertas de lama e os seus cabelos estavam sujos e com galhinhos.

— Que lugar é esse? — Cassie perguntou.

— Castle Hill — Rue respondeu. — Estamos ao norte de Hedgely. Se você olhar para aquele lado, poderá ver Hartwood e, atrás dele, está o rio Nix e a torre da igreja de São Aelfwig.

— Então é assim que os duendes estão levando as crianças roubadas para o interior da Floresta — Tabitha afirmou. — Acho que ninguém vem aqui, e também está fora da tutela da Bruxa da Floresta.

— Mas alguém tem ajudado os duendes — Cassie disse.

— Você tem razão — Jane Wren afirmou, sentando-se ao lado dela. — Eu vi alguém, uma figura com uma capa com capuz, conversando com os duendes quando eles achavam que estávamos todas dormindo.

Rue olhou para Tabitha antes de se virar para Jane.

— Essa pessoa... Era velha e rabugenta?

— Não. Era alta, magra e caminhava bem rápido.

— Achamos que poderia ser a sua avó, Tabitha. Mas, sem dúvida, estávamos enganadas — Cassie afirmou.

Surpresa, Tabitha franziu a testa.

— Minha avó? Mas por que vocês acharam isso?

Cassie contou a ela a respeito do encontro delas na Saltash & Filho.

— Bem, isso é bastante simples de explicar: a selumbina não é uma poção, mas uma poderosa erva medicinal. Dizem que pode curar qualquer lesão e prolongar a sua vida por anos. Acho que a minha avó esperava que a selumbina revolvesse o seu problema nas costas. Claro, é uma substância restrita agora, porque só cresce na Terra das Fadas.

— Mas e o ouro que ela ofereceu para dar em troca da selumbina? — Cassie perguntou.

Tabitha suspirou.

— O relógio do meu avô é de ouro maciço. Ela está sempre me dizendo que vai vendê-lo e comprar isso ou aquilo, mas nunca vende. Acho que ela é muito afeiçoada ao relógio.

— Sinto muito, Tabitha. Devíamos ter te perguntado antes.

Rue deu um sorriso amarelo.

— Sabe, você não é tão ruim para uma Blight. Nós nunca teríamos conseguido sair de lá sem você.

— Ah! Olhem ali!

Duas formas negras estavam voando na direção delas, uma maior do que a outra. À medida que se aproximavam, as formas se fundiram nas figuras de Ivy e da Bruxa da Floresta.

Miranda e Cassie levaram as crianças de volta para Hartwood, onde a sra. Briggs preparou uma montanha de ovos mexidos com tomates fritos e bacon e pão branco macio torrado no fogo, que as crianças cansadas e famintas devoraram com alegria.

A Bruxa da Floresta e Elliot enviaram uma mensagem para Londres, relatando o resgate das crianças roubadas. A Wayland Yard entraria em contato com os pais delas e tomaria todas as providências necessárias. Enquanto isso, Miranda providenciou para que elas ficassem com algumas famílias do vilarejo até que pudessem ser escoltadas de volta para as suas casas.

Jane Wren decidiu ficar em Hartwood. Depois do café da manhã, a sra. Briggs a levou para cima para tomar um banho, deixando Cassie sozinha com a tia. Miranda estava sentada em frente a Cassie na mesa da cozinha, com uma xícara de chá de urtiga fumegante diante dela. Cassie estava cansada e precisando de um banho, tinha lama em seu cabelo e ela sentia que podia dormir por uma semana.

— Na manhã que você chegou aqui, eu lhe apresentei três regras simples a seguir — Miranda disse. — Acho que você não se lembra de quais eram elas, não é mesmo?

— Você me disse que eu não podia entrar em seu escritório, ficar do lado de fora depois do anoitecer e entrar na Floresta sozinha — Cassie disse, sentindo-se decepcionada e desencorajada.

— E agora, me diga, quais dessas regras você transgrediu?

Cassie avaliou.

— Bem, todas elas, eu acho. Mas, é que…

— O que diabos deu em você para se comportar de maneira tão irresponsável? Você é tão imprudente quanto Rose, colocando você e as suas amigas em perigo. Alguma vez você parou para pensar no que poderia ter acontecido se os duendes também tivessem capturado você? E, ainda por cima, na véspera do solstício de verão.

— Mas tínhamos que fazer alguma coisa. Oliver, o irmão de Rue...

— Lá vem você de novo! Você se imagina uma espécie de heroína, imune aos perigos da Floresta? Ou talvez você se considere um prodígio, acha que está além da bruxaria que ensinamos no *coven*, e já está pronta para lidar com os feitiços do meu grimório?

— Não é nada disso. Eu só queria encontrar a minha mãe, mas você não me ajudou, e então Oliver desapareceu e Rue precisava do feitiço. Eu não podia decepcioná-la.

— Ah, então agora há duas Bruxas da Floresta nesta casa. Parece-me evidente que não posso confiar em você para seguir as instruções mais simples. Se você está tão determinada a enfrentar todas as ameaças possíveis, então talvez eu deva mandá-la de volta para aquela escola. Pelo menos, você estava segura lá!

Aquilo não era justo. Ela tinha desrespeitado as regras da tia, mas só porque Miranda não a ajudara a encontrar Rose.

Ivy e as garotas da Patrulha dos Espinhos podiam pensar que ela recebia um tratamento especial por ser sobrinha da Bruxa da Floresta, mas não era nada disso. Ao contrário, esperava-se que ela lutasse sozinha e nunca desse um passo em falso. Bem, Cassie já estava farta. Não parecia importar o que ela fazia, se ela seguia as regras ou as desobedecia, Miranda nunca estava satisfeita. A tia só se importava com a reputação da família. Ela só falava de deveres e responsabilidades. Bem, se era aquilo que significava ser uma Morgan, então talvez Cassie não quisesse mais ser uma.

— Eu não teria violado as suas regras estúpidas se você tivesse me ajudado. Eu só quero encontrar a minha mãe, mas você não se importa com ela. Você não se importa com nenhuma de nós!

Cassie se arrependeu no momento que disse aquelas palavras.

Surpresa, Miranda ergueu as sobrancelhas e arregalou os olhos cinzentos. Ela desviou o olhar e já não parecia zangada, apenas cansada.

— Ou talvez eu me importe demais e não suportaria perder você também.

Miranda se levantou e saiu da cozinha, o seu chá ainda fumegando ficou sobre a mesa.

Embora tivesse ficado acordada a noite toda, Cassie não conseguia dormir. A sra. Briggs havia preparado um banho quente para ela e esfregado seu cabelo com sabão de madressilva. Em seguida, o tinha escovado até que brilhasse como moedas novas. Cassie estava usando um pijama limpo e estava deitada na cama com Montéquio enrolado ao lado dela. A luz vespertina entrava por uma fresta nas cortinas.

Montéquio bocejou.

— Se você não vai dormir, então leia um livro. Alguns de nós ficamos preocupados com o seu destino a noite toda e seria bom podermos descansar sem você ficar se contorcendo como uma enguia.

— Montéquio, a tia Miranda notou que eu tinha desaparecido esta noite? Quer dizer, antes de Ivy vir buscá-la.

— É claro que sim. Depois que aquele garotinho desapareceu, ela veio pra casa para ver como você estava. Quando a sua tia descobriu que você não estava em casa, ficou com medo de que você também tivesse sido levada. Então ela pegou a sua camisola e partiu para a Floresta. Eu teria ido com ela, mas alguém tinha que estar aqui caso você voltasse para casa.

— Ela pegou a minha camisola?

— Aposto que a sua tia sabe mais do que um feitiço de busca — o gato disse e amassou a roupa de cama. — Ela sempre vem dar uma olhada em você à meia-noite e renova as proteções em sua porta. Claro que você geralmente está roncando como um dragão da caverna nesse horário.

Cassie jogou um travesseiro em Montéquio.

Capítulo 26

O Teste de Caloura

— Você precisa ver isso! — Rue gritou, correndo para o salão do *coven*. — Saímos no *Herald*!

Ela mostrou um exemplar do jornal local. Na primeira página, havia uma foto de Cassie, Rue, Ivy e Tabitha em seus uniformes de bruxa, acompanhada por uma matéria a respeito do resgate das crianças roubadas. O jornal foi passado com reverência pela Patrulha das Cinzas.

No canto da Patrulha dos Espinhos, Ivy estava apresentando a própria versão do resgate. Ela relatou rapidamente a sua captura pelos duendes raptores e descreveu detalhadamente a sua fuga ousada para encontrar a Bruxa da Floresta, como se o seu papel tivesse sido o mais importante e perigoso de todos.

Pela terceira vez, Rue estava contando para a Patrulha das Cinzas como ela tinha expulsado o duende guarda usando o sal de bruxa. Então, Miranda entrou no salão. O *coven* se apressou para formar um círculo e cantar a canção de abertura. Cassie já sabia todas as palavras e estava se esforçando para não rir enquanto Rue sorria para ela por cima do caldeirão.

— Espero que as nossas novas garotas estejam preparadas para o seu Teste de Caloura hoje — Miranda comunicou assim que a música terminou.

Cassie sentiu uma onda de pavor tomar conta dela. Ela tinha esquecido do teste. Entre o feitiço de busca, o concurso do solstício de verão e as crianças roubadas, ela quase não tinha reservado nenhum momento de preparo para o vindouro julgamento. Ela deveria estar se exercitando e, naquele momento, tinha ficado sem tempo. Se ela fracassasse, Rue e Tabitha iriam ao acampamento do *coven* sem ela e a sua tia teria mais um motivo para ficar desapontada.

— Temos duas candidatas para o teste de hoje — a Bruxa da Floresta continuou. — Anika Kalra e Cassandra Morgan precisam fazer o Juramento da Bruxa e demonstrar as habilidades necessárias para ganhar os seus chapéus. Inicialmente, as habilidades de proteção, depois as de preparação de poções e, finalmente, as de uso da vassoura.

Cassie pegou Anika olhando para ela e se perguntou se a outra garota estava muito nervosa ou ansiosa para se apresentar.

— Vocês não podem consultar os seus manuais durante o teste e eu lembro ao *coven* que as candidatas devem completar as provas inteiramente por conta própria, sem o auxílio ou o conselho de suas patrulhas.

No círculo, as garotas assentiram solenemente. Tabitha pegou a mão esquerda de Cassie, e Rue deu-lhe uma piscadela encorajadora.

— Muito bem, as candidatas podem dar um passo à frente.

Cassie e Anika deixaram as suas amigas e ficaram diante da Bruxa da Floresta. Ela deu a cada uma delas um pedaço de giz. Na outra mão, ela segurava uma ampulheta cheia de areia preta.

— A primeira e mais vital habilidade que ensinamos às jovens bruxas é a proteção a si mesmas. Não poderá defender os outros se você se colocar em risco. Por isso, aprendemos as habilidades de proteção, aqueles sinais e materiais que são temidos, de modo que possamos nos proteger contra qualquer ameaça de fadas. Hoje, vocês vão criar uma proteção para viagens seguras. Quando o compartimento superior desta ampulheta se esvaziar, o tempo de vocês terá chegado ao fim.

Miranda virou a ampulheta, o teste tinha começado.

Cassie olhou sem expressão para o giz em sua mão. Era um giz branco comum, do tipo que a srta. Featherstone usava no quadro-negro da escola. Não havia nada de mágico naquilo. Todos os amuletos de proteção que elas aprenderam a fazer envolviam ervas, madeira, pedras mágicas, ferro e fios. Ela procurou se lembrar do capítulo a respeito de proteções no manual. Era possível usar sal de bruxa para proteção se ele fosse espalhado em torno da pessoa num círculo. Talvez fosse possível usar o giz da mesma maneira? Ela deveria desenhar um círculo na tábua do assoalho do salão? Mas não, aquilo não funcionaria. Era para ser uma proteção para viagens. Ninguém iria longe se não pudesse deixar o círculo. Cassie pensou a respeito das outras proteções que já tinha visto: sua tia andando ao redor do galinheiro do sr. Bellwether, as pedras de barragem na Floresta. As runas! Era isso! Havia runas encantadas para proteção: Bord, a runa do escudo, e Hert, a runa do veado. Também havia runas para viagens, dependendo se a pessoa viajava por terra, mar ou ar. Cassie só conseguiu se lembrar de uma para viagem por terra: Hof, a runa do cavalo. Se ela usasse todas as três runas, aquilo poderia ser suficiente para formar uma proteção, mas em que ela as desenharia?

— O tempo de vocês acabou — a Bruxa da Floresta informou, mostrando a ampulheta. — Quero ver as suas proteções.

Anika se apresentou primeiro, estendendo a sua vassoura. Ela tinha escrito runas ao longo do cabo: algumas das runas de proteção que Cassie tinha se lembrado e Fugol, a runa do pássaro, para viagens pelo ar.

— Muito bem, Anika, embora a sua Bord esteja um pouco áspera; exercite essa runa. De fato, isso concederia a você alguma proteção durante o voo enquanto as runas permanecessem nítidas e sem manchas.

A Patrulha dos Espinhos aplaudiu e deu tapinhas nas costas de Anika.

— Cassandra, o que você fez com as suas botas? — Miranda perguntou.

As botas pretas de Cassie estavam cobertas de runas escritas a giz. Ela achou que elas pareciam bastante bonitas, mas ouviu Ivy rindo atrás dela.

A Bruxa da Floresta precisou se agachar para examinar o trabalho de Cassie.

— Bem, essa é, sem dúvida, uma das interpretações mais originais que já vi, mas é aceitável. Você receberia alguma proteção enquanto usasse essas botas, embora devesse evitar caminhar pela relva molhada.

— Hurra! — Rue gritou.

Cassie tinha sido aprovada na primeira parte do Teste de Caloura.

A próxima prova envolvia o preparo de poções. Havia uma dúzia de receitas básicas no manual e Miranda podia escolher qualquer uma delas. Cassie e Anika teriam que trabalhar juntas no grande caldeirão na lareira central. Cassie sorriu para a pequena e séria garota da Patrulha dos Espinhos, mas Anika mantinha o olhar fixo na Bruxa da Floresta. Cassie não conseguia deixar de desejar que estivesse trabalhando com Tabitha.

— O preparo de poções é uma arte antiga, que requer cuidado e concentração. Ao longo das gerações, as bruxas aprenderam os poderes das ervas, pedras, fogo e água, e lhes deram vida no caldeirão. Preparamos poções para curar e restaurar, remédios contra a dor, o medo e a doença. A reparação é o caminho da cooperação e, portanto, vocês trabalharão juntas para preparar o xarope de bons sonhos, para afastar pesadelos e trazer um sono reparador — Miranda anunciou.

Elas tinham preparado o xarope apenas um mês antes, e Cassie tinha certeza de que conseguiria se lembrar da maioria dos ingredientes.

Ela seguiu Anika até o armário de ervas no fundo do salão, ele estava cheio de potes, caixas, cestas e sacolas com todos os ingredientes mágicos que elas coletaram durante o verão. Havia cogumelos secos, bigodes de gato, heliotrópios, cascas de salgueiro, cardo-mariano e garança. Cassie pegou lavanda, camomila, água mineral colhida na lua nova, flor de tília e mel.

— Isso é tudo? — Anika perguntou, com a voz insegura.

Cassie examinou as fileiras de potes e frascos, procurando por qualquer coisa que tivessem deixado passar.

— Acho que sim.

Anika acendeu o fogo embaixo do caldeirão com a sua fagulha de pedra, usando um punhado de capim seco para deixá-lo bem quente. Com cuidado, Cassie encheu o caldeirão com água mineral. Ela reluziu no recipiente escuro e refletiu os rostos delas. Anika mediu as quantidades corretas de ervas aromáticas, ao mesmo tempo que Cassie as misturava com uma longa colher de pau. Ferveram o líquido até ficar com uma bela cor dourada, como se fosse um brilho do sol líquido. Cassie coou as ervas e adicionou o mel, um pote cheio, engrossando a mistura em um xarope cor de âmbar.

Um cheiro intenso tomou conta do salão; era como estar deitado em um prado em uma tarde de verão, ouvindo o zumbido das abelhas, com a relva e as flores balançando sobre a sua cabeça e o sol em suas costas. Ao mesmo tempo, tinha o cheiro do calor de uma lareira em uma noite de neve, enquanto você estava sentado, embrulhado em cobertores com uma bebida quente nas mãos.

— Está faltando alguma coisa — Anika disse.

E ela tinha razão. A poção tinha um cheiro delicioso, reconfortante e adocicado, mas não estava as deixando sonolentas. Cassie correu de volta para o armário. Vasculhando as prateleiras, ela procurou o ingrediente ausente, mas havia muitos sacos, frascos e caixas, e ela não sabia o que estava procurando.

Olhando ao redor, Cassie viu Rue assumindo uma expressão estranha e torturada. Ao lado dela, Tabitha estava gesticulando com as mãos. Elas sabiam o que Cassie tinha esquecido, mas não podiam lhe dizer, pois a Bruxa da Floresta tinha proibido. No entanto, as suas amigas estavam tentando dar alguma dica, alguma pista. Rue não era muito boa no preparo de poções e, então, se ela se lembrava do ingrediente, elas deviam tê-lo usado recentemente. Talvez no sal de bruxa? Tabitha pegou Wyn, a sua familiar, cujo pelo branco macio fez Cassie se lembrar das flores de…

— Angélica — Cassie disse para a Bruxa da Floresta. — Não há nenhuma no armário e não podemos completar a poção sem ela.

Miranda sorriu e tirou uma bolsinha de algodão do bolso.

— Aqui está. Você nem sempre encontrará o que precisa à sua disposição e deve aprender a pedir ajuda.

Cassie sabia que a tia estava se referindo a mais do que apenas a preparação de poções. Correndo de volta para o caldeirão, ela espalhou uma pitada de raiz perfumada no líquido. Anika mexeu a colher, e o xarope assumiu um jeito cintilante e opalescente.

Cassie recitou o encantamento sobre a poção:

Flores do campo e novos raios de luar,
Mel e tília,
Conceda o descanso dos terrores noturnos,
Expulse o medo e traga bons sonhos.

Cassie se sentou, exausta pelo esforço. Ela não podia fazer mais nenhuma prova naquele dia, precisava descansar, fechar os olhos por um momento.

— Cassie, você conseguiu. Você foi aprovada no teste de preparação de poções — Tabitha disse, sacudindo o ombro da amiga. — Ah, acorde, ainda falta uma prova!

Alguém abriu a janela e uma brisa fresca afastou o cheiro inebriante do xarope. Algumas outras garotas estavam sendo acordadas por suas companheiras de *coven*. Miranda estava colocando o xarope em duas garrafas e fechou cada uma delas com uma rolha.

— Um potente xarope de bons sonhos — ela disse, entregando as garrafas para Anika e Cassie. — Parabéns, vocês foram aprovadas. Só resta uma prova.

Cassie estava temendo a última prova do Teste de Caloura. Não haveria truques nem surpresas nela; era simplesmente uma avaliação da habilidade de voo. O *coven* saiu pela porta e se reuniu no terreno relvado que ficava entre o salão e a Floresta.

— Você quer a minha vassoura emprestada, Cassie? — Tabitha perguntou. — Ela sempre voou sem surpresas.

— Obrigada, mas não. Preciso fazer isso com a minha vassoura.

Ivy trouxe as vassouras de Cassie e Anika.

— Pegue — ela disse e entregou a Galope para Cassie. — É uma bela vassoura. É uma pena desperdiçá-la com uma bruxa de segunda categoria.

— Ignore ela — Rue afirmou. — Você vai dar um show.

Cassie pegou a vassoura. O fato de ela ter dedicado algum tempo a consertá-la a tinha deixado feliz. As cerdas estavam bem penteadas, e o cabo estava polido. Mal se via os arranhões resultantes da passagem dela pelas roseiras. A Galope tremia em sua mão, excitada e pronta para voar.

— A prova final é simples. Uma bruxa não é uma bruxa sem a sua vassoura. Durante séculos, domesticamos esses galhos de madeira de lei com o seu poder inerente de levitação. Eles nos deram o voo e a velocidade, permitindo-nos oferecer ajuda rapidamente para aqueles que necessitam ou para escapar de grandes perigos. Voar nos aproxima das estrelas e nos liberta das regras que confinam as criaturas presas à terra. Para demonstrar a habilidade e o controle sobre uma vassoura, vocês darão três voltas ao redor do salão no sentido horário e pousarão graciosamente no lugar de onde decolaram. Anika, você pode ir primeiro.

Anika Kalra montou em sua vassoura, falando palavras gentis e encorajadoras para ela. Ela subiu acima do *coven* e voou em direção ao salão. Mantendo o telhado pontiagudo da construção à sua direita, a jovem bruxa deu uma volta lenta e cuidadosa.

Rue bocejou dramaticamente.

— Ela não está se arriscando — Tabitha disse. — Está voando lentamente para evitar erros. Anika tem talento na pilotagem, mas não está fazendo uma exibição. A Bruxa da Floresta não quer ver truques, apenas um bom voo. É uma apresentação inteligente a de Anika.

— Mas sem graça. Ficaremos aqui até o Natal nesse ritmo — Rue afirmou.

Anika deu outra volta, a Patrulha dos Espinhos aplaudiu. Cassie a observou atentamente, notando a maneira como ela se inclinava para a direita, apenas um pouco, para manter o equilíbrio. Completando a última volta, pousou, com uma pequena reverência e um floreio diante da Bruxa da Floresta.

— Muito bem. Você ficou um pouco torta nesse pouso. Lembre-se de dobrar os joelhos. Mas foi uma apresentação satisfatória acima de tudo.

Anika acenou solenemente com a cabeça para a Senhora do *Coven* e foi se juntar à sua patrulha. Eliza, Ivy e as demais garotas a receberam de braços abertos elogiando-a e conversando animadamente com ela.

— Cassandra — Miranda chamou. — É sua vez.

Cassie sentiu um frio na barriga.

— Você vai se sair bem — Rue afirmou. — Lembre-se do que eu lhe disse: calcanhares na terra, cabeça nas estrelas!

Tabitha sorriu para Cassie e acenou com a cabeça vigorosamente.

Cassie se afastou alguns passos do *coven*, ela queria ter uma conversinha com a sua vassoura.

— Olhe aqui, eu sei que nem sempre nos demos bem e você provavelmente preferiria ter uma pilota realmente boa como Ivy montando em você, mas isso é importante. Tudo o que estou pedindo é que você não tente nada estúpido enquanto eu estiver lá em cima. Se você se comportar, vou lhe dar uma boa massagem com óleo de linhaça hoje à noite, ok?

A Galope permaneceu imóvel em suas mãos. Ela tinha certeza de que a vassoura a tinha entendido. Se ela a obedeceria era outra questão.

— Cassandra, estamos esperando — a Bruxa da Floresta avisou.

Com um suspiro, Cassie montou na vassoura.

— Tudo bem, aqui vamos nós.

Seria um voo mais alto do que o daquela primeira vez em Trite, em uma velha vassoura quebrada com Montéquio agarrado às cerdas. Com certeza, se ela sobreviveu àquele voo, será que ela não seria capaz de dar algumas voltas ao redor do salão?

Cassie corrigiu o seu equilíbrio, segurando firme com as pernas como Rue havia ensinado a ela. Uma bruxa bem habilidosa era capaz de voar sem usar as mãos. Porém, não havia hipótese de Cassie arriscar aquilo naquele momento. O sol queimava as suas costas, e o vento brincava com o seu cabelo. Ela estava voando acima do telhado naquele instante. As ardósias cinzentas pareciam as escamas de um dragão, manchadas com musgo--verde e líquen. O ápice do telhado ostentava um cata-vento em forma de bruxa voadora. Ele girou quando o vento mudou. Cassie se inclinou para a esquerda, corrigindo o seu curso. Felizmente, não era um vento forte e ela continuou voando, mantendo o telhado à sua direita. A Galope estava voando suavemente, virando ao mais leve toque. Até aquele momento, não tinha mostrado nenhuma propensão para suas travessuras habituais. Antes que percebesse, Cassie tinha completado a sua primeira volta ao redor do telhado. Ela ouviu aplausos distantes e o assobio alto de triunfo de Rue, mas não se atreveu a tirar os olhos da vassoura. Ela ainda tinha duas voltas pela frente.

O vento estava mais forte; soprava do oeste, trazendo o cheiro intenso dos pinheiros e dos carvalhos e de algo mais selvagem e estranho. A brisa enfunou a sua capa e jogou o cabelo em seu rosto quando ela fez uma curva. Cassie deu o melhor de si para compensar aquilo. Ela estava na metade da segunda volta. Havia uma sombra estranha no canto da sua visão, mas ela a ignorou.

A Galope estava acelerando, como se quisesse disputar uma corrida contra o vento. Cassie não estava conseguindo manter o ritmo cuidadoso traçado por Anika e foi forçada a se inclinar ainda mais para manter o equilíbrio. A vassoura de Cassie, a vassoura da sua mãe, feita por um dos melhores vassoureiros da Inglaterra, não fora projetada para voar lentamente em direção ao seu destino. Cassie podia sentir a sua energia inquieta. A Galope queria voar mais rápido, voar mais alto, girar, fazer *loopings* e mostrar algo impressionante. Cassie estava usando toda a sua força e determinação para manter a vassoura no rumo certo.

Naquele momento, havia duas sombras abaixo dela projetadas no telhado. Uma era a sua própria sombra e a outra era uma forma alada menor. Cassie tentou não olhar para baixo, aquilo nunca funcionou muito bem para ela. Precisava ficar de olho no pináculo e no cata-vento. A segunda sombra se elevou acima dela, ficando entre Cassie e o sol. Cassie se arriscou a levantar os olhos: era uma gralha, um grande pássaro preto com olhos dourados. A gralha estava voando direto contra ela, e se Cassie não mudasse de direção, elas se chocariam.

Cassie tentou desviar do caminho da gralha, mas as suas mãos escaparam do cabo. A Galope mergulhou, mas ela voltou a agarrar o cabo bem a tempo de recolocar a vassoura no rumo certo.

Ela estava na última volta. Isso se aquele pássaro a deixasse em paz e a deixasse terminar. Cassie fuzilou a gralha com o olhar. O vento voltou a soprar mais forte, e a gralha mergulhou abaixo dela e depois subiu, grasnando com a sua voz rouca. A vassoura empinou, assustada com o pássaro, e desviou para a direita no cata-vento. Foi demais. Cassie perdeu o equilíbrio e sentiu a vassoura deslizar por baixo dela. Cassie estava caindo.

Miranda a pegou. Montada em sua própria vassoura, a Bruxa da Floresta tinha saltado para o ar no momento em que Cassie perdera o controle. Juntas, elas voltaram em segurança para o chão. A gralha havia desaparecido e a vassoura de Cassie ainda estava no ar, dando voltas ao redor do telhado do salão sem ela.

— Eu estou bem — Cassie disse, enquanto Tabitha a mimava, mas o seu coração ainda estava aos pulos quando ela caiu em si: ela tinha fracassado na prova final.

Capítulo 27

Operação Cobra Verde

Cassie estava sentada na cozinha de Hartwood, olhando fixamente para o seu café da manhã. A sra. Briggs tinha preparado ovos com presunto, fatias de pão branco macio e um bule fumegante de chá de amora. Havia até uma tigela de ameixas, a primeira da temporada, trazida do pomar por Brogan, mas Cassie não conseguia comer. Ela também mal tinha dormido. Os acontecimentos do dia anterior — o Teste de Caloura e o seu fracasso — repetiam-se sem parar em sua mente.

Rue e Tabitha tentaram confortar Cassie. Elas até reclamaram com a Bruxa da Floresta que aquilo não era justo e que Cassie deveria poder tentar de novo.

Mas aquelas eram as regras: uma candidata tinha direito a uma tentativa em cada parte do teste e, se ela fracassasse, teria que esperar três meses para tentar de novo. Não importava que o vento tivesse mudado de direção ou que a gralha tivesse interrompido a sua trajetória de voo. Uma bruxa mais hábil não teria perdido o equilíbrio e teria terminado o teste mesmo se uma dúzia de pássaros voasse em sua direção. Um fato que Ivy explicou em voz alta na volta para casa. Naquela altura, todos em Hedgely já deviam ter tomado conhecimento do fracasso de Cassie, já deviam estar falando a respeito da sobrinha da Bruxa da Floresta que não conseguia nem voar em uma vassoura sem cair.

Do outro lado da mesa, Jane Wren não estava tendo escrúpulos em relação ao café da manhã. Ela estava voltando para a Fowell House e parecia determinada a aspirar cada migalha da comida da sra. Briggs antes de ter que voltar para a carne de carneiro e as ervilhas moles. Ao redor do seu pescoço, Jane usava um amuleto da Bruxa da Floresta para protegê-la em Londres. Cassie quase invejava Jane; na Fowell House, ninguém esperava nada dela. Se ela tirasse nota baixa em uma prova, teria que lavar a louça ou escrever algumas centenas de linhas, mas ninguém olharia para ela como a sua tia, com amarga decepção.

Cassie empurrou o seu prato intocado, agradeceu à sra. Briggs e saiu para o jardim, levando o relutante Montéquio com ela.

Julho tinha chegado, trazendo a chuva com ele. Uma nuvem negra pairava sobre a colina e as folhas da castanheira-da-índia pingavam. O tempo estava ruim para voar, Rue diria, não que Cassie pudesse olhar para uma vassoura naquele momento. Ela caminhava pela horta onde caracóis felizes deixavam rastros prateados. Depois de parar para dar uma olhada em Peg, aquecida e seca em sua estrebaria, ela perambulou pelo caminho. As suas botas esmigalhavam o cascalho.

— Se você vai ficar de mau humor o dia todo, você poderia fazer isso dentro de casa, perto da lareira — Montéquio disse.

— Não estou de mau humor. Estou só pensando.

— Outra atividade que você também poderia praticar em um lugar seco.

O som de tecido esvoaçando e o silvo do vento através dos galhos de bétula fizeram Cassie levantar os olhos. Uma bruxa estava voando baixo para encontrá-la. Ela usava uma capa de chuva sobre o uniforme e o seu cabelo claro estava encharcado. Cassie sentiu uma pontada de inveja quando a bruxa realizou um pouso perfeito, com o seu tordo familiar empoleirado em seu ombro.

— Olá! — Renata Rawlins disse. — Tempo abominável para voar! Ainda bem que impermeabilizei a minha vassoura na semana passada. Vim buscar Jane Wren.

— Ela está lá dentro, tomando o café da manhã — Cassie disse.

— Parece que você teve algumas aventuras desde a última vez que nos encontramos. Gostaria de me contar?

Cassie contou a Renata tudo a respeito da flor de lanterna, do feitiço de busca, do mercado de duendes e dos familiares. Além disso, descreveu o subterrâneo da Floresta e contou como foi o resgate das crianças roubadas pelos túneis.

— Minha nossa, você esteve ocupada! Então acho que devo te agradecer pela segurança da jovem sob a minha responsabilidade — Renata disse e fez a saudação de bruxa, tocando a aba do seu chapéu com três dedos. — Parabéns, de uma bruxa para outra!

Cassie suspirou.

— Só que eu não sou uma bruxa, fui reprovada no Teste de Caloura.

— Certamente que isso não vai te impedir, não é? Você realizou um feitiço do próprio grimório da Bruxa da Floresta. Você passou a perna em uma horda inteira de duendes e trouxe aquelas crianças para casa. Se isso não faz de você uma bruxa, então não sei o que faz.

— Acho que a minha tia não vê dessa forma.

— Então mostre para ela. Faça o teste novamente. Todas nós caímos das nossas vassouras de vez em quando. Eu também fracassei no meu Teste de Caloura da primeira vez, sabe.

Cassie olhou para Renata sem acreditar.

— É verdade. Nunca fui boa na preparação de poções. Tive que fazer um tônico Coração de Leão. Coloquei muita canela e a coisa toda explodiu! Fiquei limpando gosma de laranja do teto do salão durante uma semana. Você ainda deve poder ver as marcas do chamuscado.

Cassie riu.

— Porém, na segunda tentativa, fui aprovada com louvor. Esse é um elemento da bruxaria que você não encontra especificado no manual: a boa e velha teimosia!

— Mas e se eu fracassar de novo com todo mundo vendo? — Cassie perguntou, sem saber se poderia suportar aquilo.

Renata pôs uma mão no ombro de Cassie.

— Você é filha de Rose Morgan. A sua mãe nunca deu a mínima para o que os outros pensavam dela. Quando ela queria alguma coisa, perseguia até os confins da terra. Durante o verão, você mostrou que tem tanto coração quanto a Rose. É por isso que ela escolheu você para proteger a chave. Ela acreditava em você.

Ao ver Renata entrar em Hartwood, Cassie sentiu uma leve esperança. Ela talvez não conseguisse ir ao acampamento do *coven*, mas se praticasse todos os dias, poderia se submeter ao Teste de Caloura novamente no outono. Afinal, ela teria sido aprovada da primeira vez se não fosse por aquele pássaro.

— Como essa bruxa sabia da chave? — Montéquio perguntou.

— Ah, ela viu a chave quando nos conhecemos, na Fowell House... — Cassie parou de falar sem terminar a frase.

Era verdade que Renata tinha vislumbrado a chave, e Cassie havia dito que pertencia a sua mãe, mas não quem era a sua mãe, ou por que a chave era importante. E Renata tinha falado como se conhecesse Rose.

Concentrado, Montéquio semicerrou os olhos.

— Você quer dizer que a guardiã sabia que você tinha a chave antes de eu te trazer para Hedgely?

Cassie fez que sim com a cabeça. Ao rever Renata, contar a ela a respeito do subterrâneo da Floresta a tinha feito se lembrar de outra coisa. Cassie irrompeu pela grande porta de carvalho e subiu correndo as escadas, com Montéquio logo atrás. Em seu quarto, ela pegou o *Manual da bruxa* da estante. Na parte de trás do livro, estava guardado o recorte que ela havia encontrado no escritório de Miranda, o artigo do *Hedgely Herald* sobre a Patrulha do Olmo, as jovens bruxas que salvaram um menino perdido na Floresta. Ali estava a sua mãe, com o seu cabelo cacheado e o seu sorriso largo. Logo atrás dela, estava uma garota esbelta, com o seu cabelo claro com duas longas tranças. Inicialmente, Cassie não reparara na semelhança, mas se ela olhasse além do cabelo e do batom da moda da Renata adulta, era inconfundível.

Renata tinha participado do 1º *Coven* de Hedgely com a sua mãe, na mesma patrulha.

Cassie pegou o broche de guardiã que havia encontrado no subterrâneo da Floresta.

— Achamos que era da senhora Blight, mas e se fosse da Renata?

Montéquio colocou uma pata sobre o recorte de jornal.

— Se Renata cresceu em Hedgely, talvez ela tenha descoberto os túneis sozinha.

— E se ela era amiga da minha mãe, talvez soubesse a respeito da chave.

— Sempre me incomodou a maneira como aqueles duendes raptores encontraram você em Londres e o fato de eles estarem tão ansiosos em te capturar — o gato disse. — Jamais acreditei que fosse um ataque aleatório. É muito mais provável que alguém tenha contado a eles a respeito da chave e os enviado para buscar você.

Desconfiada, Cassie franziu a testa.

— Na véspera do solstício de verão, quando Oliver foi levado, Renata estava em Hedgely.

Renata fora encarregada de recuperar as crianças roubadas, mas e se ela estivesse ajudando os duendes o tempo todo? E estavam prestes a entregar Jane Wren para ela.

Cassie chegou à cozinha e encontrou a sra. Briggs amassando a massa e Miranda lendo um livro à mesa.

— Onde elas estão? Renata… Jane? — Cassie perguntou, assustada.

A Bruxa da Floresta levantou os olhos.

— Elas saíram há alguns minutos.

— Renata é a feiticeira. Foi ela quem quebrou as pedras de barragem. Ela está ajudando os duendes e vai entregar Jane a eles.

Cassie temeu que Miranda duvidasse dela, desperdiçasse um tempo precioso dizendo que Renata era uma bruxa e guardiã respeitada e que ela devia estar enganada. No entanto, a Bruxa da Floresta ficou de pé imediatamente.

— Pegue a sua capa e me encontre lá fora.

Andar na garupa de uma vassoura não é uma experiência confortável. Cassie estava empoleirada desajeitadamente atrás de Miranda, agarrada à cintura da tia. Ela nunca tinha estado tão perto da tia antes. A capa escura da Bruxa da Floresta cheirava a limões, alecrim e madeira queimada. Malkin estava sentado na frente de sua dona, como uma carranca de navio, olhando para as nuvens. Zéfiro, a vassoura de Miranda, era uma vassoura rápida e estável, mas Renata tinha uma boa vantagem em relação a elas e não estava em nenhum lugar no céu sobre Hedgely.

Cassie supôs que Renata levaria Jane direto para a Floresta, mas Miranda estava voando para o norte. Logo a forma familiar de Castle Hill apareceu, com as ruínas se destacando como uma fileira de dentes quebrados. Na descida da vassoura, o cabelo e os cílios de Cassie ficaram grudados com pequenas gotas de água. Elas aterrissaram e Cassie meio saltou meio caiu da vassoura.

— Renata! — a Bruxa da Floresta chamou.

— Socorro! — uma voz baixinha gritou.

Miranda correu para as ruínas com Cassie logo atrás.

Renata estava na entrada onde, não muito tempo antes, Cassie, Rue e Tabitha saíram com as crianças roubadas. No dia seguinte ao retorno delas,

Miranda havia supervisionado quatro fortes trabalhadores rurais enquanto eles bloqueavam o túnel com uma grande pedra gravada com runas de proteção. A pedra ainda estava ali, barrando a entrada para o subterrâneo da Floresta.

Renata tinha mudado. O sorriso amigável e o ar indiferente tinham sumido. Ela fuzilou Miranda e Cassie com o olhar, seu corpo estava tenso e rígido. Imobilizando os braços de Jane atrás da menina com uma mão, ela segurava uma faca de prata na outra.

— Parem aí mesmo — ela disse, levando a lâmina ao pequeno pescoço de Jane.

A Bruxa da Floresta ergueu as mãos vazias.

— Renata, solte a criança.

Renata riu.

— Eu não recebo ordens suas, Bruxa da Floresta. Só respondo ao verdadeiro rei.

O Rei Elfo, Cassie pensou, *ela está trabalhando para o Senhor dos Trapos e Farrapos.*

— Quais promessas ele te fez para que você entregasse crianças inocentes a ele? — a Bruxa da Floresta perguntou.

— Inocente? Ela é *humana*. Nenhum de nós é inocente. Mas essa garota tem uma chance, a chance que nós nunca tivemos. Estou fazendo um favor a ela — Renata disse, sorriu e puxou Jane para mais perto. — Ela tem sorte. Ela vai ver maravilhas com as quais você e eu só podíamos sonhar. Ela vai ajudar a corrigir os erros do passado.

— O que ele quer com as crianças, Renata?

Renata ignorou Miranda e dirigiu a sua atenção para Cassie. Por um momento, a sua expressão se atenuou e Cassie teve um vislumbre da jovem e amigável guardiã que ela havia conhecido na Fowell House.

— Você devia se juntar a nós, Cassie. Você gostaria de conhecer a Terra das Fadas, não gostaria? Você gostaria de rever a sua mãe, não gostaria?

Cassie sentiu o seu coração disparar.

— Não se deixe enganar por ela — Miranda disse, colocando a mão no ombro da sobrinha. — Renata, você é uma guardiã, jurou proteger e defender. Você se esqueceu dos seus juramentos?

— Foi você que se esqueceu, Bruxa da Floresta — Renata retrucou. — Você se esqueceu do que éramos no passado: as grandes bruxas e o que elas podiam fazer. Você desperdiça o seu tempo com truquezinhos e curas de verrugas. Mas do outro lado dessa floresta ainda há magia de verdade, a magia da Terra das Fadas.

A Bruxa da Floresta deu um passo em direção à dupla.

— Absurdo. A magia da Terra das Fadas é ilusão. Nada além de fumaça e sombras. O Rei Elfo é um grande mentiroso. Solte essa criança e voltaremos juntas para Hartwood. Vou garantir que a Assembleia seja justa em seu julgamento.

— Bruxas e as suas regras — Renata desdenhou. — Como se você pudesse prender a magia. Você não sabe o que está esperando do outro lado dessa floresta, o que está vindo atrás de você, atrás de todos vocês, que são cegos demais para enxergar. Esse é apenas o começo.

A guardiã afastou a faca da garganta de Jane e, por um momento, Cassie achou que ela talvez cedesse, mas, em vez disso, Renata golpeou a pedra com a lâmina. Uma nota clara e fria ressoou, seguida por um estalo, como ossos quebrando. A pedra que havia bloqueado o túnel se partiu em duas.

Cassie olhou para a tia, esperando que ela gritasse ou fizesse *alguma coisa*, mas a Bruxa da Floresta apena observou, não revelando nenhuma emoção.

— A sua mãe sabia de tudo, Cassie — a guardiã disse. — Ela sabia a verdade por trás das mentiras que nos ensinam, ela conhecia o sabor da magia de verdade e o que tinha que ser feito. Algum dia, espero que você termine o que ela começou, mas até lá, adeus!

Renata agarrou Jane com mais força, arrastando-a para a rachadura na pedra, mas havia uma sombra pequena e escura atrás dela. Renata gritou. Malkin, esgueirando-se ao redor da pedra, tinha afundado os seus dedos e as suas garras na perna da guardiã. Ela deixou a faca cair e Jane se soltou, correndo rumo a Cassie e Miranda. O tordo familiar de Renata mergulhou e bicou o grande gato preto, que rosnou e silvou, golpeando o pássaro.

Com sangue escorrendo pela perna, Renata entrou na abertura e desapareceu no subsolo.

Cassie ameaçou ir atrás dela.

— Não — Miranda disse. — Temos de tirar a Jane daqui. O nosso primeiro dever é protegê-la. Depressa, pegue a faca, mas não toque nela, use o seu lenço.

Cassie obedeceu e trouxe a faca para a Bruxa da Floresta. A lâmina era de algum metal branco que brilhava, e o cabo era de chifre.

— Prata *weregilt*. Eu devia ter imaginado. Foi assim que ela destruiu as pedras de barragem. Devemos torcer para que o Rei Elfo não tenha mais essas lâminas — Miranda disse, embrulhando bem a faca no lenço e a enfiando no cinto.

— Temos que ir atrás dela! — Cassie disse.

— Renata está livre, mas ela perdeu. Ela usou o seu cargo como guardiã para ajudar os duendes e se tornou cúmplice dos sequestros. Agora ela será de pouca utilidade para o Rei Elfo, e todas as bruxas da Grã-Bretanha vão estar atrás dela.

Cassie olhou novamente para a rachadura na pedra.

— Mas ela sabe onde a minha mãe está.

Miranda fez um gesto negativo com a cabeça.

— Não seja tola, Cassandra. Renata diria qualquer coisa para conquistar você. Se você fosse atrás dela, ela a entregaria no lugar de Jane.

Cassie olhou para a abertura escura, com o coração aos pulos e as palavras de Renata ainda ecoando em sua mente.

Elliot veio no trem expresso da tarde, convocado por uma capetinha da Bruxa da Floresta. Eles se encontraram na estação.

— Ainda não consigo acreditar — Elliot disse, balançando a cabeça. — Uma jovem bruxa tão promissora, cheia de entusiasmo e talento. Bem, nunca conseguimos prever isso.

— Haverá outras — Miranda advertiu. — Você deveria examinar as suas novas recrutas com mais atenção, Elliot.

— Ah, tenho certeza de que não há nada com o que se preocupar. Uma bruxa com muita imaginação e um pouco desequilibrada, que acreditou em alguma bobagem a respeito de um rei duende e levou isso longe demais. Faremos uma investigação completa, é claro, para ver se conseguimos prendê-la, mas não há necessidade de provocar um pânico generalizado.

Miranda contraiu os lábios daquele jeito desaprovador que Cassie já conhecia muito bem.

Elliot ignorou Miranda, conduzindo Jane para um vagão de primeira classe no trem de volta para Londres.

— De qualquer forma, parabéns, Cassie, por descobrir tudo e salvar a jovem Jane aqui. Pela segunda vez consecutiva! Farei com que os superiores fiquem sabendo disso. Vamos ter que pensar em uma recompensa adequada para você e as suas amigas.

No entanto, Cassie estava mais interessada no que Renata havia dito a respeito de Rose do que em receber alguma recompensa. Miranda pode não ter acreditado na guardiã, mas, para Cassie, ela tinha confirmado o que ela mais temia: o Rei Elfo estava com a sua mãe.

Capítulo 28

A torre solitária

Ao anoitecer, as nuvens se dissiparam, concedendo um pôr do sol alaranjado e arroxeado vívido. Após o jantar, Cassie decidiu caminhar pelos jardins de Hartwood. Naquele momento, a relva alta estava dourada e a horta estava cheia de girassóis e morangos grandes e suculentos. As árvores do pomar tinham cachos de cerejas-rubi e maçãs-verdes pequenas. No roseiral, naquele momento, as flores brancas e cor-de-rosa que predominavam na primavera foram substituídas por flores vermelhas e douradas que cheiravam a pêssegos maduros.

Cassie sentou-se no banco entalhado, esfregando a chave entre os dedos. Tinha que haver outra maneira de encontrar a sua mãe. Algum feitiço ou encanto que pudesse levá-la até ela.

Cassie poderia convocar Burdock mais uma vez, pedir-lhe para levá-la ao Rei Elfo e exigir que ele libertasse a sua mãe. Porém, o duende já tinha pagado o favor que devia para ela, e Cassie não achava que ele a ajudaria de livre e espontânea vontade.

Não, só havia uma opção para ela: fazer um acordo com a criatura que a assombrara desde a sua chegada em Hedgely, a fera encantada que aparecera como marta, lince e lobo. Mesmo naquele momento, a lembrança daqueles olhos dourados a assustava, mas ele foi o único que se ofereceu para ajudá-la, o único que seria capaz. Não havia outra maneira de trazer a sua mãe de volta. Cassie decidiu que iria esperar até o acampamento, quando todo mundo estivesse ocupado, não notariam que ela tinha sumido. Miranda estaria longe de Hartwood e nem ela, nem Tabitha, nem Rue poderiam impedi-la de ir. Ela entraria na Floresta sozinha e procuraria Glashtyn.

No dia do acampamento, Rue e Tabitha vieram visitar Cassie em Hartwood. Elas tentaram animá-la, mas não havia nada que pudessem dizer para mudar o fato de que dormiriam sob as estrelas na fazenda do sr. Bellwether, fariam o jantar elas mesmas em uma fogueira e cantariam canções bobas sem ela.

— Acho que vai chover — Rue disse. — Minha mãe disse que os joelhos dela estavam doendo esta manhã, isso sempre significa um aguaceiro. No ano passado, as barracas ficaram cheias de goteiras e todas nós parecíamos megeras fluviais de manhã.

Elas olharam pela janela para o céu azul-pastel quase sem nuvens.

— Não vai ser a mesma coisa sem você — Tabitha disse.

Cassie mudou de assunto.

— Recebemos uma capetinha enviada pelo meu tio esta manhã. Jane está segura, mas ainda não encontraram a Renata.

— Não consigo acreditar que foi ela quem sequestrou o Oliver. Ela pareceu tão legal na feira do solstício — Tabitha disse.

Contrariada, Rue franziu a testa.

— Se ela estiver escondida na Floresta, nós vamos encontrá-la. Vou mostrar para ela o que acontece quando alguém mexe com o meu irmão.

Montéquio entrou no aposento.

— A Bruxa da Floresta está atrás de vocês duas, ela quer ajuda com as barracas.

Cassie observou a partida das amigas. Rue descendo a escada de dois em dois degraus e Tabitha carregando Wyn em seus braços. Ela ouviu as vozes delas desaparecendo e o som da grande porta de carvalho no andar de baixo se fechando atrás delas. Então, ela começou a arrumar a sua bolsa.

— De todos os seus planos mal pensados, imprudentes e tolos, Cassandra, esse é de longe o pior — Montéquio disse.

A estrada estava vazia entre Hartwood e o vilarejo. A lua pendia nos galhos de uma tília como um pêssego-prateado com uma mordida, e o ar cheirava a feno recém-cortado. Cassie ajustou a capa e apoiou a vassoura sobre o ombro.

— Tenho que fazer isso, Montéquio. É a única maneira de chegar à minha mãe. O Rei Elfo está com ela, tenho certeza.

— Então fale com a sua tia. Peça a ajuda dela.

Atravessaram o rio Nix e seguiram o rio morro acima rumo à Floresta.

— A tia Miranda só vai tentar me impedir. Além disso, não preciso dela. Há alguém mais que pode me ajudar.

— Não é aquele duende ladrão de novo, é?

— Não, alguém muito mais inteligente.

Cassie e Montéquio alcançaram a beira da mata. A Floresta já estava nas sombras. O último fulgor do sol poente lançava um crepúsculo arroxeado sobre as árvores. Dessa vez, Cassie não parou. Ela entrou na mata escura e continuou andando.

— Glashtyn! — Cassie gritou nas sombras. — Glashtyn! Estou aqui. Preciso da sua ajuda!

— Ótimo, agora toda coisa desagradável da Floresta vai vir atrás de nós — Montéquio disse.

A mata estava silenciosa. Cassie podia sentir as árvores esperando, ouvindo. Então, lentamente, as folhas acima dela começaram a farfalhar. Um sussurro passou de uma árvore para a outra. Não havia vento para agitar o ar. As folhas se moviam por conta própria.

Uma pequena chama azulada apareceu na trilha diante deles, a apenas alguns metros de distância. Um fogo-fátuo, serpenteando no ar e queimando com uma luz fria. O fogo-fátuo não tentou enganar Cassie com vozes, cheiros ou visões do desejo do seu coração. Apenas esperou.

— Você não vai segui-lo, vai? Isso nos levará até a beira de um penhasco.

— Está tudo bem, Montéquio. Acho que ele enviou isso para me guiar. Você se lembra do que me disse quando nos conhecemos? Nem todas as fadas são más.

— Eu estava falando filosoficamente.

Assim que Cassie deu um passo à frente, o fogo-fátuo marcou a trilha à frente, pintando os troncos das árvores com luz azulada. Ela e Montéquio seguiram.

— Isso é loucura. Você vai cair direto na armadilha do Rei Elfo.

— Ele está com a minha mãe, essa é a única maneira que eu tenho de chegar até ela.

— Você não aprendeu nada a respeito do povo da Terra das Fadas? Eles não jogam de acordo com as regras humanas. O Rei Elfo vai enganar você.

— Então terei que tomar cuidado. Eu sei que é perigoso, Montéquio. Você não precisa vir comigo, mas eu não tenho escolha. Preciso fazer isso. Pode ser a minha única chance.

— Só não reclame comigo quando o Rei Elfo nos transformar em besouros.

A Floresta estava anormalmente silenciosa. Cassie e Montéquio não ouviam pássaros, nem pequenas criaturas correndo. Apenas os passos de Cassie na trilha. O estalo de um galho fino sob a sua bota assustou os dois.

Montéquio agarrou-se a Cassie, a sua presença pequena e quente junto às pernas dela era um conforto.

O fogo-fátuo os levou para longe da trilha. Adentraram o interior da mata profunda. Os galhos das árvores maiores se estendiam, mas não se tocavam. Cassie abriu caminho através da rede de raízes e dos emaranhados de trepadeiras e urtigas, esforçando-se para se manter de pé. O fogo-fátuo estava impaciente. Se ela não se apressasse, iria perdê-lo.

Cassie suspirou e agarrou a sua vassoura.

— Suba — ela disse para Montéquio. — Rápido.

— Se eu perder uma das minhas vidas nessa missão impossível, vou considerá-la inteiramente responsável.

Quando os dois estavam empoleirados na vassoura, Cassie se inclinou e ordenou:

— Voe, Galope, voe!

A vassoura decolou e atravessou as árvores, com os galhos chicoteando o rosto e os braços de Cassie e a forçando a manter a cabeça baixa e proteger o gato com o seu corpo. Voaram através de um túnel escuro de folhas, com a luz azulada do fogo-fátuo acelerando à frente. Cassie sentiu o estômago embrulhar quando roçaram um tronco caído, pois o cabo da vassoura torceu e ela quase perdeu o controle. Com certeza, a Galope estava gostando do desafio, mergulhando sob os galhos e se erguendo sobre os pequenos arbustos, com o fogo-fátuo os conduzindo cada vez mais para o interior da mata. Estavam voando rápido demais e, assim, Cassie não tinha mais do que um vislumbre do ambiente. Todos os músculos dos seus braços e das suas pernas doíam com o esforço de se agarrar à vassoura. Ela mal tinha tempo de respirar.

O fogo-fátuo tremeluziu e desapareceu. Cassie deu um puxão na vassoura, freando o seu voo impetuoso com esforço. Ela caiu na serrapilheira, com Montéquio saltando atrás dela. Ao se sentar, Cassie descobriu que estavam em uma clareira. O terreno ascendia até um monte relvado repleto de margaridas, todas prateadas pelo luar. Acima dela, no cume do monte, havia uma torre. Era uma silhueta negra contra o céu e lançava uma longa sombra que apontava, como um dedo, para onde ela e Montéquio estavam.

A torre era uma construção de pedra cinzenta, esverdeada com musgo e hera. Além das pedras de barragem, Cassie nunca tinha visto nenhuma marca de presença humana na Floresta, nem quaisquer construções. A torre estava parcialmente em ruínas. As janelas não tinham vidro e a arcada sobre a porta tinha desmoronado, com as suas pedras jazendo nas sombras. Cassie se perguntou quem a construiu e por quê. Talvez tivesse sido o lar de uma bruxa eremita; uma torre de guarda, vigiando os exércitos da Terra das Fadas, ou até uma prisão para prender algum inimigo assustador.

— Você não vai entrar, vai? — Montéquio perguntou.

— Acho que vou ter de entrar.

— Não gosto desse lugar, Cassandra, deixa os meus pelos de pé.

Cassie passou pela porta e sentiu as teias de aranha roçando o seu rosto. Ela estava ao pé de uma escada em caracol. Montéquio ficou do lado de fora.

— Não consigo entrar, as proteções são fortes demais.

De fato, havia runas entalhadas nas pedras restantes da porta. Cassie segurou a chave, ela estava quente. A chave a tinha deixado passar pelas proteções que ficavam na entrada.

— Cuidado, Cassandra — o gato pediu. — Ouça a sua cabeça e também o seu coração.

Cassie assentiu e começou a subir. A escada era estreita. As suas pedras estavam desgastadas e lisas por séculos de passos. Ao chegar a um degrau mais alto, Cassie ouviu um zumbido, como uma música suave, ou alguém cantando uma canção de ninar, vindo de cima dela. A música tinha uma melodia agradável e embalante, estranhamente familiar. Ela tinha certeza de que já a tinha ouvido antes. A música a encheu de calor, e Cassie correu escada acima, ansiosa para encontrar a origem do som.

Cassie chegou a uma câmara circular, com paredes e piso de pedra nua. Não havia janelas. A única luz, esverdeada, vinha de uma lamparina pendurada em uma corrente. Sob ela, em uma cadeira de madeira de espaldar alto, cantando baixinho para si mesma, estava a mãe de Cassie.

Capítulo 29

O púca

A mãe de Cassie se levantou da cadeira, ela estava usando um vestido preto com mangas compridas que caíam em dobras suaves atrás dela. O seu cabelo brilhante estava solto e formava uma auréola dourada rosada sobre a sua cabeça. Ela tinha lágrimas nos olhos.

— Cassie?

— Mãe?

A mulher avançou e abraçou Cassie, envolvendo-a no tecido macio, cabelo cacheado e cheiro de flor lilás. Aquela fragrância trouxe lembranças à tona, era tão parte de sua mãe quanto o sorriso em seus lábios. Cassie se deixou ser abraçada, sentindo-se uma garotinha novamente, quente e segura em relação ao mundo exterior.

— Eu sabia que você me encontraria — Rose disse.

— Não entendo. Por que você está aqui?

— Tentei cruzar a fronteira para a Terra das Fadas, mas o Rei Elfo estava esperando por mim. Alguém me entregou para os espiões dele. Caí na armadilha e fui aprisionada aqui.

— Você ficou nessa torre durante todos esses anos?

— Sim, querida. Tem sido uma tortura, presa no meio do caminho entre a Terra das Fadas e o nosso mundo. Não tendo como entrar em contato com você. Nem mesmo podendo enviar uma mensagem dizendo que eu estava viva. Mas eu sabia que um dia você me encontraria.

Rose soltou Cassie e a olhou nos olhos, com uma expressão séria.

— Sinto muito, Cassie. Sinto muito por deixá-la lá, por tudo o que você sofreu sozinha. Senti muito a sua falta.

Cassie estava com olhos embaçados e os esfregou com a manga da roupa.

— Vai ficar tudo bem agora — sua mãe disse. — Podemos ir para casa juntas, começar de novo. Vou encontrar uma casa à beira-mar, como aquele chalé que você gostou tanto, com a laranjeira. Nunca mais vou deixar você, minha querida.

— Vamos embora agora — Cassie disse, puxando a mãe pela mão.

— Não posso. Você não está vendo as runas no chão? Estou presa aqui por um feitiço.

— Então como eu posso ajudar?

— A chave! Você tem que me dar a chave — Rose pediu, ansiosamente.

Cassie levou a mão automaticamente ao peito. A chave a tinha deixado entrar na torre e poderia libertar a sua mãe. Com certeza, seria correto devolvê-la. Afinal, pertencia a Rose.

— Por favor, Cassie, não temos muito tempo. O Rei Elfo estará de volta em breve. Eu não suportaria que ele machucasse você. Me dá essa chave e vamos sair daqui juntas.

Cassie levantou o barbante sobre a sua cabeça. Seria bom devolver aquela chave, se livrar do fardo de manter um objeto tão precioso e poderoso.

Um miado agudo veio do lado de fora da torre. Era Montéquio, avisando-a.

— O Rei Elfo! — Rose disse. — Ele está vindo. Depressa, Cassandra, me dê a chave!

Mas o miado despertou Cassie, como se fosse de um sonho. Ela voltou a olhar para a mãe. Em sua alegria, Cassie não tinha percebido algo, um pequeno detalhe que não estava certo. Os olhos de Rose deviam ser cinzentos, como os dela, como os de Miranda e Elliot, mas os olhos da mulher diante dela eram de um dourado-fosco, como moedas antigas.

— Não — Cassie disse. — Você não é ela. Foi uma boa tentativa, você até tem o cheiro dela, mas por mais que eu queira que seja verdade, não é.

Por um instante, a raiva lampejou por trás daqueles olhos dourados e, então, dissolveu-se mais uma vez em suplicante suavidade.

— O que você está dizendo, Cassie? Claro que sou eu. Eu sei que já faz muito tempo. Estamos as duas mais velhas agora. Posso não ser exatamente como você se lembra, afinal, já se passaram sete anos, sete longos anos que estou sob esse encantamento, mas ainda sou a sua mãe. Eu te amo, Cassie!

— Pare com isso! — Cassie disse, recuando e segurando a chave com a mão fechada. — Pare de fingir que você é ela! Você não tem esse direito.

Rose Morgan ficou paralisada, sem expressão. Ela se virou para a cadeira de espaldar alto, sentou-se e encarou Cassie mais uma vez. Contudo, Rose tinha desaparecido; em seu lugar, estava a Garm.

— Criança estúpida! — a diretora da Fowell House disse. — Quantas vezes tenho que te dizer isso? A sua mãe morreu.

— Minha mãe está viva, mas ela não está aqui nesta torre.

— Se você não me der a chave, ela vai morrer! — a Garm disse, agarrando os braços da cadeira com as suas mãos em forma de garras. — E a culpa vai ser sua.

— Não acredito em você. Acho que você nem sabe onde ela está. Se você estivesse com a minha mãe, se o Rei Elfo estivesse com ela, você não precisaria fingir ser ela.

A única coisa a respeito da mulher diante dela que não havia mudado eram os seus olhos. Eles observavam Cassie com o mesmo olhar inumano de uma raposa ou uma cabra. Cassie precisava saber quem — ou o quê — ela estava realmente enfrentando. Cassie aproximou-se da figura sentada e começou a recitar o encantamento da revelação que havia visto no grimório de Miranda, caminhando em sentido horário ao redor da cadeira.

> Glamour *resplandecendo*, glamour *desvanecendo*
> *Através do véu da névoa inconstante.*
> *Brilha a luz do poder da bruxaria,*
> *Todos os encantamentos são anulados.*

A Garm riu, um som estridente e desagradável que ecoou na pequena câmera, interrompendo Cassie.

— O que você acha que está fazendo, bruxinha?

Imperturbada, Cassie elevou a voz para recitar a segunda estrofe:

> *Pela vela da minha arte,*
> *Com a visão da bruxaria, eu vejo com um novo olhar.*

Sombras e fantasmas devem partir,
Banir o falso, revelar o verdadeiro.

— Esse truque só pode revelar a forma verdadeira de quem tem uma forma, eu não tenho forma. Sou o vento da noite, sou a sombra da coruja, sou uma corrente no mar cor de tinta escura. Você não poderia me ver mesmo se tivesse a visão de uma águia.

Cassie fez um gesto negativo com a cabeça.

— Você é uma mentira, assim como tudo o que você diz.

— Entregue-me a chave, senhorita Morgan, e posso deixar a sua mãe viver — a Garm ordenou, voltando a ficar de pé.

— Não.

A diretora deu um passo em direção a Cassie e, durante o seu movimento, ela encolheu em altura, ficando mais cheia e mais larga. O seu rosto se contorceu e se converteu na careta zombeteira de Lizzie Bleacher. Cassie foi agarrada pelos ombros por mãos fortes e sacudida.

— Dê-me a chave, Morgan, ou vou fazer picadinho de você.

A criatura diante dela não era Lizzie, nem a sua mãe, tampouco a Garm. Devia ser o próprio Glashtyn, com seu poder de mudar de forma maior do que ela jamais imaginou.

Cassie sabia que Bleacher não era real, mas o mesmo velho medo a invadiu, paralisando-a.

Bleacher cravou as suas unhas na pele de Cassie, que virou o rosto ante o hálito quente e rançoso dela.

— Você acha que é inteligente, não é? Acha que já entendeu tudo? Mas você ainda é fraca e pequena. Ninguém vai entrar por aquela porta e salvá-la desta vez, Morgan.

Lizzie empurrou Cassie contra a parede de pedra e a segurou ali.

— Você vai me dar a chave ou vou bater a sua cabeça contra essas pedras e deixá-la aqui para morrer. Ninguém vai encontrá-la em cem anos, não que alguém vá notar a sua falta.

Se Cassie entregasse a chave, Glashtyn talvez a libertasse, mas sem a chave ela não seria capaz de deixar a torre. Ela ficaria presa ali e nunca mais veria Rue, Tabitha ou Miranda. Nunca encontraria a sua mãe.

Mas se o Rei Elfo conseguisse a chave, ele seria capaz de atravessar qualquer porta da Grã-Bretanha e de romper a proteção de qualquer bruxa. Nenhuma criança do país estaria segura, e ela seria a responsável por aquilo.

Cassie olhou Lizzie nos olhos. Os olhos amarelados da Bleacher denunciaram a ilusão, mas a dor nos braços de Cassie era bastante real.

Cassie chutou a canela de Lizzie, que gritou de raiva e soltou Cassie por um momento. Cassie escapou e correu para as escadas, segurando a chave na mão com força. Com passos pesados e terríveis, Bleacher seguiu a fugitiva pelas escadas da torre. Cassie saiu pelo arco aberto e se viu iluminada pelo luar prateado.

Montéquio correu para o lado de Cassie quando ela se virou para encarar a torre. Dela, saiu uma figura alta e ereta, usando uma capa preta.

— Estou muito decepcionada com você — a Bruxa da Floresta disse.

Montéquio sibilou.

Por causa das sombras, era impossível ver claramente o rosto da mulher. Ela estava delineada na escuridão, assim como a torre atrás dela, mas a sua voz soou clara e verdadeira.

— Depositava uma grande esperança em você, a próxima bruxa Morgan. Se eu fui dura com você, foi porque queria torná-la mais forte, pressioná-la, descobrir do que você era capaz, mas você fracassou.

Cassie se manteve firme, mas os seus olhos estavam marejados de lágrimas. Não podia ser Miranda, ela nunca ajudaria o Rei Elfo, mas dúvidas se infiltraram na mente de Cassie. Como Renata, a Bruxa da Floresta não tinha conseguido encontrar as crianças desaparecidas. E se ela também estivesse ajudando os duendes o tempo todo?

— Não dê ouvidos a isso, Cassandra — Montéquio exortou. — Ela está usando os seus pensamentos e as suas memórias para ganhar poder sobre você.

— Algum dia, eu esperava fazer de você a próxima Bruxa da Floresta — Miranda disse. — Eu esperava que você seguisse os meus passos e os da sua bisavó. Mas você não conseguiu nem ser aprovada no Teste de Caloura. Você é uma vergonha para a nossa família, para o seu nome, para mim!

Era verdade. No fundo, Cassie sabia que tinha falhado com a tia. Ela quis se adaptar a Hedgely, se sair bem no *coven*, deixar a sua tia orgulhosa, mas tinha fracassado em todas as ocasiões. Ela era imprestável como bruxa.

— Você pode desistir, Cass-sandra. Entregue-me a chave e desapareça, como a maluca da sua mãe — disse a figura alta e negra. — Você não tem valor para mim.

— Não, ela tem sim — a mesma voz disse, só que daquela vez a voz vinha de trás de Cassie.

Cassie se virou e viu a tia parada na beira da clareira, com a sua vassoura em uma mão e o duende Burdock ao seu lado.

— Cassandra é imprudente, teimosa e usa a vassoura de maneira atabalhoada, mas também é uma jovem e brilhante bruxa. Ela entrou na Floresta e voltou em segurança por pelo menos três vezes. Ela realizou feitiços que desafiariam bruxas com o dobro da sua idade. Com a ajuda das suas amigas, que a admiram muito, ela salvou doze crianças dos duendes. Eu estou muito orgulhosa dela.

Essa tia Miranda pareceu menos real para Cassie do que a Miranda zangada, mas ela tinha os olhos claros e cinzentos dos Morgan. Atrás da Bruxa da Floresta, estavam Rue e Tabitha, preocupadas e caladas, mas se mantendo firmes.

— Você sabe que não sou eu, Cassandra. É apenas uma sombra que se forma a partir de seus medos e memórias. Isso não pode te machucar de verdade, a menos que você permita. Use a chave.

Cassie virou-se para a falsa Bruxa da Floresta, mas ela tinha desaparecido. Em seu lugar, havia uma figura de mais de um metro e oitenta de altura e vestida de preto surrado. Onde o seu rosto deveria estar, havia uma máscara. Era o crânio de um veado, com olhos encovados e grandes galhadas ramificadas.

Cassie já tinha visto aquilo antes, nas páginas do livro de Widdershin.

— É ele! A sua Alteza Horribilíssima! — Burdock gritou atrás dela.

Montéquio roçou a perna de Cassie.

— O duende está enganado. Isso é apenas uma sombra do Rei Elfo. A criatura vai longe demais na tentativa de espelhar o seu mestre. Veja, ele está desaparecendo.

O gato tinha razão. As bordas surradas da figura eram transparentes. O luar se irradiava através delas. O próprio esforço de criar a ilusão o estava prejudicando.

— Agora, Cassandra, use a chave! — Miranda gritou.

O encantamento de revelação não tinha funcionado. Cassie precisaria de outro, mas ela tinha aprendido poucos feitiços. Cassie teria que se redimir à medida que avançasse.

O Rei Elfo ficou imóvel e em silêncio diante dela. Cassie ergueu a chave, implorando silenciosamente para ajudá-la. Ela precisava das palavras certas. Uma melodia ainda pairava no fundo da sua mente, a música que Glashtyn cantarolara na torre, uma música que ele havia roubado da própria lembrança infantil de Cassie, concedida pelo riacho Gnost. A canção da sua mãe, a sua canção de ninar da infância:

O seu verdadeiro eu, o seu rosto tão justo
Eu daria uma bolsa de ouro para ver,
E das sombras te convocam,
Ah, quando você vai voltar para mim?

Enquanto Cassie cantava, a chave começou a brilhar, resplandecendo mais forte a cada segundo. Era ouro puro, a única cor na paisagem enluarada, e quase queimou as suas mãos com o calor. A clareira, a torre e as árvores estavam iluminadas como se fosse meio-dia. Ela repetiu a estrofe, e o Rei Elfo se encolheu de medo, erguendo os braços feitos de sombra para esconder o seu rosto da luz. A figura se contraiu, dobrando-se em um pequeno pacote escuro. Quando Cassie terminou de cantar, a cor e o brilho da chave desapareceram.

A princípio, Cassie achou que a criatura que tinha sido a sua mãe, a Garm, Lizzie Bleacher, a Bruxa da Floresta e, finalmente, o Rei Elfo, havia desaparecido, deixando para trás apenas uma pele negra peluda. Então, ela viu a criatura se mover; uma cabecinha peluda apareceu das dobras. Era preta como fuligem, com orelhas compridas e chifres curtos e grossos. A criatura olhou para Cassandra com olhos redondos e amarelados. Os bigodes dela se crisparam.

— Um púca — Miranda disse, parando ao lado dele. — O mais inteligente dos transmorfos das fadas. Eles podem assumir a forma de qualquer pássaro ou fera, embora seja raro um indivíduo capaz de imitar tão bem os humanos.

Cassie pensou na marta, no lince, no lobo e até na gralha que a tinha feito fracassar no Teste de Caloura. Com certeza, eram apenas peles usadas pelo púca, do jeito que ele poderia colocar em casacos diferentes.

A pequena forma peluda diante dela estava tremendo. Era uma criatura patética sob todos aqueles disfarces. Não é à toa que mudou a sua forma para parecer maior e mais forte.

— Sem dúvida, também descobrimos o misterioso ladrão dos rabanetes de Brogan. Os púcas têm uma notória predileção por eles — Miranda disse. — Volte para o seu mestre, transmorfo, e diga que a chave está perdida para ele. As proteções da Bruxa da Floresta resistem e não temos medo.

A criatura fugiu, com a sua cauda em tufos desaparecendo na vegetação rasteira da beira da clareira.

Rue e Tabitha correram para abraçar Cassie.

— Voltamos para Hartwood para levar balas de caramelo do acampamento para você, mas a senhora Briggs falou que você tinha ido para a cama mais cedo — Tabitha disse.

— Mas não acreditamos nisso nem por um minuto! — Rue afirmou.

— Nós meio que invadimos o seu quarto — Tabitha admitiu. — Ficamos muito preocupadas quando não te encontramos. Então, Rue notou que a sua vassoura também tinha sumido.

— Além de Montéquio. Achamos que você tinha entrado na Floresta.

— Tivemos que contar tudo para a Bruxa da Floresta — Tabitha interrompeu. — Ela convocou Burdock para nos levar até você, ele não ficou muito feliz com isso.

— Mas a Bruxa da Floresta ameaçou assá-lo na fogueira do acampamento!

— Estamos muito felizes por você estar a salvo.

— É melhor você não entrar na Floresta de novo sem nós — Rue disse.

Cassie prometeu. O púca tinha se enganado a respeito de uma coisa: tinham sentido a falta dela.

— Vamos. Temos que voltar pro acampamento agora — a Bruxa da Floresta afirmou.

Capítulo 30

O acampamento do *coven*

O 1º *Coven* de Hedgely tinha transformado o terreno da fazenda do sr. Bellwether em um agitado centro de atividades. No centro do círculo de barracas, ficava a fogueira, sobre a qual um grande caldeirão estava pendurado em um tripé. O cheiro de sopa de tomate borbulhando flutuava pelo vale. As garotas com chapéus e capas pretas corriam de um lado para o outro, pegando lenha, carregando água e picando ervas e verduras. As barracas também eram pretas, exceto pelas bandeiras amarelas e roxas que identificavam as que pertenciam às Patrulhas das Cinzas e dos Espinhos. As ovelhas Hedgely Blue do sr. Bellwether foram encaminhadas para o pasto vizinho, de onde observavam as bruxas saltitantes, com olhos plácidos, mastigando bocados de relva.

— Elas estão assando salsichas! — Rue disse. — Não acredito que começaram sem nós.

Rue e Tabitha correram encosta abaixo para se juntar ao resto do *coven*.

— Cassandra, um momento — a Bruxa da Floresta pediu, antes que Cassie pudesse segui-las.

Elas ficaram juntas no alto da colina.

— Queria falar a sós com você — Miranda disse, dando um sorriso cansado para Cassie. — Sei que você teve uma noite longa, mas ainda há uma coisa que devemos resolver. A chave que Rose deu para você?

— Sim, antes de ela ir embora.

— Posso vê-la?

Cassie deslizou o barbante por sobre a cabeça e entregou a chave para a tia. A Bruxa da Floresta segurou o pequeno objeto dourado na mão.

— Rose disse a você o que é isso ou de onde veio?

Cassie fez que não com a cabeça.

— Disse apenas que eu deveria tomar conta da chave até ela voltar.

— A chave é um dos grandes e antigos tesouros da Terra das Fadas. Ela é chamada de *Auriclys*. Você sabe o que é uma chave-mestra, Cassandra?

— Li a respeito disso em um livro uma vez. É uma chave que abre qualquer porta em um prédio.

— Sim, a Auriclys é algo assim, mas além de abrir fechaduras comuns, ela pode quebrar qualquer feitiço de ligação, defesa ou proteção mágica. Algumas histórias antigas revelam que ela não só abre portas, mas também cria novas portas entre mundos. Talvez o Rei Elfo a procure por causa disso.

Perturbada, Cassie franziu a testa. Na atualidade, os duendes tinham que esperar até as Noites de Travessia para contrabandear mercadorias e pessoas para a Terra das Fadas, e têm que se esquivar dos guardiões e guardiãs e da Bruxa da Floresta. Porém, se os duendes pudessem cruzar a fronteira a qualquer momento, ou em qualquer lugar, nenhuma criança da Grã-Bretanha estaria a salvo.

— Para que ele quer as crianças? — Cassie perguntou, pensando naquelas que já tinham sido levadas para a Terra das Fadas, aquelas crianças que não conseguiram se salvar.

— Ainda não sei o que o Rei Elfo planeja em relação às crianças, mas coisa boa não é. Ele odeia humanos e bruxas e só se importa com a sua própria espécie. Receio que ele esteja tramando algo contra nós — Miranda disse e devolveu a chave para Cassie. — Enquanto você usar a *Auriclys*, ele irá persegui-la. Você só ficou a salvo todos esses anos em Londres porque ele não sabia que a chave estava com você.

— Por que a minha mãe estava com a chave? — Cassie perguntou. — Onde é que ela a conseguiu?

Miranda se virou para encarar a Floresta, desviando o olhar de Cassie enquanto respondia.

— Há muito tempo, a chave era propriedade secreta da Bruxa da Floresta, que a mantinha trancada e segura dentro de Hartwood. A sua bisavó, Sylvia Morgan, foi a sua última detentora. Certa noite, peguei Rose saindo de casa às escondidas com ela. Nós brigamos, discutimos, e Rose foi embora, levando a chave com ela. Isso foi há mais de treze anos. Foi a última vez que vi a sua mãe.

Cassie esfregou a chave com o polegar. Ela a ajudara a fugir da Fowell House, despertara Ambrósio e libertara os familiares no mercado. O púca havia temido o seu poder e fora forçado a revelar a sua verdadeira natureza, além do Rei Elfo a desejar para si. A chave era a última coisa que a sua mãe tinha dado para ela, e Cassie a mantivera por perto por sete anos. Era um símbolo da promessa da mãe e a esperança de Cassie de que algum dia elas se reencontrariam. Não havia nada no mundo que ela valorizasse mais. No entanto, ela sabia que a chave não era realmente dela, pois pertencia à Bruxa da Floresta. Cassie voltou a estendê-la para Miranda.

— Você vai cuidar dela para mim? — ela perguntou para a tia.

— Vou mantê-la protegida e escondida. Ao fazer isso, espero mantê-la a salvo.

Miranda colocou a chave dourada no bolso interno da sua capa. Cassie a observou brilhar enquanto desaparecia nas dobras escuras.

— Eu não ia te dar isso — a Bruxa da Floresta disse, tirando um envelope amassado do bolso e o entregando a Cassie. — Eu esperava que, se eu a impedisse de ir atrás de Rose, você estaria a salvo das forças que perseguiam a sua mãe. Porém, a minha cautela não impediu que você a procurasse. Agora percebo que posso ter me enganado, que você merece saber. Recebi isso do advogado da sua mãe, alguns dias antes de você chegar a Hedgely.

O lacre estava aberto. Dentro do envelope, havia uma carta, uma única folha de papel lilás coberta com a caligrafia curvada da sua mãe. Cassie prendeu a respiração enquanto lia.

Miranda,

Se você está lendo isso, então eu falhei. Estou morta ou fora do seu alcance.

Sei que não nos falamos nos últimos anos e tenho certeza de que você ainda não me perdoou pelo que eu fiz. Mas saiba que, apesar de tudo que foi dito naquela noite, ainda sou a sua irmã. Afastei-me, não por ódio ou raiva – esses sentimentos já passaram há muito tempo, mas por medo. O medo de que estar tão perto da Floresta me tentasse a deixar para trás tudo o que eu amo e ir procurar o que eu perdi, medo de que, por vingança, Ele tomasse tudo o que me resta: você, Elliot e Cassandra.

Cassandra é a minha filha, a minha estrela luminosa, e, por ela, abri mão da bruxaria, fiquei longe da fronteira e me mantive em silêncio e a salvo. Ele não sabe da existência dela e, por isso, não contei a ninguém, nem mesmo a você. Perdoe o meu segredo, sempre foi para proteger a minha filha. Eu planejei ficar longe, para impedi-la de conhecer a Terra das Fadas e os seus perigos, mas agora fui chamada de volta. Na semana passada, recebi uma mensagem de um amigo que se ofereceu para ajudar, e agora que Cassie está um pouco mais velha, acho que devo correr esse risco. Eu deixei Cassie no lugar mais seguro que pude encontrar; o endereço está no verso desta carta. Se alguma coisa acontecer comigo, por favor, acolha ela e cuide dela. Você é a única em quem confio.

Sempre sua,
Rose

A carta era datada de 30 de abril do ano em que Cassie tinha entrado na Fowell House. No verso, estava o endereço da escola. Então foi assim que Miranda ficou sabendo onde encontrar Cassie, o motivo pelo qual ela havia enviado Montéquio para buscá-la.

— Por que o Rei Elfo estava atrás da minha mãe? O que ela tinha perdido que era tão importante? Por que ela foi embora?

A carta lhe trouxera mais perguntas do que respostas. Ela olhou para a tia, implorando por uma explicação.

Com os olhos baixos, Miranda balançou a cabeça.

— Rose e eu nos afastamos ao longo dos anos, ela não compartilhava mais todos os seus segredos comigo.

— Você acha que ela ainda está viva? — Cassie perguntou.

Miranda suspirou.

— Tentei todos os feitiços de busca que conheço. Se Rose está viva, então ela está além da minha capacidade de encontrá-la, o que significa que só há um lugar aonde ela poderia ter ido.

— A Terra das Fadas — Cassie afirmou. — Então, eu vou atrás dela. Vou cruzar a fronteira. Vou encontrá-la do outro lado.

Miranda pegou Cassie pelos ombros e a olhou nos olhos.

— O púca lhe mostrou apenas ilusões e você escapou dele por pouco. Você ainda não está pronta para enfrentar o Rei Elfo e os seus servos, ou qualquer um dos inúmeros perigos da Terra das Fadas. Se você quer ajudar a sua mãe, trabalhe duro em seu aprendizado de bruxaria, consiga a sua licença e, então, voltaremos a falar disso.

— Mas isso vai levar anos! Não posso esperar tanto tempo.

— Se você tentar salvar a sua mãe agora, vai cair nas mãos do Rei Elfo e não posso permitir isso. Rose jamais me perdoaria. Não, se você quer ir atrás dela, tenha certeza de que você tem uma maneira de derrotá-lo. Não estou pronta para perder você também.

Miranda soltou Cassie e dirigiu o seu olhar para o acampamento abaixo.

— Vamos nos juntar às outras garotas. Não precisamos falar mais a respeito disso esta noite.

As garotas da Patrulha das Cinzas acenaram e saudaram quando Cassie as encontrou perto da fogueira. Harriet lhe entregou uma salsicha no palito. Cassie também recebeu uma fatia grossa de pão e uma tigela de sopa de tomate com ervas aromáticas. Rue e Tabitha se juntaram a ela em um banco feito de um tronco. A exaustão e o ar fresco noturno acrescentaram prazer à refeição delas.

— O que ela está fazendo aqui? — Ivy perguntou. — Ela foi reprovada no Teste de Caloura.

A Bruxa da Floresta ignorou Ivy.

— Vamos, agora é hora de formar o círculo.

As garotas se espalharam em um círculo ao redor do fogo, não separadas em patrulhas, mas misturadas. Cassie, Rue e Tabitha deram as mãos e se juntaram ao coro, com as suas vozes ecoando ao ar livre:

Pois somos bruxas, uma e todas,
E não temos medo
De duendes, fantasmas e anões
As nossas proteções e os nossos encantos estão definidos.

Pois somos bruxas, uma e todas,
Um coven dos melhores.
Boas amigas que estão unidas
Contra qualquer ameaça ou prova.

Pois somos bruxas, uma e todas,
Nós sabemos, protegemos e curamos,
Com corações nobres, leais e bondosos,
E coragem verdadeira como aço.

Enquanto cantavam, o coração de Cassie bateu mais forte com as palavras e as fagulhas em elevação do fogo.

— Hoje à noite, celebramos as conquistas do 1º *Coven* de Hedgely, as habilidades que vocês aprenderam e os distintivos que vocês ganharam — a Bruxa da Floresta afirmou. — Nós nos encontramos, como as bruxas têm feito por gerações, ao redor da fogueira para compartilhar comida, histórias, canções e feitiços. Crescemos como um *coven* no ano passado e acolhemos novos membros. Anika Kalra, por favor, apresente-se.

A integrante mais jovem da Patrulha dos Espinhos entrou no círculo.

— Quem apresenta essa Caloura ao *coven*? — Miranda perguntou.

— Eu — Eliza Pepper respondeu, ficando ao lado de Anika. — Essa é Anika. Ela estudou muito esse ano para se juntar à Patrulha dos Espinhos e ser aprovada no Teste de Caloura. Ela voa com a vassoura de maneira excepcional e provou ser capaz e habilidosa.

— Anika, você vai prestar o Juramento da Bruxa?

Anika recitou o juramento com uma voz suave e clara.

A Bruxa da Floresta sorriu, e Cassie sentiu uma pontada de inveja. Ela também tinha aprendido o juramento. Se ela tivesse sido aprovada no teste, ela agora estaria ali ao lado de Anika.

— Toda bruxa deve ter um familiar, um parceiro em seu trabalho, uma criatura nascida da linhagem das fadas que irá orientá-la, ajudá-la e protegê-la.

A Bruxa da Floresta levantou o braço e um pássaro surgiu na escuridão e voou até o círculo. Ele pousou no pulso de Miranda e lançou um olhar inquiridor para Anika. Era um corvo.

— Este é o Cheo. Que vocês trabalhem juntos com sabedoria.

Anika levantou o braço, e o corvo voou e pousou em seu ombro, fazendo-a rir quando as penas roçaram o seu rosto. O pequeno pássaro preto sussurrou algo no ouvido de Anika.

Cassie olhou para os pés para que ninguém visse a expressão em seu rosto. Ela teria que trabalhar muito duro para ser aprovada no Teste de Caloura da próxima vez e ganhar um familiar próprio.

Miranda estava curvada sobre Anika, prendendo algo na gola da capa dela.

— Este broche identifica você como integrante do *coven*, e esse outro mostra que você é uma bruxa caloura. Use-os com orgulho — a Bruxa da Floresta disse e continuou. — E finalmente, o chapéu.

Ivy entregou a Miranda um chapéu de feltro preto novo em folha. Ele tinha a faixa roxa da Patrulha dos Espinhos.

— Ao usar o chapéu pontiagudo, você é uma de nós, uma parte da irmandade das bruxas. Esperamos que você se comporte com honra e dignidade, ajude os necessitados, conheça, proteja e cure. Use-o bem.

Anika, que tinha se comportado de maneira solene durante toda a cerimônia, abriu um sorriso largo no momento em que o chapéu foi colocado em sua cabeça. Todo o *coven* aplaudiu.

— As Patrulhas das Cinzas e dos Espinhos orgulharam as suas líderes este ano, mas cresceram demais. É hora de criar uma terceira patrulha, para que possamos acolher novas bruxas ao nosso *coven*.

O círculo começou a tagarelar animado com essa notícia. Cassie se virou para Rue, mas a sua amiga não pareceu surpresa. Ela esperou pacientemente que a Bruxa da Floresta continuasse.

— A nova patrulha usará o carvalho em seu distintivo e a cor verde em seu chapéu. A Patrulha do Carvalho será liderada por Rue Whitby, bruxa que provou que, apesar de suas brincadeiras, tem uma cabeça muito boa e é uma professora paciente e capaz. Tabitha Blight e Cassandra Morgan vão se juntar a Rue. Elas três já demonstraram a sua amizade e a sua capacidade de trabalhar em conjunto — as sementes de uma boa patrulha —, e espero vê-las florescer nos próximos meses.

Rue piscou para Cassie e Tabitha. A Bruxa da Floresta já devia ter contado para ela.

— Naturalmente, uma bruxa só pode ingressar oficialmente em uma patrulha depois de ter sido aprovada no Teste de Caloura, e Cassie foi reprovada em sua primeira tentativa.

Cassie ficou desanimada.

— No entanto, o teste existe não só como uma avaliação da formação teórica e da prática, mas também das qualidades que uma boa bruxa deve ter: uma mão corajosa, um coração generoso e uma mente brilhante. Nesta noite, Cassandra demonstrou cada uma dessas qualidades ao enfrentar uma das criaturas mais perigosas e traiçoeiras da Terra das Fadas. Uma prova muito mais difícil do que qualquer outra que eu poderia propor a ela. A sua prova era ver a verdade, mesmo quando a mentira era mais atraente. Portanto, peço para que Cassandra entre no círculo.

Cassie não tinha certeza se havia entendido. Tabitha deu um sorriso largo, e Rue levou Cassie pela mão até a sua tia, que parecia estar sorrindo para ela. Foi a coisa mais insólita que tinha acontecido naquela noite estranha e, por um momento, Cassie se perguntou se ela estava sonhando.

— Quem apresenta a caloura ao *coven*?

— Eu apresento — Rue respondeu. — Essa é a Cassie. Ela não sabe voar muito bem com a vassoura, mas é muito boa em todo o resto e eu confiaria a minha vida a ela.

— Cassandra, você vai fazer o Juramento da Bruxa?

Cassie fez que sim com a cabeça.

Eu juro pelas sete estrelas,
Agitar o meu caldeirão para curar,
Urdir as minhas proteções para defender,
Voar conforme a luz da sabedoria,
Ficar com as minhas irmãs
A serviço dessa terra.

— O seu familiar, no fim das contas, tem estado ao seu lado desde que você chegou a Hedgely — Miranda disse e se abaixou para pegar Montéquio, que estava escondido atrás dela. O gato se contorceu em seus braços. — Ele continuará a zelar por você e a protegê-la. No futuro, quem sabe, seja melhor você seguir os conselhos dele.

A Bruxa da Floresta entregou a Cassie o grande gato cinza que cravou as suas garras no braço de Cassie até que ela o colocou no chão. Como todos os gatos que se prezam, Montéquio odiava ser pego.

Miranda prendeu dois distintivos na gola da capa de Cassie. Um tinha a forma de uma pena, que era o broche de caloura, e o outro era um tríscele de latão, que era o desenho do *Manual da bruxa*. Miranda se virou para Ivy, que, a contragosto, passou-lhe o chapéu.

— Você ganhou o direito de usar isso, Cassandra. Use-o com orgulho e honre o seu juramento.

A Bruxa da Floresta fez a saudação da Bruxa para Cassie, que retribuiu.

— E, finalmente, a Assembleia das Bruxas considerou oportuno premiar as três integrantes da Patrulha do Carvalho com a Estrela de Prata — Miranda disse.

Houve um suspiro coletivo entre o *coven* e exclamações sussurradas.

— A Estrela de Prata, como muitas de vocês sabem, é concedida em reconhecimento à bravura, à habilidade e ao serviço à comunidade. É dada apenas a aquelas que tiveram um desempenho acima e além da sua formação. Neste caso, reconhece a coragem demonstrada por essas jovens bruxas no resgate das doze crianças dos seus duendes sequestradores, com grande risco para as suas próprias vidas. Peço a todas que as aplaudam por seus esforços, mas não as imitem, pois elas se colocaram em grande perigo. Rue Whitby, Tabitha Blight e Cassandra Morgan, por favor, deem um passo à frente.

Cassie e Tabitha fizeram o possível para parecer sérias e solenes, mas Rue estava sorrindo de orelha a orelha enquanto a Bruxa da Floresta prendia uma medalha em forma de estrela prateada brilhante em cada uma das suas capas.

Com o término da cerimônia, elas desfizeram o círculo e distribuíram canecas de chocolate quente com biscoitos e *marshmallows* para grelhar no fogo. Nancy Kemp pegou a sua pequena flauta de metal e começou a tocar um *reel* de fadas, com o seu sapo familiar coaxando em acompanhamento. As garotas dançaram ao redor da fogueira até ficarem tontas e cansadas. Enquanto o fogo se reduzia a brasas crepitantes, as líderes das patrulhas contaram histórias sobre bruxas antigas e fadas malvadas assombrando casas antigas e pântanos solitários.

Já passava bem da meia-noite quando elas finalmente saíram de perto da fogueira e se dirigiram para as suas barracas. Cassie estendeu o seu saco de dormir entre Tabitha e Rue na recém-designada barraca da Patrulha do Carvalho. Embora se sentisse exausta por causa dos acontecimentos da noite, ela não conseguia dormir.

Cassie calçou as botas e colocou um cobertor em volta dos ombros, movendo-se com cuidado para não acordar Rue, que estava roncando com o rosto enterrado no travesseiro. Em silêncio, ela saiu da barraca.

Tudo o que restava da fogueira era um círculo de cinzas brancas e carvão incandescente, mas o céu estava cheio de estrelas cintilantes. Um rio de luz se estendia de leste a oeste. *Será que as mesmas estrelas eram vistas na Terra das Fadas?*, Cassie se perguntou. Como que em resposta, uma única estrela cadente deixou o seu rastro na noite.

— Não está conseguindo dormir? — Tabitha perguntou, colocando-se ao lado de Cassie.

— Não.

— Nem eu. Quer voar?

— Vou pegar a minha vassoura — Cassie respondeu sorrindo.

Agradecimentos

Embora uma bruxa possa escrever uma história, é necessário um *coven* inteiro para transformá-la em um livro. Agradeço de coração (e uma saudação de bruxa) ao 2º *Coven* de Hedgely: minha agente, Philippa Milnes-Smith, que tem o poder de transformar sonhos em realidade; minha editora, Felicity Alexander, cuja dedicação e gentileza consertam todas as coisas; a ilustradora Saara Katariina Söderlund e o ilustrador Tomislav Tomic, ambos encantadores; e as designers Thy Bui, Jane Harris e o restante da equipe da Welbeck Children's, incluindo Margaret Hope, que usou sua varinha de condão artística sobre tudo.

Sou igualmente grata às pessoas que apoiaram e acreditaram no meu trabalho por muitos anos: Bethwyn Grey, Alice Nelson, Rosemary Atwell, os Impublicáveis, e Neil, o meu companheiro paciente e incentivador supremo.

Campanha

Há um grande número de pessoas vivendo com HIV e hepatites virais que não se trata. Gratuito e sigiloso, fazer o teste de HIV e hepatite é mais rápido do que ler um livro.

Faça o teste. Não fique na dúvida!

ESTA OBRA FOI IMPRESSA
EM OUTUBRO DE 2022